HELL FOLLOWED WITH US
Copyright © 2022 by Andrew Joseph White
All rights reserved.

First published in the United States under the title HELL FOLLOWED WITH US by Andrew Joseph White. Published by arrangement with Peachtree Publishing Company Inc. All rights reserved.

Arte da capa © by Evangeline Gallagher
Design original da capa por Melia Parsole

Tradução para a língua portuguesa
© floresta, 2023

Diretor Editorial
Christiano Menezes

Diretor Comercial
Chico de Assis

Diretor de MKT e Operações
Mike Ribera

Diretora de Estratégia Editorial
Raquel Moritz

Gerente Comercial
Fernando Madeira

Coordenadora de Supply Chain
Janaina Ferreira

Gerente de Marca
Arthur Moraes

Gerente Editorial
Bruno Dorigatti

Editora
Marcia Heloisa

Adap. de Capa e Proj. Gráfico
Retina 78

Coordenador de Arte
Eldon Oliveira

Coordenador de Diagramação
Sergio Chaves

Designer Assistente
Jefferson Cortinove

Finalização
Sandro Tagliamento

Preparação
Marta Almeida de Sá

Revisão
Yonghui Qio
Retina Conteúdo

Impressão e Acabamento
Leograf

DADOS INTERNACIONAIS DE CATALOGAÇÃO NA PUBLICAÇÃO (CIP)
Jéssica de Oliveira Molinari   CRB-8/9852

White, Andrew Joseph
   O inferno que nos persegue / Andrew Joseph White ;
tradução de floresta. — Rio de Janeiro : DarkSide Books, 2023.
   320 p.

   ISBN 978-65-5598-324-1
   Título original: Hell Followed with Us

   1. Ficção norte-americana 2. Literatura fantástica 3. Horror
   I. Título II. floresta

23-4949   CDD 813

Índice para catálogo sistemático:
1. Ficção norte-americana

[2023]
Todos os direitos desta edição reservados à
DarkSide® *Entretenimento LTDA.*
Rua General Roca, 935/504 — Tijuca
20521-071 — Rio de Janeiro — RJ — Brasil
www.darksidebooks.com

ANDREW JOSEPH WHITE

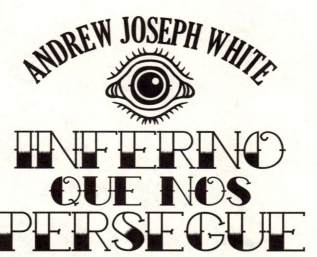

INFERNO QUE NOS PERSEGUE

tradução **floresta**

D A R K S I D E

Para as crianças que afiam os dentes e mordem.
— A.J.W.

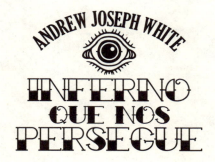

NOTA DO AUTOR

Quando ateamos fogo, inalamos um pouco da fumaça. Sou muito a favor do fogo e de queimar tudo o que pode ser queimado, mas, conselho meu, tenha cuidado quando for derramar o querosene.

Este livro contém representações de violência explícita, transfobia, abuso doméstico e religioso, automutilação e tentativa de suicídio.

O Inferno que nos Persegue é um livro que fala de sobrevivência. É um livro sobre crianças *queers* no fim do mundo tentando viver o suficiente para crescer. É um livro sobre as coisas terríveis que as pessoas fazem em nome da crença e do privilégio. Então, se você acha que algum dos assuntos citados aqui pode te queimar, eu respeito a sua decisão de recuar. Na verdade, eu o admiro — eu nunca fui tão cuidadoso.

Entretanto, se você se aproximou ainda mais, o suficiente para sentir o calor nas bochechas...

Escrevi este livro por alguns motivos: porque queria que houvesse mais histórias sobre meninos como eu. Porque eu estava com raiva. Porque eu ainda estou com raiva. Mas, principalmente, eu queria mostrar para as crianças *queers* que elas podem atravessar o inferno e sair vivas. Talvez não inteiras, talvez transformadas para sempre, porém, ainda assim, vivas e dignas de amor.

É isto o que você vai encontrar aqui. Coisas terríveis, sobrevivência, amor e um futuro pelo qual vale a pena lutar.

Afie seus dentes, acenda seu fogo e vamos nessa!

Um abraço,
Andrew

E assim DEUS *falou conosco — pois, mais uma vez, falhamos com Ele, mais uma vez, ele se arrepende de suas criações, então, mais uma vez, a Terra deve inundar! E nós realizamos Sua empresa sagrada, amém!*

— Alto reverendo padre Ian Clevenger,
antes de liberar o vírus Dilúvio na Times Square

Não temas.

Josué 1:9, Bíblia King James

BENJAMIN

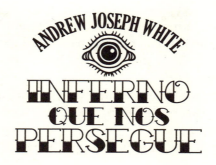

CAPÍTULO 1

> *Vocês retornarão à terra, pois dela foram tirados;*
> *pois do pó foram feitos e ao pó retornarão.*
> — **Oração angelical**

É isso o que acontece quando você é uma pessoa criada como Anjo: você não processa o luto.

O luto é um pecado. A perda é criação de Deus, e chorar as pessoas mortas é insultar a visão Dele. Entrar em desespero diante da vontade Dele é um sacrilégio. Como você ousa trair o plano de Deus lamentando o que Ele pode tirar porque sempre foi Dele? Herege infiel e repugnante, deveriam pendurar você no muro para as pessoas descrentes verem o que as aguarda. Romanos 6:23 — *porque o salário do pecado é a morte*.

Então, a imagem do corpo do meu pai queima nas dobras do meu cérebro, se inscreve por entre os sulcos das minhas digitais, e eu engulo essa imagem em seco até me engasgar. Os Anjos bloqueiam aquelas partes de nós que se lembram de como é chorar até não podermos mais. Nós aprendemos a mascarar o luto, guardá-lo para depois, depois, *depois*, até que, um dia, nós morremos.

Eu acho que não preciso me preocupar. Se os anjos conseguirem o que querem, todo esse luto logo vai ser problema Dele. E se não conseguirem...

Deus, por favor, não...

Estou correndo. Tem sangue do meu pai em minha boca. O irmão Hutch deu um tiro no peito do meu pai para fazê-lo parar e outro na cabeça, para matar. O irmão Hutch grita para mim: "Podemos fazer isso do jeito fácil, podemos mesmo!". Os outros Anjos varrem a margem do rio, brilhando reluzentes ao sol escaldante de fevereiro, andando de modo lento e confiante pelas ruas. Eles não precisam ter pressa. Eles sabem que vão acabar me pegando.

Um menino de 16 anos contra um esquadrão da morte composto de Anjos? Já era pra mim.

Esbarro em um pilar de pedra que fica perto da margem do rio e me dobro buscando ar. Meu cabelo está grudado na testa, uma gosma de suor e sangue — o sangue do meu pai — secando no meu rosto e em minhas mãos. Meus pulmões queimam. Não sei se o rugido nos meus ouvidos vem do meu coração batendo ou é o barulho do rio.

Meu pai se foi. Ele está morto, ele está morto, ele está morto.

"Deus, por favor", sussurro até conseguir me fazer parar. O que me faz pensar que Ele vai me responder agora? "Por favor, faça alguma coisa, qualquer coisa..."

"Irmã Woodside!", chama o irmão Hutch. "Sua mãe está preocupada! Ela quer a filha dela em casa."

A primeira coisa que meu pai me disse — depois que minha mãe falou que eu logo veria os planos de Deus para a minha mulheridade, que ela talharia essa mulheridade em mim se precisasse — foi que eu sou homem, que lutei por isso e que ninguém poderia tirar isso de mim.

Abra os olhos. Respire. Se acalme, Benji, se acalme.

Os esquadrões da morte ainda não me pegaram.

Eu posso terminar o que meu pai começou.

Eu posso dar o fora de Acheson, da Pensilvânia.

Por trás do pilar, dou uma olhada na rua. O distrito na margem do rio deve ter sido bonito antes do Dia do Juízo Final. Antes do Dilúvio. Agora, a hera sobe pelos arranha-céus de vidro e os carros enferrujam em estacionamentos abandonados que parecerem cemitérios. Os gramados e os jardins se tornaram selvagens, sufocando tudo o que podem alcançar. As flores abrem em fevereiro. É um dos poucos meses bons para elas. Em abril, estarão mortas de sede.

Mas não vejo nenhum Anjo. Ainda não.

O irmão Hutch grita olhando para os céus: "Não queremos machucar você!".

A única entrada ou saída na parte sul de Acheson é a ponte — a única que os Anjos não destruíram no Dia do Juízo Final. Estou a meia quadra de lá. Os esquadrões da morte estão se aproximando, e a guarda da ponte foi convocada para se juntar à caçada; então, esta é minha única chance.

Eu deveria estar fazendo isso junto ao meu pai. A ideia era irmos embora de Acheson juntos. A ideia era irmos até o Condado de Acresfield *juntos*. Agora, ele é um cadáver no gramado de um hotel em ruínas; seus miolos foram absorvidos pela terra, voltaram para a terra, pois ele foi arrancado dela.

Não posso terminar o que começamos se eu ficar aqui implorando para Deus que as coisas sejam diferentes. Isso não vai trazer meu pai de volta.

Respire.

Corra.

Estou correndo faz dias, mas não desse jeito. Não com as pernas gritando e os tênis batendo na calçada no ritmo dos batimentos do meu coração. Finjo que meu pai está bem atrás de mim, que não posso ouvi-lo porque estou respirando muito pesado, que posso confundir ele com um borrão nas janelas do outro lado da rua.

Chego à boca da ponte. Não paro, só mergulho nos destroços dos carros que obstruem a entrada. A ponte brilha prateada; de suas torres de suspensão pendem fios de metal grossos de uma margem a outra. A ponte pertence aos Anjos agora. Há uma bandeira tremulando bem no alto: DEUS TE AMA. Cadáveres balançam enrolados nos fios, seus órgãos estão meio amarelados, meio rosados, dependurados de suas barrigas, para obscurecer sua nudez, como se fossem Adão e Eva com vergonha de seus corpos.

Um dos corpos está todo torcido, a perna, virada em um ângulo estranho, e eu não sei dizer quem fez isso, se os Anjos ou o Dilúvio. O Dilúvio é cruel. E faz coisas terríveis com um corpo.

Não que eu precise de outro lembrete disso.

É uma ponte longa. Quase posso me convencer de que meu pai está me esperando no outro lado, carregando nossas mochilas e se perguntando *"Por que você está demorando tanto?"*. Eu me jogaria sobre ele, e nós correríamos até sair de Acheson, e iríamos para tão longe de qualquer acampamento ou colônia de Anjos que ninguém mais nos encontraria. Meu pai e eu memorizamos um mapa de todos os postos avançados nos estados vizinhos e de todos os fortes principais da América do Norte. Vamos ficar bem. Vamos ficar bem.

"Ali!"

Não posso olhar, *não posso.*

Eu olho.

Sei que o Anjo atrás de mim é o irmão Hutch porque as vestes dele estão manchadas com o sangue do meu pai. Ele carrega um rifle pendurado no ombro, preso em uma alça, e está perto o suficiente para que eu consiga ver os hematomas nas juntas de seus dedos, as manchas em sua máscara.

As máscaras afastam o Dilúvio, mas faz tempo que não uso uma. Não posso ser infectado duas vezes.

"Irmã Woodside!", grita o irmão Hutch, e os outros Anjos surgem das sombras, das ruínas, das vielas, e eu sigo em frente, sem parar nem por um minuto.

A segunda coisa que meu pai disse — quando finalmente conseguimos escapar, ouvindo os gritos dos monstros e as botas batendo no chão — foi que, se os Anjos querem me pegar, então, eu tenho que fazê-los sofrer por isso.

Ainda sinto o gosto do sangue dele.

Salto as barreiras de segurança no posto de controle dos Anjos e caio com tudo no chão, do outro lado. Aqui atrás tem umas cadeiras de jardim, uma bíblia e algumas garrafas de água. A estrada está cheia de cacos de vidro. Os corpos balançam.

Corra.

Sonhei com o outro lado da ponte, com o modo como seria o outro lado. Meu pai e eu podíamos seguir para o norte e encontrar um lugar para passar o verão. Claro, haveria Anjos, porque haveria Anjos até que a última pessoa descrente estivesse morta, mas nós teríamos o mundo inteiro para evitá-los. Talvez encontrássemos alguém: um belo descrente que se apaixonaria por mim enquanto eu molhasse suas mãos na água morna e enfaixasse suas feridas. Ele seria fofo, um pouco atrevido e *queer* até não poder mais, e ele não confundiria meus pronomes quando visse meu peito pela primeira vez. Talvez ele fosse loiro, como meu noivo. Mas, na maioria das vezes, não.

Pare. Não pense nele. Não pense no Theo. E nada disso importa mesmo, porque nada disso vai acontecer. Nunca! O Dilúvio vai acabar comigo como acaba com todas as outras coisas, e eu preciso manter o monstro longe dos Anjos. Preciso ir embora, preciso dar o fora daqui, preciso...

Um Anjo assobia, e o assobio é recebido com um grito.

Entre os carros mais adiante, um emaranhado de membros se desdobra, guinchando e uivando com toda a desgraça do inferno, lamentando e rangendo os dentes. Uma criatura feita de cadáveres e de Dilúvio

— costelas afiadas alinhadas em suas costas em uma fileira de espinhas, olhos piscando entre os tendões, os músculos tão inchados que rompem a pele — se ergue dos destroços. Garras do tamanho dos ossos de um braço agarram a cabine de um caminhão e a amassam.

Eu paro de correr. Não. Não, não, *não*. NÃO.

Não uma Graça. Não quando eu estou tão perto.

O que outrora foi o rosto de uma pessoa se abre desde a base do maxilar e vai se rasgando, passando por entre os olhos, e chega até a nuca, deixando à mostra os dentes escurecidos pela podridão do Dilúvio. Ouço, vindo de longe, o som de botas e de gritos, mas não importa. A única coisa que importa é o monstro vindo para cima de mim, pingando uma gosma podre e bloqueando a única saída.

A terceira coisa que meu pai disse — depois que ele descobriu o que eu podia fazer, quando estendi a mão para uma Graça e implorei que ela matasse todos os Anjos que encontrasse pela frente; quando mergulhei em um mar de sangue com uma besta abraçada em mim.

Ele me disse para ser bom.

Para nunca me tornar o monstro que os Anjos querem que eu seja, pois o mal gera o mal que gera o mal.

O som das botas fica mais lento e cessa. Minhas pernas vacilam. Eu caio no chão, pressionando as palmas de minhas mãos na estrada em chamas.

Seja bom. Faça eles sofrerem. Ser bom significa ficar quieto, ser obediente, rejeitar o poder do vírus da mesma forma que Eva devia ter rejeitado a maçã. Fazê-los sofrer significa me apoderar da Graça e levar os Anjos comigo em um arrebatamento de carne e fúria.

Eu poderia acabar com isso. Poderia sussurrar até o outro lado da rua e fazer os Anjos se arrependerem de ter colocado as mãos em mim.

Quase estendo a mão para a Graça, mas...

Meu pai morreu segurando o meu rosto — seu sangue descendo pela minha língua, manchando minhas bochechas, emaranhado no meu cabelo — e me implorando para ser bom.

Ele não está me esperando. Não posso continuar correndo desse jeito. Estou cansado, muito cansado.

O bem vence.

"Eu vou ser bom. Eu vou ser bom. Eu vou ser bom", digo em voz alta como se isso pudesse fazer o fracasso parecer melhor, como se as minhas entranhas não estivessem gritando para queimar os Anjos no fogo do inferno, como se, de *alguma forma*, eu pudesse obedecer a todas as palavras do meu pai de uma vez. "Eu vou ser bom, ó Deus, dá-me a Tua força, me guia e me conduz..."

Um líquido quente escorre pelo meu queixo e eu limpo a boca. Meus dedos voltam pretos e vermelhos.

Um par de botas pesadas surge no canto do meu olho, rodeado por vestes brancas manchadas. Olho para a minha mão, para o horizonte, para o sol nascendo.

É isso o que Ele quer mesmo? Esse é realmente o plano Dele?

O irmão Hutch diz "Sinto muito!", e quase dá para acreditar nele.

Solto um gemido terrível que vem do fundo da garganta. É o mais perto que chego de chorar nos últimos anos. Além do irmão Hutch e além da Graça, o rio corre, perfeitamente azul, claro e límpido; as montanhas do Condado de Acresfield cintilam verdes e douradas; as asas negras dos pássaros carniceiros brilham ao sol da manhã.

Finjo que meu pai está lá do outro lado. Digo que fui bom e falo para ele ir embora sem mim. Digo que vou encontrá-lo um dia, quem sabe, talvez, eu prometo.

O irmão Hutch diz: "Hora de ir pra casa!".

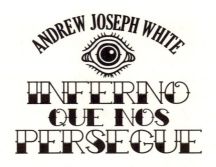

CAPÍTULO 2

Em que os Anjos acreditam? Como verdadeiros devotos, nossa prioridade é servir ao SENHOR. *Sabemos que a salvação vem quando servimos a Deus, no cumprimento de Seu comando final. Nós nos chamamos* ANJOS *para proclamar nossa verdade em servidão.*
— **Site oficial do Movimento Angelical**

É hora de ir pra casa.

O irmão Hutch estende a mão em minha direção. A mão que fechou as mãos da minha mãe em oração, a mão que apertou o gatilho para o meu pai.

Casa significa voltar para Nova Nazaré. Voltar para Theo, para a minha mãe. Todo Anjo em Nova Nazaré cairá de joelhos, implorando para que eu seja abençoado. Theo me aceitará de volta como *sua prometida*, como se ele não tivesse cuspido em mim e me chamado de vadia mentirosa e ingrata. Minha mãe beijaria o meu rosto, fingindo não notar minhas roupas de menino e o cabelo curto, e então ela me trancaria em uma cela de isolamento até o Dilúvio me transformar em um monstro.

Em Serafim. Uma besta de seis asas queimando com o fogo divino, conduzindo as Graças e o Dilúvio para a guerra, abrindo o caminho para o Paraíso através dos corpos das pessoas descrentes.

Eu não seguro a mão dele.

Não quero voltar para casa.

Sinto um aperto no estômago e vomito na estrada. Um vômito amarelo, vermelho e preto que subiu azedo e quente pela minha garganta. Ao meu redor — *click, click, clack*, um coro de armas destravando. Mas os Anjos não vão atirar. Eles não vão me matar. Só imagino o que as pessoas fiéis fariam com o soldado que me matasse. Ele seria crucificado. Abririam ele, para que visse os vermes se contorcendo em seus próprios intestinos.

"*Ei!*", grita o irmão Hutch para os soldados. "Abaixem as armas. *Agora!*"

Vomito de novo. Não sai nada, só ácido. O irmão Hutch murmura alguma coisa de uma forma tão gentil que chega a dar medo.

"Vamos, vamos", sussurra. Ele passa a mão entre os meus ombros, fazendo pequenos círculos. "Está tudo bem."

Minhas primeiras palavras saem em um chiado trêmulo, borbulhando de saliva. "Tira a mão de mim."

"Tudo bem", diz o irmão Hutch. "Eu entendo. Ouvi como o seu pai te chamou. Ben, certo? Vou te chamar de Ben, se é isso o que você quer. Sua mãe está preocupada com você, Ben. Ela quer que você volte pra casa."

Minha mãe não está preocupada *comigo*. Ela está preocupada com a salvação.

Eu digo: "Apodreça no inferno".

Isso foi demais. O irmão Hutch rosna e me puxa para cima — não o suficiente para eu ficar em pé nem de joelhos, mas o bastante para olhar nos olhos dele. Seus olhos injetados e cruéis.

"Que tal um acordo?", pergunta ele. Eu tento me soltar, mas ele me segura firme. "Vou te dar uma escolha. Você pode vir com a gente do jeito fácil ou podemos te levar à força. Você pode se comportar ou eu posso quebrar suas pernas." Ele está sorrindo. O sorriso faz o rosto dele brilhar de uma forma terrível. Uma máscara jamais poderia esconder isso. "Escolha sua. Como você prefere?"

Tem alguma coisa na bochecha do irmão Hutch. Uma gosma estranha, macia e rosada. Um pedacinho de carne.

Um pedacinho do meu pai.

Eu cuspo na cara dele.

O irmão Hutch solta um berro. A podridão líquida do Dilúvio — saliva misturada com minhas próprias vísceras em decomposição — respinga dentro dos olhos dele antes que ele possa limpar, e eu recebo um golpe tão forte que chego a ver estrelas. Só o que ouço é um guincho agudo. Não consigo me equilibrar, e minha cabeça bate no chão.

"Não é contagioso", informa um guarda da ponte, tirando as mãos do irmão Hutch do rosto dele. "Não é contagioso, irmão, a irmã Kipling disse..."

Levo um chute e caio de costas. O asfalto quente me queima através da camiseta. O cascalho solto se crava em minhas omoplatas. O salto de uma bota me prende ao asfalto e pressiona o meu estômago como se estivesse tentando apagar uma bituca de cigarro.

Conheço o homem em cima de mim. A cicatriz no nariz dele, seus olhos pequenos, as rugas em sua testa.

"Steve", sussurro, como se dizer o verdadeiro nome dele, e não "irmão Collins", pudesse fazer um assassino santo de Deus ser mais bondoso. "Steven. Sou eu. Você me conhece."

Nós nos conhecemos quando eu tinha 11 e ele tinha 21, porque chegamos a Nova Nazaré quase na mesma época. Eu me lembro de quando ele ganhou as marcas do esquadrão da morte: asas talhadas nas costas, penas desde o ombro até o fim das costelas. Theo olhou para as novas tatuagens da forma como menininhos olham para soldados voltando da guerra. Eu olhei para as tatuagens da forma como as menininhas olham para aquele tio do qual suas irmãs dizem para ficar longe.

Steven cede um pouco, e eu acho que pode ter funcionado, mas ele me segura pelo pescoço e aperta minha cabeça contra seu peito. Ele cheira tanto a suor que quase consigo sentir o gosto.

Um movimento rápido, e aparece uma faca encostada na minha garganta. Bem grossa, com uma lâmina preta brilhando ao sol.

"Você quer tanto ser um menino", diz Steven. "Acho que podemos começar cortando coisas fora. Não é assim que funciona?"

Não consigo dizer nada. Balanço a cabeça. *Não.*

"Foi o que pensei. Então, seja uma boa menina e obedeça a ele."

Desculpa, pai. Desculpa.

Eu digo: "Certo".

O irmão Hutch pega a Bíblia no posto de controle da ponte enquanto Steven me enfia em um conjunto de roupas brancas e pendura uma máscara nas minhas orelhas — uma máscara de tecido fino usada apenas além dos muros de Nova Nazaré, onde estamos além da proteção de Deus. *"Puta"*, sussurra Steven, olhando para a minha bermuda jeans folgada antes de elas serem cobertas pelas vestes. Os guardas da ponte assumem suas posições atrás das barreiras de segurança, aguardando o enforcamento das pessoas descrentes e permitindo a passagem dos

Anjos mensageiros de acampamentos distantes. O soldado ao lado da Graça atrai a besta, fazendo-a sair de trás dos carros, e seu corpo desfeito pelo vírus treme na brisa úmida que vem da água.

"Senhor", grita o irmão Hutch, erguendo a mão livre, como se tentasse alcançar os corpos balançando lá em cima. Todo mundo se junta a ele, menos eu. "Senhor, como eu Te louvo; como és grande em Sua misericórdia infinita por nos devolver nosso abençoado Serafim!"

Eu vou ser bom. Eu vou ser bom. Eu vou ser bom. Vou manter Serafim escondido, trancado no meu peito, vou fazer o que for preciso para garantir que os Anjos nunca consigam pegar a arma na qual eles me transformaram.

Mas estou tão cansado de fugir...

* * *

O esquadrão da morte me leva para longe da ponte, para longe do Condado de Acresfield, e me conduz pelas ruas de Acheson, em direção à Nova Nazaré. Pergunto se posso me limpar, mas eles não deixam, então, o sangue do meu pai ainda está grudado no meu rosto, no meu cabelo e nas minhas mãos. *Sai.* Tento limpar nas mangas, mas o sangue grudou nas linhas dos meus dedos e nas dobras das palmas das minhas mãos. Queria enfiar as mãos em água fervente. *Sai, sai, sai.*

Steven agarra o meu ombro e me sacode. "Cala a porra dessa boca."

Eu me encolho. Esse linguajar jamais seria permitido dentro dos muros de Nova Nazaré. Mesmo se não fosse falado em voz alta. Minha mãe disse que Deus sabe de qualquer jeito.

Além dos soldados e da Graça que nos segue se arrastando, as únicas coisas que vemos durante a manhã toda são carros abandonados e prédios vazios. Faz só dois anos que o mundo acabou, então, tudo está quase como costumava ser: um monte de adesivos colados em pontos de ônibus, o mato crescendo pelas rachaduras na calçada, as árvores crescendo para fora de seus quadrados de terra no concreto. Um cadáver pendurado em um mastro e letras enormes no prédio atrás dele, gritando: ARREPENDA-SE, PECADOR.

É assim que funciona agora. Todo mundo está morrendo, é só uma questão de saber o que vai matar você: os Anjos, o Dilúvio, uma insolação ou uma boa e velha sepsia.

No caso da maioria da humanidade, foi o Dilúvio. A mãe de Theo foi sacrificada no Dia do Juízo Final, e ele sofreu seu luto da única forma que era permitido: aprendendo tudo. Que o Dilúvio matou bilhões de pessoas, com gente missionária como a mãe dele levando o vírus para todas as cidades grandes do mundo. Que o vírus mata você quando um novo conjunto de costelas cresce e fura seus pulmões ou que algumas poucas pessoas azaradas sobrevivem o suficiente para encontrar a salvação na forma de uma Graça. Que os esquadrões da morte se infectam com um gostinho do Dilúvio em seu ritual de iniciação, caminhando na linha tênue entre ficar um passo mais perto de Deus e sucumbir à doença...

Que Serafim é um equilíbrio entre a necessidade do Dilúvio de devorar e sua necessidade de sobreviver — faminto o bastante para me transformar em um monstro, paciente o bastante para fazer isso direito. Porque a irmã Kipling fez do Dilúvio um vírus poderoso e criou um Serafim perfeito.

Ela *me* fez perfeito.

A Graça grunhe, balançando que nem um cavalo espantando moscas. Eu devo bater na altura de seu peito curvado. Quando a boca dela está fechada, consigo enxergar resquícios da pessoa — das pessoas — que ela costumava ser. Dentes humanos entre presas serrilhadas. Os restos de um nariz pequeno e arredondado.

O irmão Hutch percebe que estou encarando. Desvio o olhar, mas não adianta. Ele começa a andar mais devagar para acompanhar o meu passo. À nossa frente, dois soldados olham um mapa, cochichando sobre emboscadas que já ocorreram e novos caminhos pela cidade.

Acheson tem devorado os Anjos ultimamente.

"Não é incrível?", cantarola o irmão Hutch, estendendo os dedos na direção da Graça. "A nova vida que foi dada pra essas pessoas? Nosso Senhor foi muito misericordioso por permitir que elas nascessem de novo, que se tornassem guerreiras em nossa luta pelo plano Dele. Como você."

Como eu. Foi para isso que fui escolhido. Para o vírus me transformar em um monstro que vai conduzir os Anjos ao Paraíso.

Que vai varrer a humanidade da Terra de uma vez por todas, como Deus mandou.

* * *

Um pouco depois do meio-dia, o mais jovem do esquadrão pede um descanso. Estamos em uma rua larga com restaurantes e escritórios *hipsters* com logos estranhos. Alguns foram abandonados bem antes do Dia do Juízo Final, graças à inflação em disparada, ao preço dos aluguéis e a tudo o mais, na verdade. Cartazes sobre a conservação da água e chamadas abertas para protestos descascam nas paredes, ao lado de avisos de despejo e placas comunicando falência. Não vejo nem um corpo e nem uma propaganda dos Anjos por algumas quadras. Deve ser um caminho novo.

"Estou com sede", reclama o soldado mais jovem. Estou tentando saber quem ele é o caminho todo, mas não consigo. Ele é irmão de quem? Filho de quem? "Meus pés doem."

Steven empurra uma garrafa de água contra o peito dele. "Então, bebe. E para de reclamar."

Eu também não faria uma pausa se estivesse escoltando minha melhor oportunidade de vida eterna. Mas o irmão Hutch diz: "Ele está certo!". O olho de Steven contrai por cima da máscara dele. "Não adianta a gente se cansar tanto. Ainda estamos a uma hora da Reformada."

Reformada? Ele quer dizer Igreja Evangélica da Fé Reformada. As memórias do lugar voltam muito rápido, feito o vômito no fundo da minha garganta. Eu devia ter previsto isso. A Reformada fica no meio do caminho entre a ponte e Nova Nazaré; é o lugar perfeito para descansar nesta cidade bestial, e, se entrar naquele lugar, vou enlouquecer. Se eu tiver que entrar em *qualquer* igreja de novo...

"Sentem", ordena o irmão Hutch. "Comam, descansem. Todos vocês."

"Graças a Deus", diz o mais jovem, que imediatamente se joga contra o capô de um sedã todo furado de balas. Os outros reviram os olhos para ele. Ele é bem magro e esquisito, não muito mais velho que eu. Talvez tenha acabado de passar pelo treinamento, talvez suas asas ainda estejam doloridas, talvez tenha sido designado para um esquadrão que acabou assumindo a missão mais importante do mundo. Se ele é tão novo como parece, me surpreende que ninguém tenha dado um tapão nas costas dele, bem no lugar onde as tatuagens ainda doem. Theo reclamava disso o tempo todo, quando ainda tinha companheiros de esquadrão dos quais reclamar. Tudo bem, eu sou importante demais para esse tipo de briguinha.

Se Theo não tivesse sido expulso dos esquadrões da morte, poderia ser ele ali. Meu prometido, me encarando com uma máscara e uma arma.

Um soldado aponta para a estrada. A Graça se dobra e se senta, tremendo o tempo todo. Na cabeça das Graças sobra massa cinzenta o suficiente para elas serem forçadas a seguir comandos básicos — sente-se, fique, mate. Steven não me concede a dignidade de seguir ordens. Ele só me força a sentar no meio-fio. Os outros trocam pacotes de comida e o mapa, rezando em cima das refeições e se aglomerando à sombra. O novato briga pelo mapa e o arranca das mãos de alguém que está bufando de triunfo.

Entrelaço meus dedos ensanguentados e pressiono os lábios nas juntas dos dedos como se também estivesse rezando. Se vamos fazer essa pausa, preciso tirar uma vantagem disso. Deve haver uma saída. Se eu conseguir alguma distância entre mim e os Anjos, qualquer distância, posso despistá-los de novo. Há um café antigo atrás de nós com a porta de vidro quebrada, revelando um caminho por um salão com mesinhas chiques direto para uma porta com uma placa de saída de emergência.

Se eu conseguir distrair os Anjos por tempo suficiente, consigo escapar.

Ao lado do sedã, o novato diz: "Estamos *bem* perto do lugar onde o Salvação desapareceu".

Todo mundo para. O desconforto se instala feito uma névoa.

Ouvi alguma coisa sobre isso, um tempo atrás. O Esquadrão Salvação saiu em uma missão para encontrar um acampamento de descrentes no mês passado e não voltou. Minha mãe organizou um encontro no gramado da capela para eles, erguendo as mãos para ajudá-los a encontrar seu lugar destinado ao lado de Jesus, *o dom da vida eterna agora e para sempre no céu*. Mas não foi um funeral. Os Anjos não fazem funerais.

O irmão Hutch pega o mapa. "Não, acho que não", responde ele. "Não estamos nem perto do distrito nordeste, vamos ficar bem. Deveríamos estar..."

A Graça funga.

"E estamos", afirma irmão Hutch. "Não estamos?"

Outro soldado se aproxima. "Achei que estávamos fazendo o caminho mais longo."

"Eu também", diz irmão Hutch. "Pode ser que tenhamos nos perdido perto do tribunal."

CRACK.

Um rasgo se abre na garganta de Steven, como se alguém tivesse mirado mal a massa central, dilacerando o pescoço dele e gerando uma profusão de carne e artérias cortadas. Ele fica em pé por um segundo, gorgolejando, e cai.

Caímos direto em uma emboscada.

A Graça dá um grito, um grito alto e longo. Ela se levanta fazendo barulho e sua boca abre e forma um buraco cheio de dentes e saliva; ela segue balançando em direção ao prédio de escritórios no outro lado da rua. Eu me protejo atrás do sedã. O irmão Hutch se posiciona ao meu lado, apoiando o rifle sobre o peito.

CRACK. O novato cai em silêncio, de olhos esbugalhados. CRACK. Ele está morto.

Os Anjos se espalham. Alguns pulam pelo vidro quebrado da vitrine ao lado, alguns se escondem atrás da caminhonete estacionada na frente do sedã. O cadáver de Steven me encara, a boca aberta, uma auréola de sangue se espalhando ao redor da cabeça.

"Onde eles estão?", pergunta irmão Hutch aos gritos.

"Ali!", grita alguém de volta, apontando para o telhado do prédio de escritórios.

Lá em cima, iluminado pelo sol, há um vulto preto que... sumiu. O irmão Hutch faz eu me abaixar e rosna: *"Fique!"*.

Ele explode.

Não é um tiro certeiro. A bala acerta o olho e arranca um pedaço de seu crânio, abrindo-o. Eu caio para trás, batendo no meio-fio. O irmão Hutch já era. O homem que assistiu com um sorriso gentil no rosto enquanto minha mãe limpava meu joelho machucado, o homem que cumprimentou Theo e eu em nosso noivado e nos desejou um casamento feliz na guerra santa — esse homem já era. Seu corpo cede. Tem pedaços de miolos grudados no sedã. Tem pedaços de miolos grudados em *mim*.

O crânio dilacerado do meu pai. O sangue dele na minha boca.

Se eles querem o monstro deles, então faça eles sofrerem por isso.

Estou em pé. Eu me afasto do sedã, subo as escadas do café, atravesso a porta de vidro quebrada. Rasgo minhas vestes e arranco a máscara. Só preciso chegar à porta dos fundos. Posso despistar os Anjos. Consigo fazer isso se...

Percebo um movimento atrás do balcão do café.

Um menino de preto aponta um rifle para o meu peito.

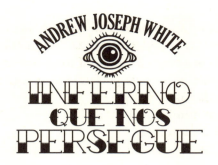

CAPÍTULO 3

> *Os Anjos se descrevem como membros de um movimento protestante interdenominacional fundado em 2025 por Ian Clevenger, pastor e senador conservador do estado da Virgínia. No entanto, a crítica os descreve como "ecofascistas evangélicos" e como membros de um grupo terrorista cristão.*
> **— Site oficial do Movimento Angelical**

Se o menino de preto puxar o gatilho, ele vai me matar. Eu imagino a cena, mapeando cada detalhe do corpo do meu pai no meu. Um tiro no peito para me derrubar, um segundo tiro para concluir o trabalho. O rosto dele, *meu* rosto, cedendo ao redor da bala, sendo sugado em direção ao buraco negro dos nossos olhos.

Serafim ficaria livre das mãos dos Anjos se a gente morresse.

Não ficaria?

"Peraí! Eu não estou com eles!" Sem conseguir evitar, imploro ao mesmo tempo em que rezo. "*Por favor*, não atire. Por favor."

O menino gesticula com o cano da arma. "Explica as roupas brancas."

As roupas brancas, minhas vestes; as vestes que estou segurando. Jogo elas no chão como se estivessem me queimando. "Não é o que parece, eles... Eles me sequestraram. E me fizeram vestir isso."

Anjos não sequestram pessoas. Eles as matam.

Ninguém se mexe. O menino está coberto de preto da cabeça aos pés: luvas, cinto, botas de cadarço pesadas. Até a máscara dele é preta, feita de um tecido grosso que escondia tudo abaixo de seus olhos. O negativo de um Anjo, uma cópia perfeita da sombra no prédio comercial do outro lado da rua.

Ele vai atirar em mim?

Uma batida do coração.

Duas. Três.

Ele atira.

Dessa vez, o céu não se abre, só ouço um grito enquanto o mundo irrompe em um zumbido. Sinto um calor queimando a ponta da minha orelha, o sangue escorre pela minha mandíbula, e ele *atirou em mim, meu Deus, ele ATIROU EM MIM*.

Alguma coisa pesada atinge o chão. O menino agarra o meu braço — "*Se abaixa!*", fala ele, eu acho; *não consigo ouvir direito* — e o menino me puxa para trás do balcão do café.

Nós caímos por cima de latas de lixo, sacos plásticos e baldes. Sinto cheiro de poeira e de baratas mortas. Me afasto até bater as costas nos armários. O zumbido começa a desaparecer.

"Jesus", digo e me encolho, como se minha mãe estivesse prestes a me dar um tapa na cara. Mas isso não acontece. O menino está olhando para mim. Ele é branco como um Anjo por baixo das roupas e tem uma ruga meio difusa entre as sobrancelhas, como se não tivesse certeza do que estava vendo.

"Você está sangrando", comenta ele.

Eu coloco a mão em minha orelha. As pontas dos meus dedos ficam vermelhas.

"Já vi muito sangue hoje", respondo, porque, de outra forma, eu teria um ataque e começaria a gritar atrás de uma vitrine de restos de bolos mofados.

O menino abre um pacote de guardanapos. "Aqui." Ele me entrega alguns. Eu os pressiono na orelha e isso dói, mas só um pouco. "Você está bem."

"Você *atirou* em mim."

Ele diz: "Foi um Anjo".

Dou uma espiada atrás do balcão. Tem um soldado deitado no chão, com os olhos arregalados, como se tudo aquilo lhe parecesse uma estranha surpresa. É um daqueles soldados que eu não reconheci; ele usa uma aliança de casamento simples no dedo. E o irmão Hutch estava lá também, jogado em cima do sedã. A linha de fogo combina perfeitamente.

Eu volto a me abaixar.

"Quem é você?"

"Nick."

Então, Nick me afasta e apoia o rifle no balcão, tentando encontrar um bom ângulo. Não adianta. Seu campo de visão vai ser um lixo, não importa onde ele se posicione. Não tem como Nick ter uma boa visão da rua com o sedã estacionado e as janelas naquela bagunça.

Ele não poderia ter escolhido essa posição. Sou a criança mimada de uma liderança religiosa, e até eu sei que ninguém pode ocupar uma posição sem companhia. Ainda mais uma posição ruim.

"Hã", digo, "meu nome é Benji."

Ele não pergunta: *É um nome de menina?* Ou: *Que nem o cachorro daquele filme antigo?* O dedo dele bate na trava do gatilho. *Tip tip tip.* Uma batida do coração.

"Tem quantos lá fora?", pergunta Nick.

Faço uma conta rápida: irmão Hutch, Steven, o novato, o cara com a aliança de casamento. "Três. Mais a Graça."

"Três", repete Nick. O que está acontecendo lá fora? Todos os sons se misturam e formam um rugido. "Só os Anjos chamam elas de Graças."

Ah. *Pois por graça foram salvos pela fé*; *mas pela graça de Deus*; *Sua graça é um dom, graça sobre graça.*

Tremendo, eu consigo dizer: "Ah, é?".

Tip tip tip. "Sim."

"Eu...", engulo em seco. "Não sabia."

É isso. Estou morto. Ele vai pegar aquela arma e...

Ele diz: "Levanta".

"O quê?"

Nick me puxa para o lado dele. Eu deixo os guardanapos caírem. Meu nariz está à altura do balcão e não consigo ver nada além dos cadáveres e do sedã. Talvez um pedaço do prédio comercial, que fica em frente.

"Você sabe onde eles estão?", pergunta Nick. *Tip tip tip.* "Preciso que você me diga."

"Hã, tem alguns na loja aqui do lado. E perto da caminhonete, mas... você sabe..." Eu aponto para o lado. "A caminhonete está estacionada lá longe."

"A gente consegue ver eles ali do banco perto da janela?"

A janela que está do outro lado do café.

"Acho que sim. Não sei..."

Não consigo terminar de falar. Em meio a uma confusão de metal e vidro, a Graça, contorcendo o corpo feito uma aranha, se lança para fora do prédio comercial.

Tem uma pessoa na boca dela. Um menino. A Graça está empurrando o menino pelas escadas, está destruindo ele.

Nick para de bater na arma.

Não vi nada disso antes. Nem *fiz* nada disso. Eu já sussurrei na nuca de uma Graça e virei o Dilúvio contra os Anjos, mas a doença ainda brota no fundo da minha garganta. Meu poder é assim. É por isso que os Anjos me transformaram em um monstro.

Balas atingem as costas da Graça, destruindo o que havia restado de seu rosto, mas ela continua andando. Ela arrasta o menino para a rua, erguendo-o bem alto, como se estivesse exibindo uma caça, e o abocanha.

O som que ela emite ao mastigar parece ser de algo denso e molhado, feito um galho encharcado se partindo embaixo do pé. Pedaços de ossos brilham ao sol. O menino não emite nenhum som enquanto cai no chão, sua perna decepada está pendurada na boca da Graça.

Um Anjo grita "*Deus é bom!*" e Nick diz: "Tampe os ouvidos!".

Não hesito. Aperto bem as mãos contra as orelhas, mas o som é muito *alto*. Três balas disparam: uma acerta o sedã, a outra faz um talho no ombro da Graça, e a terceira acerta bem onde um dia era seu maxilar. Nenhuma bala faz nada. A rua está cheia de sangue e gosma, mas a Graça apenas bate no chão com o pé enorme e cheio de garras.

Ela está pisando no peito do menino.

O corpo dele cede na hora. Dezenas de ossos se quebram de uma vez só. Tem um coro soando além do zumbido nos meus ouvidos — o esquadrão da morte uivando como cachorros, gritando louvores e palavras sagradas.

A Graça vai caçar e abater o povo de Nick até não sobrar ninguém. Ninguém tem chance de vencer uma Graça, pois elas são criadas segundo as perfeitas bênçãos da guerra. A menos que você acerte uma bala no que sobrou do cérebro delas ou consiga arrancar tantos membros que elas não possam mais ir atrás de você, ninguém pode fazer mais nada.

Mas Serafim pode. Eu posso.

Não. Não, *não*. Eu prometi. O mal gera o mal que gera o mal; ceder para Serafim é o que os Anjos querem que eu faça; *prometi que seria bom*. *Não* posso fazer isso.

Meu pai me disse para deixar o monstro escondido por quanto tempo eu conseguisse — acorrentá-lo entre as minhas costelas, jamais aceitar o que os Anjos fizeram comigo. Mas, se eu fico aqui vendo as pessoas morrerem, como é que posso dizer que sou bom? Não vou acabar com nenhuma vida; eu vou salvar vidas. Evitar Serafim não é *bom* quando isso significa deixar as pessoas serem devoradas.

E não vou deixar os Anjos botarem a mão em mim.

Eu sussurro: "Para".

Não preciso falar em voz alta, mas, se não falo nem para mim mesmo, parece que estou lançando a minha mente no éter e deixando-a a esmo. Minha mãe sempre disse que eu deveria rezar em voz alta porque, assim, Deus saberia que não me envergonho do amor que sinto por Ele.

Falo de novo, mais baixo, tão baixo que nenhum som sai da minha boca, mas lá *está*. "Para."

Para.

PARA.

A Graça para.

A perna do menino cai da boca dela. Pilhas de pele e de músculos emaranhados tremem de medo. De confusão. De dor.

Se eu sussurrar mais uma palavra, a Graça vai se voltar contra os Anjos com o grito dos pecadores no inferno, um coro de vozes que o Dilúvio engoliu por inteiro. A Graça vai quebrar a coluna e o crânio deles da mesma forma como matou aquele menino.

Seria tão fácil.

"O que...", Nick começa a falar.

Eu digo "Vai, atira!".

Nick não precisa pensar duas vezes. Ele apoia a arma no ombro e mira — entre dois cacos de vidro pendurados na vidraça, acima do sedã, dentro da abertura da boca da Graça, onde a bala vai acertar o cérebro e desligar a coisa como se desliga uma lâmpada.

Um dia, alguém vai pensar a mesma coisa ao meu respeito.

No meio segundo entre Nick decidir atirar e apertar o gatilho, minha ficha cai: esse é meu futuro. Já vi os experimentos fracassados de Serafim. Já vi mártires arrancando suas peles em desespero, com medo, e *conscientes*.

Aquilo vai ser eu, um dia, e não tem nada que eu possa fazer.

CRACK.

É um tiro perfeito. Uma bala. Instantânea. Não que nem aconteceu com o meu pai, quando o vi sangrando por meio de uma ferida aberta e pressionei as mãos na carne crua do peito dele, como se eu pudesse ajudar de alguma forma. Isso beira a misericórdia. A Graça vacila, quase como se tivesse tropeçado, e cai formando um amontoado de membros.

Eu fiz isso. Fiz mesmo. Funcionou.

E *dói*.

Eu caio e bato no armário. A dor queima como se eu tivesse engolido o fogo do inferno, e minhas entranhas escuras e liquefeitas saem da minha boca e pingam dos meus lábios. Tampo a boca com as mãos porque aquelas são minhas entranhas, minhas *entranhas* saindo de mim, e, se eu conseguir mantê-las ali dentro, talvez elas possam voltar ao normal, se eu...

Ouço um barulho. Minha visão virou uma linha fina e embaçada, ou talvez eu só esteja apertando os olhos. Tem alguma coisa me tocando, e eu quero que *pare*. Outro barulho. Acho que é uma voz. A podridão do Dilúvio é amarga e muito doce, como o cheiro de um cadáver ao sol do verão, e alguém está dizendo o meu nome. *Senhor, eu ajoelho aos Teus pés como um pecador, tenha misericórdia, tenha misericórdia.*

"Aqui", diz Nick. "Benji. Olha aqui. Olha pra mim."

Benji. É o meu nome, o nome que escolhi. Nick me pega pelos ombros e pressiona guardanapos em meu rosto como se estivesse limpando um bebê agitado.

"Olha pra mim." Quando Nick termina, ele cobre meu nariz com a máscara. "Fica com isso, não tira por nada. Entendeu?"

A dor assentou em uma pontada latejante igual a uma cólica menstrual forte. Ruim, *muito* ruim, mas nada que eu não tenha sentido antes. Nada a que eu não tenha sobrevivido antes.

"Entendi", respondo.

Ouço um grito: "*Nick!*".

"Não importa...", Nick repete e fica em pé. "Aisha! Aqui!"

Por um instante, o mundo fica em silêncio. Nenhum disparo. Nenhum grito. Só passos sobre o concreto. O cauteloso canto dos pássaros.

Uma menina negra com lágrimas escorrendo pelo rosto entra no café. Eu a vejo pela vitrine de bolos. Sua roupa preta está suja nos joelhos e as juntas dos dedos dela estão em carne viva. Ela vê Nick, para e aponta um dedo trêmulo para ele.

"Você...", geme ela, "você devia *ficar com a gente*".

Faz tanto tempo que não vejo alguém chorando... A voz dela falha, e suas lágrimas formam pequenas poças nos cantos dos olhos antes de caírem, molhando a beirada da máscara dela.

"Você disse que ficaria bem atrás de nós", diz ela. "Você *disse*."

"Eu estou bem", responde Nick, incrivelmente calmo. "Você e Fé conseguiram sem mim."

"Vai se foder!", diz a menina — Aisha — batendo o pé. "A gente pensou que você também tivesse morrido!"

Nick não diz nada. Os cílios de Aisha tremem muito quando suas lágrimas começam a cair mais rápido.

"Desculpa", soluça ela. Aisha não deve ser mais velha que eu. Seus dedos ainda são meio gordinhos, como dedos de criança. "Desculpa, eu... Só preciso encontrar as outras pessoas."

"Elas sabem se cuidar."

"Não, eu preciso encontrá-las."

"Certo. Quando você encontrar a Fé, traga ela aqui."

Os olhos injetados de Aisha ficam arregalados.

"O que foi? Não consigo lidar com mais merda, não consigo", diz ela.

"Não tem nada de errado. Apenas traga ela aqui."

Aisha soluça e vai embora. Assim que ela sai, Nick volta para o chão comigo, suas mãos me mantêm sentado.

"Presta atenção", pede ele. "Não chame aquelas coisas de Graças. Não fale 'dia do juízo final'. E não tire a máscara, tá?"

Eu respondo: "Tá!".

Nick diz: "Respira!".

Alguns minutos depois, Aisha volta acompanhada de outra menina. Fé. Ela é uma sapatão careca, mais alta que todo mundo e uns anos mais velha. O dedinho de Aisha está entrelaçado ao dela.

"Você queria me ver?", pergunta Fé, com a voz rouca.

"Você tá bem?", diz Nick.

"Ah", responde ela, "é claro que não!"

Quando elas contornam o balcão, as duas ficam paralisadas.

Fé resume tudo. "*Merda.*" Ela se agacha, inclinando a cabeça. "Ei, cara. Qual é o seu nome?"

Não consigo falar, mas Nick responde. "Benji." Não meu nome morto. Não irmã Woodside. Meu nome de verdade. "Me ajudem a levantar Benji."

As meninas me colocam em pé enquanto Nick, muito rápido, me cobre com a minha jaqueta para esconder as manchas pretas em minha camiseta. Um dos meus joelhos fraqueja, e eu me desequilibro, caindo sobre o peito de Fé.

A voz de Aisha sai mais fraca quando ela diz: "Tá tudo bem, a gente tá aqui".

"Desculpa", consigo falar.

"Não precisa pedir desculpas", responde Fé. "Tá tudo bem."

"Os Anjos foram embora", garante Nick. Ele está tão perto que eu poderia apoiar minha cabeça nele se quisesse. Estou tão cansado. "Você tá em segurança agora, prometo."

Tem alguma coisa no olhar dele bem diferente daquilo que vejo no olhar das meninas. Como se ele tivesse encontrado alguma coisa que perdeu há anos.

Como se eu fosse a última peça de um quebra-cabeça terrível.

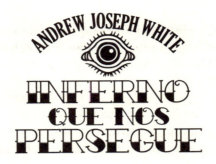

CAPÍTULO 4

REJEITE O MEDO E A HIPOCRISIA. ENCONTRE PROPÓSITO E AMOR NO CAMINHO DO SENHOR — UNA-SE A ELE EM SUA GRAÇA E TRILHE O CAMINHO PARA A VIDA ETERNA. ENCONTRE SALVAÇÃO EM SEU PLANO!
— **Cartaz de recrutamento do Movimento Angelical**

É disto que eu me lembro:

Aisha e Fé me segurando. Uma delas pergunta para Nick se há alguma chance de eu ter sido infectado. Embora tenha uma mancha da podridão do Dilúvio na manga dele, Nick balança a cabeça, negando.

Um menino queimado de sol com a cabeça de irmão Hutch nas mãos, corta a orelha esquerda com uma faca. Ele faz a mesma coisa com Steven, mas não consegue passar por cima do menino esmagado na rua. Ossos despontam dele como monumentos.

Nick ao lado da Graça em silêncio. Então, ele puxa um dente e o arranca com uma faca. Minha língua passando pelos caninos enquanto eu me pergunto quanto vai demorar para a minha boca ficar daquele jeito.

Todo mundo junto, pessoas perfeitamente estranhas no campo de batalha, e é quase como se minhas preces tivessem sido atendidas, amém — mas não acredito nisso nem por um segundo.

* * *

Acordo no chão. Sinto imediatamente uma câimbra no pescoço e o carpete, que nunca é macio o suficiente para disfarçar o concreto embaixo. Enterro o rosto em meus braços e solto um gemido.

"Até que enfim um sinal de vida", diz alguém perto de mim. "Acordou?"

"Não."

Quero perguntar onde estou, mas isso não importa. Qualquer lugar é melhor que Nova Nazaré. Poderia ter acordado em uma cela e, desde que os Anjos não estivessem do outro lado das barras, eu estaria melhor do que antes.

"Não?", pergunta a voz. "Beleza."

Depois de um minuto, eu me sento, apoiado na mesa atrás de mim. A sala parece um escritório. Tem um monte de livros empilhados em estantes bagunçadas. Papéis cobrem todas as superfícies disponíveis. Certificados, recortes de jornais e fotografias penduradas nas paredes, as molduras de vidro embaçadas como se não tivessem sido limpas desde o Dia do Juízo Final.

No entanto, por mais interessante que isso seja, eu estou me sentindo uma *merda*. Igual à pessoa na cadeira do outro lado da sala, com todas aquelas cicatrizes e os olhos vermelhos de tanto chorar. O lado direito do rosto todo marcado com cicatrizes de catapora. Um dos olhos não abre direito. *Origem latina, uma cara toda marcada* e *unhas pintadas* não se combinam em uma pessoa que eu reconheço. "Quem...?"

"Merda, a gente precisa se apresentar." A pessoa estranha se inclina para trás, cruzando os dedos como se quisesse disfarçar as lágrimas óbvias. "Meu nome é Salvador. Eu estava com o grupo que achou você, mas não consegui dizer oi antes de você desmaiar. Fiquei aqui de babá — sem ofensas — pra você não surtar quando acordasse." Estou cansado demais pra isso. Já surtei demais por um dia. "Então, beleza, prazer em finalmente te conhecer. Pronomes ile/dile."

Certo, Salvador foi a pessoa que tirou o menino queimado de sol de perto do cadáver. Mas minha memória está confusa. Tem uma névoa no meu cérebro que eu estou cansado demais para dissipar. Reconheço tudo o que aconteceu à distância, como cores alvejadas pelo sol. O sangue do meu pai embaixo das minhas unhas é a única evidência de que ele morreu hoje. De que ele morreu algumas *horas* atrás.

Salvador me observa com atenção.

"Sim", digo. "Legal. Ile/dile." Repasso o restante do conjunto: ile, dile, nile, aquile. Li sobre neopronomes em um livro que meu pai roubou de uma pilha de itens confiscados que seriam queimados em Nova Nazaré.

Ele se lembrou do livro em nossa segunda noite na cidade, alguns dias atrás, quando nos sentamos no banheiro de uma pessoa morta desconhecida e cortamos sessenta centímetros do meu cabelo com tesouras de costura. Ele pedia desculpas a cada tesourada, certo de que estava acabando com o meu cabelo. No fim, eu estava sentado em cima de uma pilha de mechas de cabelo marrom-avermelhadas, passando a mão pelo meu cabelo de *menino* todo bagunçado e esquisito.

Preciso parar de pensar no meu pai. Então, pergunto: "Você é trans?".

Salvador pisca. "Hã."

"Espera, não." Não posso simplesmente sair perguntando para as pessoas se elas são trans. "Eu não devia..."

"Não, tudo bem", diz Salvador. "É... Sim, claro. Sou supertrans. Tipo, trans num grau totalmente herético. Por quê?"

Eu nunca conheci uma pessoa trans antes. Será que posso dizer isso? Será que isso vai entregar que sou um Anjo?

Decidi falar: "Nossa... Faz tempo que não encontro pessoas trans".

"Então você vai pirar quando eu te falar que aqui é um centro de jovens LGBTQIA+."

Ile acertou. *"O quê?"*

Salvador gesticula, mostrando o escritório. "Esse é o Centro LGBTQIA+ de Acheson. É tipo a YMCA,[*] só que bem mais gay. A gente chama o centro de CLA." *Ckla*, ile pronuncia, como se fosse, sei lá, o nome de um remédio ou de uma bebida forte. Um prédio inteiro só para pessoas como nós? "Não é muito grande, e temos que consertar algumas coisas..." — ile acena para a janela coberta por uma tábua ao lado de sua cabeça — "Mas é nossa casa."

Uma pausa.

"Certo", murmura ile, "o dia hoje tá sendo uma merda, então..."

"Sinto muito por sue amigue."

"É, eu também." Ile mexe em um cacho de cabelo longo que cai de sua bandana e muda de assunto. "Nick disse que te sequestraram."

"É, hã, é uma longa história."

"Né? Imagino", comenta Salvador. "Anjos não sequestram pessoas."

---

[*]   Sigla da Young Men's Christian Association, criada em 1844 em Londres — a ramificação brasileira da instituição se chama Associação Cristã de Moços (ACM). "Y.M.C.A" também é título de uma música de 1978 do grupo estadunidense Village People que faz menção à instituição e fez sucesso nos anos 1970, tornando-se um "hino gay". No ano seguinte ao lançamento da música, a YMCA processou a banda por difamação. [NT]

Não mesmo. Eles enforcam as pessoas hereges e as cortam ao meio. Talvez concedessem uma morte indolor para descrentes que se entregassem de bom grado. Diabos, eu me lembro de um reverendo rezando para uma criança recém-nascida antes de os pais dela a afogarem no rio; eles se arrependeram de ter trazido uma criança pecadora ao mundo sem as bênçãos da Igreja. Eles não precisam de carne nova.

Não com o Dilúvio. Não com Serafim.

"Eu também achava que não", respondo.

"Bom, terroristas são terroristas, né? Mas, então, Nick quer falar com você. Parece que ele tem uma pista e não vai sossegar até descobrir mais, e você pode ajudar a acabar logo com isso. Acha que consegue?"

Se eu consigo? Consigo muita coisa — mas, se é uma boa ideia, daí é uma coisa completamente diferente. "Agora é sempre a melhor hora."

"Certo." Salvador levanta se espreguiçando. "Já volto. E não tenta fazer nenhuma gracinha. Cormac tá lá fora, e aquele dedo dele no gatilho coça demais."

Isso quase soa como uma ameaça, mas, antes de eu dizer qualquer coisa, Salvador já saiu.

Certo. Um centro LGBTQIA+. Eu levanto me apoiando na mesa. Passei muito tempo no escritório da irmã Kipling nos últimos meses, encarando os poucos objetos decorativos, a fim de evitar olhar para a profeta do Armagedom, a mulher que criou o Dilúvio. Havia um crucifixo acima da porta da irmã Kipling, diplomas emoldurados pendurados acima da mesa e as frases TRILHE O CAMINHO DELE, ENCONTRE SALVAÇÃO, RETORNE À TERRA pintadas na parede do fundo.

Este lugar é completamente diferente. Tem uma bandeira de arco-íris atrás da cadeira do escritório e a biografia de uma liderança ativista pelos direitos trans na estante. Um dos recortes de jornais é bem antigo, de 2015, celebrando a legalização do casamento gay nos Estados Unidos. Nem consigo imaginar como era 2015. Acho que minha mãe e meu pai nem se conheciam ainda nessa época.

Todas as imagens mostram um mundo que eu deixei para trás quando tinha 11 anos. Um mundo que os Anjos *destruíram* quando eu tinha 14. Um mundo totalmente desconhecido para mim.

Estou olhando para uma foto — em que há pessoas com os punhos erguidos, gritando com raiva e força — quando a porta volta a abrir. Enfio as mãos nos bolsos. Permaneço com as costas retas, o queixo erguido, como se minha mãe estivesse verificando minha postura na igreja.

Salvador entra com mais duas pessoas: Nick e alguém desconhecido. Nick fica ao lado da porta igual a um cão de guarda, com os braços cruzados. O capuz dele está baixado, e a máscara de combate foi trocada por uma máscara cinza-clara que fica muito bem com o seu cabelo preto e grande. Alguns grampos prendem os fios soltos nas laterais da testa dele para impedir que caiam no rosto.

Ele... é *bonitinho*. Os olhos escuros, as sobrancelhas arqueadas, a forma distante, mas curiosa, como ele inclina a cabeça...

Enterro a unha do polegar no dedo em que minha aliança de noivado costumava ficar. Ainda sou prometido para o Theo. Eu segurei a mão dele na frente da igreja e rezei pelo mundo que construiríamos juntos em nome de Jesus. Jurei que traria a glória como a espada de fogo de Deus; Theo jurou que lutaria ao meu lado. Éramos perfeitos juntos.

Pensar assim sobre qualquer outra pessoa é errado. Não importa o que Theo tenha feito comigo naquela noite.

A pessoa estranha diz "Ei, Sal" de uma forma tão inimaginavelmente suave, como se Sal pudesse quebrar se ouvisse qualquer outra coisa além de um sussurro. "Tudo bem com você?"

"Na medida do possível", responde Salvador, pouco convincente, "considerando tudo e tal."

"Se não for atrapalhar muito, você pode dar uma olhada em Alex? Por favor? Não vejo Alex faz um tempo, tô preocupada."

Salvador desaparece por meio das portas pesadas de madeira, e agora somos três.

A estranha é uma menina negra delicada com olhos grandes e gentis, uma pele marrom-escura que brilha no calor do escritório e tranças longas decoradas com anéis dourados bem finos. Ela não veste nenhuma peça de roupa preta. Não dá pra imaginá-la de preto, não com as flores em sua máscara e uma sombra pastel colorindo suas pálpebras.

"E todo esse sangue?", comenta ela.

Eu descasco um pedaço de sangue seco na minha mandíbula. "Pois é."

"Você tem que tomar um banho, vamos arrumar umas roupas e..." Ela suspira. "Desculpa. O dia tá um inferno, não consigo pensar direito. Meu nome é Erin, pronomes ela/dela. Sal me disse que você ficou feliz em conhecer outra pessoa trans, então, espero que conhecer uma segunda pessoa trans melhore o seu dia." Ela é trans. *Ela é trans também.* "Qual é o seu nome e quais pronomes você usa?"

Posso dizer o que eu quiser. E ela vai me chamar assim. Sem questionar.

"Benji, apelido de Benjamin. Ele/dele." É tão doce dizer isso que a memória do sangue quase é apagada da minha língua. Teria sorrido se não tivesse coisas mais importantes com as quais me preocupar. Eu me recomponho. "Você está no comando?"

"Não diria que estou", responde Erin. "Não tem essa de 'comando' aqui."

Nick diz: "Tem, sim".

"Bom, daí é com *você*. Eu não tenho nada disso. Não me parece certo." Erin segura uma das tranças e começa a puxar as pontas. "Todo mundo pensa que estou no comando porque me voluntariei antes d'Aquele Dia, e não porque fui escolhida ou algo assim. Acho que sou mais uma organizadora. Gosto de pensar que todo mundo está um pouco no comando..."

"Erin", fala Nick.

"Desculpa." Erin suspira. "É, nós somos a coisa mais próxima que o CLA tem de comando."

"E temos uma proposta pra você", diz Nick.

Merda.

Erin reluta. "Acho melhor a gente ir com calma".

"Não." Nick se afasta da porta. Eu dou meio passo para trás. "Ou ele aceita ou não aceita. A forma como a gente diz não importa."

Eu interrompo: "Aceitar *o quê?*".

Nick tira um documento dobrado em três da jaqueta dele. O selo de cera vermelho está rompido, mas eu reconheceria aquilo em qualquer lugar: asas dobradas em repouso.

Os Anjos.

Outro meio passo, e eu esbarro na estante. Vejo que Nick e Erin estão carregando armas. "Onde você conseguiu isso?"

"Um mensageiro", responde Nick, o que pode ser traduzido por *Eu matei um Anjo e roubei dele*. "Abre."

"Tá tudo bem", garante Erin. "Pode abrir. Tá tudo bem, eu prometo."

Respiro fundo várias vezes. Tudo bem. Não importa o que seja, não pode ser pior do que aquilo que os Anjos querem.

Certo?

"Tudo bem", concordo. "Certo. Eu vou abrir, se vocês se afastarem."

Nick se afasta de um modo respeitoso e Erin abaixa a cabeça.

Em letras blocadas datilografadas o documento diz:

IGREJA DA GRAÇA DE NOVA NAZARÉ
Igreja do Anjo, Igreja do SENHOR

A madre reverenda Veronica Woodside, de Nova Nazaré, diz:

Aqueles que verdadeiramente creem nas palavras de Deus se alegram! Chegou a hora. O SENHOR nos abençoou com Sua graça para além de nossa compreensão, um milagre além de nós; a vida eterna está ao nosso alcance. Pois encontramos nosso caminho até SERAFIM por meio de — Meu nome morto.

Meu nome morto está bem ali no papel. Só faz uma semana desde a última vez em que eu o ouvi, mas ele parece uma faca no peito. E está bem ali, no anúncio oficial do meu reconhecimento como o verdadeiro Serafim. Cópias desse anúncio saíram de Nova Nazaré nas malas de pessoas mensageiras que o espalharam em acampamentos pelo mundo. As notícias chegariam às colônias de quase todos os continentes, aos soldados implantados nas ruínas de todos os países, e que dia de glória seria. Agora, todos os Anjos saberiam que, depois de dezenove experimentos falhos, depois de dezenove Serafins falsos, eu finalmente os conduziria ao Paraíso.

Só que meu nome é Benji, e os Anjos não têm mais poder sobre mim.

Eu sussurro: "O que vocês querem de mim?".

"Então, você é Serafim", conclui Nick.

Erin desvia o olhar de nós dois.

Eu gaguejo. "Você não sabia mesmo?"

"Não", responde Nick. "Você poderia ser um experimento falho que escapou. Poderia ser um menino doente que teve sorte."

Espertinho *maldito*.

"Ei." Erin se inclina para me olhar nos olhos. Eu recuo. "Não vamos machucar você. O CLA foi construído pra ajudar adolescentes *queers*, e vamos continuar fazendo isso. Mas alguns detalhezinhos mudaram nos últimos anos." Ela fecha a minha mão com o documento. "Queremos te ajudar a fugir."

O quê? Não. Não pode ser... Não pode...

"Mas temos que descobrir como", diz ela. "Temos duas ideias, e tudo o que você precisa fazer é dizer de qual você mais gosta. Tá bom?"

Nada é assim tão fácil. Tem que ter uma pegadinha.

Mas e se eles estiverem dizendo a verdade? Nem todo mundo é tão cruel quanto os Anjos. Meu pai não era. Theo também não — por um tempo, pelo menos. Existem pessoas boas. Eu sei que sim.

Acho que posso me arriscar.

"Conta."

Erin se ilumina — um interruptor é acionado, e seu rosto brilha, apesar da névoa de morte pairando acima dela. "A primeira opção é Nick e es outres te levarem para fora de Acheson, até o Condado de Acresfield. O caminho é uma merda, então, você vai ter que se virar sozinho, mas sabemos de um lugar por onde você pode atravessar por fora da cidade." Eu encaro Erin, impressionado. "Você sai da cidade, e nós não temos que nos preocupar com um monstro gigante andando por aí daqui a algumas semanas. É bom pra todo mundo."

Imagino o peso que vai ser tirado das costas de Erin quando souber que Serafim está bem longe dela e do CLA. Quando souber que os Anjos nunca vão colocar as mãos em mim e que o grupo pode voltar a se preparar para o calor e as secas mortais do verão que está chegando, em vez de se preocupar com monstros como eu.

E era o que meu pai queria. Eu *poderia* fazer isso. Aceitar essa ajuda e ir me encontrar com a memória dele no campo, como prometi.

Mas será que consigo lidar com o mundo inteiro sozinho?

Sem ele?

"E a opção dois?", pergunto em voz baixa.

As sobrancelhas de Erin se erguem, só um pouco, em uma expressão meio preocupada, e Nick fala: "O que os Anjos fizeram com você?".

"Quê?"

A verdade é... A pergunta certa é: o que eles *não* fizeram? Minha mãe rosnando na sala quando eu era pequeno, ameaçando dar queixa de sequestro se meu pai tentasse me levar embora de novo. Feridas brilhantes nas costas de Theo, rasas como poças na areia da praia, enquanto o pai carregava as asas de Anjo das quais ele foi considerado indigno. O cheiro de valas comuns e de merda. Eu vendo o mundo desaparecer, comunidade após comunidade, família após família, quando ninguém na Terra merecia um destino tão cruel e solitário.

Nick enfia a mão no bolso da jaqueta e, dessa vez, tira uma faca tão preta quanto seu uniforme, tão preta quanto terra boa.

Ele pressiona uma pequena alavanca, e a lâmina aparece fazendo um estalo. Uma faca de Anjo, do mesmo tipo que Steven segurou em minha garganta. Eu percebo que as armas do CLA são as armas dos Anjos. Roubadas de seus cadáveres e usadas contra eles.

Ele diz: "Você poderia se juntar a nós!".

E ajudar a matar Anjos.

Eu vou ser bom, eu vou ser bom, eu vou ser bom.

"A gente pega a maior arma deles", continua Nick, "e dá o troco. Você vai escapar com a certeza de que não tem ninguém mais atrás de você. Você vai fazer eles sofrerem o que te fizeram sofrer."

Faça eles sofrerem.

Aparentemente, não tem um jeito de fazer isso *e* ser bom ao mesmo tempo. Os Anjos são mandamentos nas gargantas do CLA e vice-versa. Mas eu fiz mais bem ajudando Nick — sussurrando para a Graça — do que já pude fazer mantendo Serafim escondido.

Se eu me juntar ao CLA, talvez possa fazer as duas coisas.

Nick estende a faca para mim; eu vejo a lâmina entre seus dedos sujos e machucados. Ele confia em mim. Mesmo depois de ver a carta, mesmo sabendo no que vou me transformar.

Eu pego o cabo da faca.

Sinto alguma coisa se contorcendo nas minhas entranhas, explodindo em uma fúria gritante. Seis asas abertas gritando SANTO, SANTO, SANTO.

Sinto que essa é uma chance de ser *qualquer coisa* além daquilo em que os Anjos me transformaram.

CAPÍTULO 5

> *Hoje nós aprendemos o que Deus pediu aos seguidores Dele. Aprendemos a verdade do caminho reto. Vocês também vão seguir esse caminho, como seus pais fizeram? Vão encontrar o amor e a vida eterna? Ou vão apodrecer no muro e nos campos com os outros pecadores?*
> — **Lição da Escola Dominical da irmã Mackenzie**

Erin se oferece para me mostrar o CLA, e Nick dá uma desculpa esfarrapada para não acompanhar a gente e, então, desaparece.

"Ele...", Erin começa a falar, com uma expressão preocupada por baixo de sua máscara; ela me diz que está pisando em ovos. "Ele tá enfrentando uma barra esses dias. Fica aqui, tá? Vou trazer água e umas roupas pra você."

Erin me pergunta que tipo de roupa íntima eu uso, e fico vermelho quando peço cuecas boxers e um top.

Então, recebo um balde de água turva, um pano velho e uma roupa larga. "A água está boa", me garante ela. "Foi só um pouco usada."

Quando termino de me lavar, ela está nojenta. Eu olho fixamente para o balde por muito tempo, porque, agora que sei que o sangue do meu pai se foi, eu percebo que não tenho mais nada que me faça lembrar dele.

Erin vem me encontrar quando termino de me vestir, observando, com a cabeça meio inclinada, meu cabelo recém-lavado e o rosto limpo.

"Já tá parecendo melhor." Fico feliz que eu esteja *parecendo* melhor. Tive que resistir à vontade de enxaguar a boca com aquela água cheia de sangue, como se isso fosse tirar o gosto do Dilúvio. "Pronto?"

Andar pelo CLA é como passear por uma funerária.

A morte daquele menino penetrou nas paredes e nas tábuas do piso. Ela se esconde por trás de bandeiras do orgulho desbotadas, panfletos de testes de IST e protocolos de restrição de água. Ela conseguiu se enfiar até entre os fios de um rádio amador bem feio num canto lá atrás do salão. Adolescentes e pessoas jovens de todas as formas e tamanhos se amontoavam, recusando-se a olhar para cima. Uma pessoa remenda máscaras de pano em silêncio. Outra está jogada contra uma porta gradeada, com a testa encostada na parede.

"A maioria estava aqui n'Aquele Dia", sussurra Erin, e eu registro o termo correto. Ela me mostra a cozinha desolada e a despensa. "Nós tivemos um evento de verão bem grande pra adolescentes em risco. Então, quando tudo aconteceu, a maioria simplesmente não foi embora."

Ela me leva até a lousa perto da porta gradeada, onde as pessoas se voluntariavam para executar atividades como limpar, cozinhar e ficar de guarda. Deve ter uns quarenta nomes na lista. E tem uma seção separada: a Vigília. Reconheço todos os nomes escritos nela. Nick, Aisha, Fé, Cormac, Salvador e um riscado. Cormac deve ser o menino ruivo queimado de sol que eu vi cortando as orelhas. O nome riscado é o nome do menino que morreu.

"Eu poderia ter ido pra casa, acho", continua Erin, gesticulando para que eu a seguisse. "Mas fiquei muito preocupada com todo mundo, então, fiquei pra trás. E, bem, é isso. Pelo menos a transição é mais fácil quando quase o mundo inteiro foi embora, né?" Alguém, com os olhos baixados, dá um passo para o lado e nos deixa entrar em um corredor estreito. A voz de Erin é triste e baixa. "Tipo, todos os hormônios venceram ou estragaram, mas, pelo menos, a gente não precisa mais lidar com gente transfóbica da família."

Não quero pensar em hormônios. Mesmo que não tivessem vencido há anos nem tivessem sido cozidos pelo calor do verão, eu não continuaria neste corpo por tempo suficiente para isso ter alguma importância.

"Como vocês sobreviveram?", pergunto, para mudar de assunto. Os Anjos conseguiram se manter porque estão em grande número, têm protocolos de viagens estritos e abatem as pessoas ao primeiro sinal de infecção. O CLA não parece ter pessoas e suprimentos suficientes para sobreviver.

"Bom, nem todo mundo sobreviveu. Mas eu chutaria que foi uma combinação de... sei lá. A hora certa? O lugar certo? O pai e a mãe de Sadaf eram da área de medicina, e o pai e a mãe de Aisha acreditavam no fim do mundo e se prepararam pra isso, então, ajudou. E sorte, talvez? Mas a gente tem que se dar um crédito. Éramos crianças assustadas. A gente se trancou e ficou esperando as pessoas adultas chegarem pra nos salvar, mas elas nunca vieram." Erin balança a cabeça quando entramos no depósito. "Seja lá o que for, as coisas ficaram mais fáceis quando Nick assumiu. Ele pode ser meio grosso quando quer garantir que todo mundo está seguro, mas o cara é bom no que faz. Bem, os absorventes ficam aqui, se você precisar... Só tenta dar uma economizada, tá?"

Meu rosto fica vermelho. Eu realmente não quero pensar em ficar menstruado e ter que lidar com Serafim ao mesmo tempo. Expelir minhas entranhas por um só orifício está mais do que bom. "Beleza."

Nossa última parada é no ginásio, que foi reconstruído em vários apartamentos de um quarto do tamanho de armários. Penduraram lençóis para improvisar portas. Algumas *femmes* descansam nos corredores estreitos, e elas me observam da forma como um cervo levanta a cabeça quando desconfia que tem um lobo por perto.

Eu ganho um "apartamento" no fundo do ginásio. É muito menor que meu dormitório em Nova Nazaré, mas é perfeito.

"Nick e eu pensamos que é melhor você descansar um pouco antes de se decidir", diz Erin enquanto eu afasto o lençol. Embora tenha aceitado a faca de Nick, nós não fechamos nenhum acordo. "Então, aproveite seu tempo, tá?"

"Valeu", respondo, mesmo que isso não seja suficiente por tudo o que fizeram por mim. "De verdade."

Ela faz uma pausa e então diz: "O funeral de Trevor vai ser daqui a alguns dias. Não quero insistir, e você não precisa ir se não quiser, mas acho que seria muito importante para Alex, companheire de Trevor, se todo mundo fosse. Só pra demonstrar apoio".

Trevor. O nome do menino, o menino com ossos monumentais. Fico pensando no nome. Um nome tão comum, como o nome de Steven, como o nome de todos os outros Anjos.

"Vou estar lá", prometo.

Já que a dor gruda em mim como se meu corpo fosse todo coberto de carrapichos, o mínimo que posso fazer é apoiar as pessoas que podem realmente sentir alguma coisa. O mínimo que posso fazer é ajudar as pessoas que estão me ajudando. Isso é o que significa ser bom.

* * *

Eu não queria perder o resto do dia, mas meu corpo desliga assim que reconhece que estou seguro. Nada de armas, nada de Graças, então, meu cérebro se apaga como uma lâmpada. Mal tive tempo de fechar a porta-cortina do meu apartamento. Se eu estava em dúvida sobre confiar ou não no CLA, meu corpo escolheu por mim. E ele também decidiu sussurrar enquanto eu tampo os olhos com as palmas das mãos e caio no colchão: *Obrigado, Deus, obrigado.*

Sem me dar conta, acordo na manhã seguinte desorientado e com a boca seca. Não tem nenhuma cruz na parede velando meu sono, nenhuma Bíblia para abrir meus olhos. Os lençóis têm um padrão estranho: pinguins e ursos polares. Deito-me de costas e encaro o compensado de madeira nu.

Pinguins e ursos polares. Será que todos os animais da Terra ficaram melhores sem a gente? Dois anos não chegam nem perto de ser suficientes para o planeta se recuperar. Até a primavera tardia pode ser mortalmente quente, e eu não vejo neve desde que era bem pequeno, embora meu pai tenha me contado que nevava todo ano na Pensilvânia. Mas o mundo deve ter melhorado pelo menos um pouco, certo?

Que coisa horrível de se pensar. É minha mãe na minha cabeça, todas as lições da Escola Dominical, todas aquelas pessoas pregando no púlpito, encontrando motivos para explicar por que a matança de nove bilhões de pessoas estava no plano justo de Deus.

Calço os sapatos e afasto a cortina.

Fora do apartamento, o sol do início da manhã entra pelas janelinhas do teto do ginásio. No corredor estreito entre os quartos, eu sou apenas mais alguém se preparando para o dia — uma entre todas as pessoas se espreguiçando, se inclinando sobre as divisórias de seus quartos e cochichando para uma pessoa amiga, vagando meio grogues pelos corredores. Tem mais bandeiras do orgulho penduradas nas paredes, desenhos pregados ao lado de páginas arrancadas de livros e outros talismãs, colares e pulseiras, todo tipo de coisa usada para afastar o mal.

Mais que tudo, o CLA é silencioso. *Bom dia, acorda, idiota* e *vamos logo, senão alguém vai pegar seu trabalho antes* são todos os sussurros, de um tom mais áspero a um tom mais gentil e todos os tons no meio disso, mas nunca em voz alta. Como se os Anjos estivessem lá fora escutando, esperando para atacar assim que ouvissem o mínimo ruído.

Seguindo o conselho de uma voz, vou até a lousa. Quarenta nomes aguardam as tarefas do dia, a Vigília no canto. Um menino pega um pedaço de giz e coloca seu nome na lista da manutenção. *Sarmat*, ele escreve e entrega o giz para mim.

Preciso fazer alguma coisa. Compensar de alguma forma o fato de CLA ter me aceitado. Ou ocupar as mãos com alguma coisa para elas pararem de tremer, dar à minha cabeça algo para focar além da podridão escorrendo pelos meus dedos.

Escrevo meu nome na lista da limpeza.

Benji.

É a primeira vez que escrevo meu nome. Esse sou eu. Esse sou *eu*. Sinto o gostinho do momento até uma pessoa atrás de mim pigarrear. Entrego o giz para ela.

Pulo o café — não estou com fome e não quero incomodar ninguém perguntando sobre os protocolos de comida aqui — e acabo na cozinha com um pano e um balde de água com sabão. Uma água cinza, imprópria para consumo. A cozinha brilha, toda pintada com cores berrantes, uma tentativa falha de animar um lugar muito simples. Algumas pessoas se amontoam nos fundos ao redor de pratos cheios de comida encontrada.

Perto da pia, Fé está fazendo café em uma bobina de aquecimento movida a bateria. O cheiro faz minha cabeça girar. Não sinto cheiro de café desde que minha mãe nos levou para Nova Nazaré. É tão doce e forte que eu quase consigo sentir o gosto.

Apoio o balde em cima do balcão e encosto na pia — não é uma pia que funciona, pois não tem água corrente aqui, mas, ainda assim, é uma pia. Fé olha ao redor e tem um sobressalto.

"Nossa... Você me assustou", diz ela, esfregando suas olheiras. Embora ela tenha mais músculos que a maioria aqui e uns trinta centímetros a mais que eu, parece pequena. "Como você é silencioso... Benji, está tudo bem?"

"Sim. Eu só queria..." Como é que eu vou dizer isso? "Queria agradecer o que vocês fizeram ontem. Sinto muito mesmo pelo seu amigo."

"As pessoas morrem", responde ela de um modo brusco. "Ele sabia no que estava se metendo quando escolheu a Vigília." Fé tensiona o pescoço ao virar o rosto e fica vendo o café coar. "Quer um pouco? Esse é pra Aisha, mas acho que fiz demais. Ela vai ficar brava se eu desperdiçar."

"Sim, quero experimentar."

Ela ergue uma sobrancelha e diz: "Você nunca tomou café?".

"Não! Eu deveria?"

"Hmm. Talvez não. Você tem... o quê? Catorze anos?"

Ela deve ter dito 14 por educação. Em um dia ruim, eu poderia ser confundido com uma criança de 12 anos. Meu pai disse que minha carinha de bebê seria útil quando eu crescesse, então, considero um desperdício. "Dezesseis, na verdade."

"Estou zoando", continua ela. "Vamos, experimenta."

Quando o café fica pronto, Fé me serve um gole em uma caneca. O cheiro é incrível, mas o café é muito escuro, quase preto. Eu me lembro de cafés bem marrons e bonitos nos filmes.

Tiro a máscara com cuidado e levo a caneca aos lábios.

Ah, *não*. Eu começo a tossir e engasgo. Algumas cabeças se viram. "Tem gosto de terra!"

Pela primeira vez, Fé esboça uma risada e tira um punhado de pacotinhos coloridos de açúcar da gaveta ao meu lado. Não tem muitos sobrando. "Sim, é horrível. Por isso a gente não bebe puro. Quer açúcar? Acho que podemos usar um pouco."

"Não, valeu. Acho que você me convenceu a não beber café."

"Sobra mais pra nós. Aliás, você viu a Aisha? Não quero que o café dela esfrie..."

Fé encosta na parede e espera, e eu começo a esfregar os balcões. É relaxante: varrer, limpar, fazer coisas com as mãos. Em Nova Nazaré, não importava que eu fosse o único filho da madre reverenda Woodside — eu ainda tinha que fazer as tarefas igual a todo mundo. Tem alguma coisa no trabalho braçal que acalma a mente, uma satisfação na forma como os braços e as pernas doem depois. Um orgulho que a gente sente quando olha para um lugar limpo e sabe que fez o que deveria ser feito.

Ainda assim, estou observando Fé disfarçadamente, sua cabeça raspada e as cicatrizes acima de seu top decotado. Se ela usasse esse tipo de roupa em Nova Nazaré, acabariam com ela lá. Há tanta liberdade aqui. E *muitos* tipos diferentes de pessoas. Tenho certeza de que vi mais caras não brancas que brancas. Passei os últimos cinco anos da minha vida vendo tantos tons de pele branca que me peguei olhando mais de uma vez para as pessoas e grudando os olhos nos sapatos porque encarar as pessoas é falta de educação.

O que mais me pegou, porém, é que todo mundo aqui é descrente. Todo mundo. Ninguém aqui acredita no Movimento Angelical. Ninguém se entregou para Deus da forma como os Anjos mandam. Todo mundo aqui é alguém a quem eu fui ensinado a odiar desde que botei os pés em Nova Nazaré. Tentei ver se Nick e Erin tinham armas e pedi que se afastassem, carreguei tanta tensão nos ombros nas últimas horas que eles estão doloridos — e o CLA não fez nada além de oferecer um café e um lugar para dormir.

Eu sou um idiota. Valeu pela podridão no meu cérebro, mãe.

A verdade é que as pessoas daqui têm que se preocupar comigo, e não o contrário. Além de Nick e Erin, não posso deixar ninguém mais saber quem fui, porque as pessoas iriam querer me ver morto, e eu não posso culpá-las. Tenho que descobrir quais são as regras no CLA como descobri quais eram as regras em Nova Nazaré.

Regra número um: cuidado com religião. Ainda que Fé esteja usando brincos de cruz. Ainda que o nome dela seja *Fé*.

Eu quero mesmo perguntar sobre os brincos. São as primeiras cruzes que vejo há dias além das cruzes talhadas nos cadáveres. Depois de passar um segundo esfregando uma mancha no balcão, decido que é melhor não perguntar nada e, sim, mencionar os brincos sem fazer nenhum julgamento.

"Gosto dos seus brincos", digo.

Fé ergue a mão para tocá-los, com os olhos meio arregalados de surpresa.

"O quê... Isso aqui?", pergunta ela.

Erin tira a mão rapidamente.

"Não significam nada", responde na defensiva. "Só acho bonito."

Seu tom me pega desprevenido. "São bonitos mesmo."

"Eram da minha mãe. Paramos de ir à igreja quando eu tinha 10 anos. Os brincos não significam nada, sério."

Ela suspira. Seu olhar não encontra o meu.

"Tudo bem", digo. "As pessoas implicam com isso? Com os brincos, porque você ia à igreja..."

"Não. Ninguém se importa. Desculpa, eu exagerei um pouco."

Devolvo o pano para o balde. Somos as únicas pessoas neste canto da cozinha. De qualquer forma, é como se estivéssemos a sós.

Então, eu continuo: "Posso perguntar se você acredita em Deus?".

Ela pisca os olhos.

"Não é uma armadilha", falo. "Eu juro."

Ela imediatamente cai em uma divagação, como se só estivesse esperando alguém perguntar. "Sim, acredito. E ainda estou tentando descobrir como me sinto com isso. Falando com as pessoas — você sabe, Sadaf é muçulmana, Salvador é católique, Carly é judia — pra ver se alguma coisa faz sentido. Ou se vou ter que lidar com a crença no mesmo Deus que aqueles filhos da puta acreditam." Eu me encolho ao ouvir o palavrão repentino, mas as bochechas dela fazem seus olhos ficarem apertados como acontece quando alguém está sorrindo, sorrindo de verdade. "Sabe... a primeira vez que fui conversar sobre isso com Sadaf, ela não conseguia parar de rir. Me senti uma idiota. Eu quero dizer que... acredito em alguma coisa e não sei o que fazer com isso, e talvez eu não acredite em nada e só *queira* acreditar porque odeio o fato de Trevor ter caído no nada."

Um momento de silêncio, mas nada estranho. Só um minuto de silêncio pelas pessoas mortas.

"Desculpa", diz Fé de novo. "Não quis ser tão..."

"Tudo bem, eu entendo."

"Tenho pensado muito nisso. Desde que ele... você sabe."

"Eu sei."

"Mas e você? O que tá passando pela sua cabeça?", pergunta ela.

Antes que eu possa responder, Aisha entra na cozinha esfregando os olhos de sono. Fé fala *Desculpa...* apenas com os lábios e tira uma caneca do armário.

"Sinto cheiro de café", resmunga Aisha.

"Acabei de passar." Fé serve o café e põe a xícara entre as mãos de Aisha de modo gentil. "Vai com calma."

"Você não precisa..."

"Vai, toma."

"Você não pode agir como se nada tivesse acontecido."

O sorriso de Fé se retrai e o brilho foge de seus olhos por um segundo. "Por favor, Aisha."

Aisha aceita a caneca de café e abaixa a máscara para dar um gole devagar, meio hesitante, e seus olhos fecham de cansaço por um momento. Ela fica completamente imóvel, como se fosse se quebrar em milhões de pedaços, caso se mexesse. Por baixo da máscara, ela usa um batom vermelho muito bonito, que mancha a borda da caneca.

A pergunta de Fé me pegou de jeito. O que está se passando em minha cabeça? No que eu acredito? E quanto disso é *meu* e quanto foi enfiado em minha mente?

Eu não sei.

* * *

No decorrer do dia, outras pessoas se apresentam, e eu me perco em um emaranhado de conversas estranhas. Uma dessas conversas foi com outro cara trans, Calvin. Quando recusei a oferta de um *binder* — nunca me preocupei em deixar meu peito liso —, ele torceu o nariz como se eu estivesse fedendo e disse que tinha outra coisa para fazer.

A única pessoa com quem consegui manter uma conversa decente foi Sadaf, uma menina negra de *hijab* que carregava um livro de medicina e me disse para ir vê-la sempre que eu me sentisse meio indisposto.

"Não dói ser proativa", diz ela, dando um sorriso tão aberto que seus olhos se fecham um pouco.

"O que você faz se alguém pega a infecção?", pergunto.

"Eu conto pro Nick. Ele cuida disso", responde ela.

Faço as contas, tentando me lembrar de quanto tempo os outros Serafins duraram. O tempo que levou para aquelas outras pessoas mártires se despedaçarem, para sua pele se soltar nas mãos delas. Em vez dos dias, ou *horas*, que o Dilúvio concedia, Serafim me deu algumas preciosas semanas. Posso esconder a ânsia de vômito e a dor, mas, no fim de fevereiro, não vai dar para esconder mais nada.

Nick disse que eu ficaria bem. Erin disse que eu ficaria bem. Nick e Erin prometeram. E eu sei que vou ficar.

Não vou?

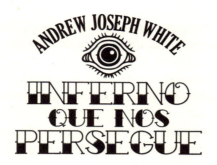

CAPÍTULO 6

A mensagem do nosso SENHOR *é clara: mais uma vez, a humanidade O decepcionou. Fomos tentados para além de qualquer salvação e tornamo-nos uma praga na terra Dele. Nossa redenção, nossa vida eterna, depende tão somente disto: olho por olho, praga por praga.*
— *A Verdade* segundo o alto reverendo padre Ian Clevenger

Nick me pega no quadro de tarefas na manhã seguinte, enquanto eu tento decidir entre fazer o trabalho de limpeza ou ajudar Carly a consertar o barril que coleta chuva que começou a vazar na noite passada. Ele tira o giz da minha mão. "Você vem com a gente, hoje. Me encontra em dez minutos."

Foi assim que eu acabei nos fundos do CLA com Nick, Salvador e o menino queimado de sol, Cormac.

Cormac, com cabelos ruivos compridos e um rifle na mão, é alto e bonito, e ele me cumprimenta com um "Ótimo! Além de tudo, a gente vai ter que cuidar de um adolescente!".

Oi?

"Nick", fala Salvador, unindo as mãos em súplica. "Eu estou literalmente implorando pra você me deixar dar uns tapas nele. Por favor! Só uns tapas. Trevor ia curtir."

Nick fala com uma pessoa de cada vez. "Benji, ignora ele. Salvador, isso não foi nada engraçado. Cormac, mais uma dessa e eu vou *fingir* que não tô vendo. Fui claro?"

"Sim", exclama Salvador. Cormac faz pouco caso.

Minha contribuição é ignorar Cormac totalmente, dizendo "Então, por que estamos aqui?".

Salvador apoia um braço em cima do meu ombro. O toque repentino me assusta, mas ile é quente e forte, então, eu não me importo muito. "Você sabe que Cormac anda cortando um monte de orelhas fora, né? Acredite ou não, ele não faz isso só pela diversão."

Cormac resmunga "Vai chupar um pau...", e Salvador rebate: "Talvez você possa me dar umas dicas!".

Nick empurra Cormac e Salvador para o pátio como se fossem crianças malcriadas, e Cormac e Salvador discutem por um segundo antes de sumirem na grama. Madeira e metal se chocam, e então Cormac e Salvador aparecem arrastando um carrinho em direção ao portão da rua.

"Se você tá pensando em fazer parte da Vigília", diz Nick, "é bom dar uma olhada no que a gente faz". Saio para o sol e olho para as nuvens do início da manhã cerrando os olhos. Faz um dia bonito. "Não quero deixar a Vanguarda esperando."

* * *

O parque da cidade — Wagner Commons, segundo a placa — se transformou em uma floresta minúscula entre arranha-céus e postes de luz apagados. Bancos ladeiam um caminho de cascalho cheio de mato, e a lagoa foi tomada pelo lixo. Esquilos brincam de pega-pega ao redor de um bordo enorme com um corpo amarrado no tronco. Moscas zunem, voando em nuvem ao redor do crânio esmagado e da cruz entalhada na barriga do morto.

Tem corpos assim pendurados em uma fila longa e pestilenta nos dois lados do portão de Nova Nazaré. E em toda a parte nesta cidade.

"Merda", murmura Cormac. O dedo dele treme no gatilho. "Isso é..."

Nick estende a mão. "É antigo."

"Mesmo assim...", diz Salvador.

Nós quatro nos afastamos da execução e seguimos em direção ao ponto de encontro na beira da lagoa. É um pavilhão, um telhado apoiado em uma estrutura de madeira em cima de uma placa de concreto, do tipo que as famílias costumavam alugar para fazer festas de aniversário. Tem até uma grelhazinha triste escurecida pelas cinzas. Nick e eu deixamos o carrinho ao lado de uma das mesas de piquenique — revezei com Salvador algumas quadras antes porque me senti mal por não estar ajudando — e Cormac olha para os campos oscilantes.

Ele rosna: "Disseram que estariam aqui!".

No caminho, Nick explicou o que é a Vanguarda: uma milícia acampada no outro lado da cidade, formada por um grupo de famílias sentadas em cima de uma pilha *enorme* de suprimentos. Se já ouvi falar da Vanguarda em Nova Nazaré, eu não me lembro. Nós rezávamos pela destruição das fortalezas de descrentes, mas nenhuma em particular.

Sinto dentro do meu bolso a faca que Nick me deu. As histórias de terror que minha mãe contava sobre as pessoas descrentes se contorcem aflitas dentro do meu crânio. Nick não teria me dado a faca se tudo isto aqui fosse uma armação, certo? Se ele fosse me entregar para os Anjos... Os esquadrões da morte podem fazer uma exceção à regra de não sobreviventes para me receber de volta.

"Temos um tempo ainda." Salvador aperta os olhos mirando o sol. "Não é nem meio-dia."

"Não é nem meio-dia", repete Cormac. "Meu Deus." Mordo a parte de dentro da minha bochecha quando ouço o nome de Deus sendo dito em vão, prevendo gritos de uma pessoa adulta que possa ter ouvido. "Vou dar uma olhada por aí. Vocês podem vir ou não, tanto faz."

Nick suspira. "Salvador, vai com ele e não deixa o cara se matar."

Salvador se anima. "Tenho permissão pra dar um soco nele se ele começar a falar merda de novo?"

"Não vou nem responder. Tomem cuidado."

Salvador e Cormac se afastam, e agora somos só eu e Nick. Me sento na beirada do concreto, sob um feixe de luz do sol que oscila quando os galhos nus das árvores se mexem com a brisa. E não tiro a mão da faca.

Nova Nazaré tinha um monte de áreas verdes como esta: gramados e árvores, riachos e pontes sobre canais. Beijei Theo pela primeira vez em uma daquelas miniflorestas. Tínhamos 14 anos, os dois pisando descalços na terra, obcecados um pelo outro, porque as paixões juvenis significavam que a gente podia se esquecer do mundo sufocando até a morte além dos muros. Eu poderia fingir que não odiava a forma como meu corpo ficava em um vestido se isso fizesse Theo me tocar de novo.

Nick diz, tão baixo que sei exatamente do que ele está falando: "Quando você foi pra lá?".

Minha cabeça vira na direção de Cormac e de Salvador, que se afastam do alcance da minha voz. Que tipo de pergunta é essa? Abro a boca para protestar: *Você quer que eu leve um tiro?* Mas... quero falar sobre isso. Não dá pra você falar sobre a merda que é ser um Anjo com outros Anjos. Já tentei uma vez, e olha onde fui parar com o Theo.

"Minha mãe levou a gente pra Nova Nazaré quando eu tinha 11 anos. Quando o alto reverendo padre fez o chamado para as pessoas fiéis, sabe?"

"A Ordem do Claustro", fala Nick.

"Sim. A Ordem do Claustro. Minha mãe não estava planejando ir, ela disse que tinha mais trabalho pra fazer fora de lá, mas ofereceram a ela uma posição de liderança na igreja, e ela não podia recusar." Eu me deito sobre o concreto. Um bando de pássaros voa em círculos lá em cima. "Eu tinha 11 anos. Fui tirado da sexta série. Nunca cheguei a aprender equações."

Mas sei recitar de cor o Apocalipse, o que, tenho certeza, é uma habilidade tão útil quanto. *A revelação de Jesus Cristo, que Deus lhe deu, para mostrar aos seus servos coisas que em breve devem acontecer...*

"Você tinha algum envolvimento com os esquadrões da morte?", pergunta Nick.

"Só por causa do meu namorado." Chamar Theo de namorado é mais fácil do que explicar que éramos noivos, que ainda somos, ainda que eu não use mais uma aliança, embora eu preferisse morrer a ter de voltar para ele. "Fui ao ritual de iniciação dele, se é que isso significa alguma coisa, mas ele foi expulso."

Eu fui à Igreja Evangélica da Fé Reformada para ver Theo beijando a massa de carne lá no altar. Eu toquei as tatuagens de asas dele e fingi que gostei delas porque ele gostou, e estava lá com ele quando essas asas foram arrancadas. O problema de Theo era que ele acreditava *demais*. Na igreja, nos Anjos, em Serafim, em mim, porque era tudo a mesma coisa, na verdade. Era capaz de você abrir o peito de Theo e ler os evangelhos nas entranhas dele. Se eu não lhe tivesse dito o quanto eu odiava Serafim, ele poderia ter morrido por mim um dia.

E, não importa o que ele tenha feito comigo, eu ainda...

Eu ainda amo o Theo. O cabo da faca se enterra nos meus dedos.

Por algum motivo, ainda o amo.

E continuo falando:

"Sinto que vou estragar tudo. Tipo, eu acho que vou acabar dizendo alguma coisa horrível porque fui criado assim."

Nick grunhe em resposta.

"Não sei o que fazer. Não quero machucar ninguém. E isso é difícil quando você é tipo... um monstro", concluo.

Nick finalmente olha pra mim. Há uma expressão estranha no olhar dele, uma expressão que não consigo decifrar.

"Você é um monstro porque você é um Anjo", diz ele, "ou porque você é Serafim?"

"Porra! As duas coisas! Isso importa?"

O bando de pássaros encontra um lugar na árvore em que há um corpo amarrado. Do outro lado da lagoa, Salvador atira uma pedra na água.

Nick pega alguma coisa do bolso: um lagarto de brinquedo, feito de miçangas, mais ou menos do tamanho da mão dele. As contas amarelas e brilhantes são quase feias. Ele brinca com o lagarto entre os dedos por um tempo.

"Eu sou autista", confessa ele.

Eu me engasgo: "*Ah...*"! Não por ter achado isso uma coisa ruim, mas porque, de repente, o comportamento de Nick passa a fazer muito mais sentido. Raramente se falava de autismo em Nova Nazaré e, quando se falava, era um tratamento tipo: "Deus nunca nos dá algo além do que podemos suportar" e "Deus escreve certo por linhas tortas". E, às vezes, esse tratamento vinha com uns olhares na direção dos campos de abate. Não consigo fazer Nick se encaixar nisso, não importa o quanto tente.

"Se eu consigo entender como as coisas funcionam", ele diz, "então, você também consegue."

"Certo", é minha única resposta.

"Toma isso aqui." Nick me entrega uns grampos de cabelo que ele tira do casaco. Os bolsos dele são poços sem fundo de coisinhas. "Seu cabelo está caindo na cara."

Então, ele ergue a mão. Tem umas pessoas do outro lado da lagoa repleta de algas, e uma delas está com uma arma levantada, como se fosse uma saudação.

Não são Anjos. Eu tiro a mão da faca.

* * *

Aquela é a Vanguarda?

A *Vanguarda* é um grupo de homens brancos de meia-idade (certo, quatro homens brancos e uma mulher branca, mas os Anjos deixaram dolorosamente claro que tanto faz) todos cobertos, de óculos escuros e uniformes militares roubados. Bandeiras dos Estados Unidos pretas e brancas e crânios bordados foram costurados nas mangas, e um dos homens segura uma arma entre as pernas com o cano apontado para baixo, como se quisesse compensar alguma coisa. Sinto que eu deveria estar grato por usarem máscaras, embora dois dos homens estejam com o nariz para fora.

Salvador se inclina por cima do meu ombro e sussurra: "É, eu sei". Cormac faz *psiu* para gente.

"Bom dia, jovens", diz um deles em um tom quase estridente, da forma como as pessoas costumam falar com criancinhas.

"Bom dia, Joey", responde Nick. A cabeça dele está num ângulo que quase poderia se considerar pretensioso, seus olhos estão frios e cansados. Mesmo de máscara, Nick tem alguma coisa que não me deixa parar de olhar para ele. Sou *prometido*, eu me lembro, o que não impacta em nada no fato de eu ser muito gay. Eu enterro as unhas no dedo em que minha aliança deveria estar.

A Vanguarda — cinco pessoas e doze armas de calibre pesado, o que é muito até para o padrão dos Anjos — se instala na mesa oposta, colocando seu próprio carrinho em cima dela. O carrinho está coberto por uma lona empoeirada. Um cara mais atrás olha Cormac como se ele fosse um adversário, como se Cormac não tivesse a metade da idade dele. Um outro encara Salvador como se estivesse tentando descobrir o que ile é, e isso tem tantas implicações racistas e transfóbicas que o ar fica denso.

A única mulher do grupo franze a testa para mim e diz: "A senhorita é nova, não é?".

A palavra *senhorita* me acerta em cheio, como *irmã Woodside* fazia. Uma faca enfiada entre as costelas direto no pulmão que me tira todo o ar.

Pela primeira vez na vida, eu me defendo em voz alta.

"Não sou uma menina."

É isso. É tudo o que tenho a dizer. *Não sou uma menina*. O mundo não desmorona. A mulher não cospe em mim nem diz que estou falhando em minha feminilidade diante da visão de Deus. Ela só murmura: "Certo. Eu devia ter pensado nisso...".

Como que para cortar a tensão que crescia no pavilhão, Joey puxa a lona do carrinho. "Vamos logo com isso!"

Vejo algo saído de Isaías, capítulo 25 — *um banquete de vinhos, de coisas gordurosas cheias de tutano.* Engradados de garrafas de água, caixas repletas de frutas, vegetais e atum enlatados, e aquilo ali é *manteiga de amendoim*? Barras de sabão, pacotes de meias e absorventes. Pilhas, álcool em gel e sal. As embalagens de plástico brilham intensamente ao sol, mas aquele bem que poderia ser o brilho de metais preciosos.

"Foi o que conseguimos em tão pouco tempo", diz Joey. "Água, não perecíveis, produtos de higiene... Não podemos fornecer os antibióticos."

Nick bufa.

"Mas esperamos que a oxicodona resolva. Vamos ver as mercadorias!", conclui Joey.

Nick acena com a cabeça para Cormac, que entrega uma sacola para a mulher que confundiu meu gênero.

"Deveriam ser sete", diz Cormac.

Irmão Hutch. Steven. O novato. O cara da aliança. Mais três outros rostos que eu não reconheci, mas deveria.

As orelhas saem da sacola uma por uma. Cada uma delas é erguida em direção ao sol, pinçada entre os dedos enluvados da mulher, que está com os olhos cerrados como se estivesse procurando alguma coisa. As orelhas parecem estranhas ali sozinhas, descoloridas e emborrachadas. Como se tivessem saído de uma loja de fantasias, sido cobertas de sangue falso. A mulher limpa uma por uma e as coloca no banco ao lado dela. Um pequeno desfile de partes do corpo, só orelhas, só orelhas *esquerdas*. Talvez para a Vigília não ser acusada de dobrar os números.

Ela pega uma massa de carne toda disforme. A orelha esquerda do irmão Hutch. Ou o que sobrou dela.

"Que merda é essa?", pergunta a mulher.

"Uma orelha", responde Cormac. "O que você acha que é?"

A mulher vira a orelha, examinando-a mais uma vez.

"Não estou dizendo que você está mentindo, mas..." Sem interromper o contato visual, ela joga a orelha na grama, fora do pavilhão. "Não serve."

Eu quase protesto, mas Nick não diz nada, então, fico quieto também. Ele só cruza os braços, com os olhos piscando como se estivesse implorando a si mesmo para manter a compostura.

Felizmente, as outras orelhas são boas. São seis agora, um pequeno conjunto de duas fileiras por três ao lado da coxa da mulher.

Então, ela alcança o dente da Graça no fundo. Ela o entrega para Joey. "E isso aqui?", pergunta ela.

Nick responde: "É o dente de uma abominação". Não uma Graça. Uma abominação. Eu guardo o vocabulário para depois: *abominação*. Levítico 20:13 — *Se um homem também se deitar com homem, como ele se deita com uma mulher, ambos cometeram abominação*. Deuteronômio 22:5 — *A mulher não vestirá aquilo que pertence a um homem, e um homem não vestirá a veste de uma mulher; porque todos os que fazem isso são uma abominação para o* SENHOR *teu Deus*. Ouço a voz da minha mãe sibilando no meu ombro da forma como o Diabo falou por entre as presas da cobra no Éden.

"E por que você achou que isso teria algum valor pra gente?", indaga Joey.

"É um lance de fora da cidade." Como a voz de Nick pode estar tão calma? "Foi o que vocês pediram."

"Até onde sabemos, isso aí é de um daqueles filhos da...", Joey faz uns gestos rápidos com a mão. "Aqueles filhos da mãe. Nada perigoso."

Algumas Graças não são de fato aqueles monstros enormes e terríveis que os Anjos adotaram em suas alas. Graças assim são uma bênção rara, geradas quando a massa de mutações cria alguma coisa útil. Na maioria das vezes, o corpo explode em *pedacinhos*. Meu pai e eu encontramos um pedaço há alguns dias: uma pessoa virada do avesso, com os pulmões inchados como se buscassem ar incessantemente.

Então, amanhece.

A Vanguarda tem muito medo de fazer tudo sozinha.

Com todos os crânios e as bandeiras, o poder de fogo e a força física, a Vanguarda não consegue lidar com aquilo que a Vigília faz. A Vanguarda tem muito medo de revidar, então, seus membros usam crianças para fazer isso.

Nick diz: "Nosso amigo morreu por isso".

Silêncio.

"Certo", fala Joey, por fim. O dente é posto ao lado das orelhas. "Meus sentimentos."

"Você acha que isso é suficiente?", pergunta Nick. Posso ouvir os dentes dele rangendo, a tensão em seu maxilar. "Nós fizemos o que vocês queriam."

Joey diz: "Acho que isso pode servir", e se vira para o homem ao lado dele. "Dois engradados e todas as caixas, menos a maior."

A maior: aquela transbordando de meias novas e frascos de remédio despontando pelas costuras do papelão.

Salvador grita: "Vai se foder, cara!". Cormac avança como se estivesse se coçando para começar uma briga, e Nick só faz um som baixo e rouco. Nem eu consigo me aguentar.

"Você não pode fazer isso!", protesto e me viro para Nick. "Essas pessoas podem fazer isso? Elas não podem simplesmente fazer isso, né?"

"Se acalmem", pede Nick.

"Uma daquelas orelhas não estava boa", explica Joey. "Peço desculpas se estamos sendo cautelosos demais ultimamente. Também não temos muitos suprimentos. Ninguém tem. E nós decidimos o que tem valor. Tenho certeza de que vocês entendem, crianças."

"Nós fizemos um acordo", Nick diz com raiva.

"E esse acordo", continua Joey, "depende de vocês fazerem seu trabalho. Vejam, crianças, sacrificamos muita coisa pra conseguir tudo isso pra vocês. Tiramos tudo isso aqui de nossas esposas e de nossas crianças com a promessa de que vocês estariam deixando a cidade mais segura pra nós." *Eu sabia.* "Na época, nós pensamos que seria um bom acordo. E, se isso for tudo o que podemos conseguir, nossas famílias podem achar que nada disso vale a pena."

Uma ameaça.

Nick desmorona.

"Ok", diz ele. Ele fixa o olhar no chão, e seus dedos apertam o lagarto de contas. Isso não parece certo — esse não parece o Nick. "Tudo bem. Ok."

"Foi o que pensei", fala Joey. "Vamos abastecer vocês, então."

Eu pego um engradado de garrafas de água e o levo até o carrinho. Deve pesar uns vinte quilos, por isso minhas mãos doem quando o apoio. Posso sentir o olhar da mulher sobre as minhas costas, os olhos do grupo inteiro sobre nós. Cormac apoia as costas em um dos pilares que sustentam o teto, a postos em sua função de guarda, encarando Joey.

"Bando de babacas", cochicha Salvador para mim quando nossos braços se tocam enquanto amarramos as caixas. Dois engradados e todas as caixas, menos a maior. Por baixo da máscara, seu rosto treme de raiva. Tenho a impressão de que ile vai explodir assim que estivermos longe o bastante para não nos ouvirem. "Não suporto essa gente."

É por isso que a Vigília luta com os Anjos. Para trocar pedaços de carne por suprimentos que são roubados logo em seguida. A Vigília é atraída com comida e remédios por gente adulta que fala com as pessoas como se elas fossem criancinhas. Gente adulta que deveria ter mais noção. Um bando de covardes.

Nick cumprimenta Joey com um aperto de mão brusco e rápido. O lagarto de contas chocalha. Ele está com raiva. Nós estamos. Um amigo foi perdido para os Anjos, e tudo o que conseguem em troca é algumas garrafas de água e desrespeito.

Está resolvido. É isso o que quero fazer. Eu posso ajudar. Posso fazer os Anjos sofrerem por isso.

Posso fazer *alguma coisa*.

* * *

Quando voltamos ao CLA, um monte de gente curiosa e ansiosa nos cerca. É a primeira demonstração de alegria que eu vejo desde que cheguei aqui. Alguém se oferece para dividir comigo uma lata de pêssegos enlatados em agradecimento, mas me sinto muito culpado para aceitar e aceno para Salvador, pois ile vai aproveitar muito mais do que eu. Agora que sei de onde os pêssegos vieram, agora que sou mais uma boca para alimentar, a comida, pra mim, vai ter gosto de papelão molhado. Fico revoltado com a ideia de tirar comida de uma pessoa que possa precisar mais que eu.

Me distraio tentando localizar Nick para contar sobre a minha decisão, mas não o encontro em lugar algum. Erin está tão ocupada tentando organizar a comida e as pessoas que seria golpe baixo dar mais uma coisa para ela ter de resolver. Então, passo o resto do dia ajudando Sadaf a catalogar os parcos suprimentos médicos, embora, nesse meio-tempo, eu tenha sido obrigado a me esconder no pátio, no mato que cresce lá no fundo, para vomitar um pouco mais dos meus órgãos. Um pedaço fica preso em minha garganta, e tenho que puxá-lo com os dedos.

CAPÍTULO 7

> *O dom do* SENHOR *não é um dom fácil de suportar.*
> *É doloroso — mas a madre reverenda diz que nenhuma*
> *bênção verdadeira vem sem dor. A doença, a agonia e a*
> *raiva vão atingir você além do imaginável. Suporte tudo*
> *isso com dignidade, pois a salvação é garantida. (Mas,*
> *Deus, eu seguiria um caminho mais fácil se pudesse.)*
> — **Anotações da irmã Kipling sobre o Dilúvio**

O funeral de Trevor é amanhã à noite. O CLA fica silencioso e imóvel como um cadáver o dia inteiro. Ninguém vai conseguir sequer respirar até o cheiro opressivo do ar sumir, até que a coisa terrível que se infiltra em nossos pulmões seja olhada nos olhos.

O funeral vai acontecer no pátio dos fundos do CLA, que é cercado por um banco e o portão. Não cabem nem quarenta pessoas ali, menos ainda com uma cova aberta do tamanho de uma caixa de sapato, marcada por uma pedra. Nunca participei de um funeral. Os Anjos desprezam esse tipo de coisa. O tio da minha mãe morreu quando eu tinha 8 anos, e seu lado da família parou de falar com ela porque minha mãe se recusou a aparecer na cerimônia. Funerais são um ritual de luto; portanto, um sacrilégio. A perda faz parte dos planos de Deus. *Como você ousa lamentar o que Ele pode tirar porque sempre foi Dele?*

Escurece, e o céu está laranja e anil. A única pessoa que não está ao redor da cova é a *sniper* lá em cima, sentada na beirada do telhado com as pernas balançando.

Sou o último a sair para o pátio. Solto a porta atrás de mim, e ela bate no tijolo que a mantém aberta. As pessoas se amontoam como as algas na lagoa do Wagner Commons. A Vigília se agrupa perto do portão. Erin está em pé atrás da cova, cochichando com alguém que eu não consigo ver. E Nick fica afastado de todo mundo, só com a companhia de seu lagarto de contas.

Fé acena, tentando me chamar para que eu vá me juntar à Vigília. Aisha está encostada no ombro dela, buscando desesperadamente secar as lágrimas. Aceno em resposta, oferecendo um sorriso que espero que atravesse minha máscara, mas vou na direção de Nick. Depois de vê-lo desmoronando na frente da Vanguarda, não quero deixá-lo sozinho. Ou algo assim. Sei lá.

Nick está concentrado em seu lagarto. Ele olha fixamente para cada conta enquanto passa os dedos por cima delas. Gosto do fato de não sermos obrigados a dizer nada. É mais fácil assim.

"Agradeço a presença de todos vocês", diz Erin, alto o suficiente para alcançar a área do pátio e nada mais. Ela muda quando está diante de muitas pessoas. Sua voz não oscila, e ela não mexe de um jeito nervoso em suas tranças. "Os últimos dias têm sido difíceis, e eu estou muito orgulhosa de ver o modo como enfrentamos tudo. No entanto, se manter forte por tanto tempo machuca qualquer pessoa. Significaria muito pro Trevor nos ver juntos assim, mesmo que só um pouco."

Como você ousa lamentar o que Ele pode tirar porque sempre foi Dele? Faz anos que não consigo chorar. Os Anjos garantiram que isso não aconteceria; minha mãe garantiu. Vi meu pai morrer, e tudo o que fiz foi prender a morte dele no meu peito, de onde nada pode sair a não ser literalmente minhas entranhas. Vi a cabeça dele ceder ao redor da bala, transformando seu rosto em uma flor sangrenta de crânio e língua, e aceitei isso e continuei correndo porque não havia mais nada que eu pudesse fazer.

"Trevor era o nosso coração", continua Erin. Uma menina soluça e esfrega a boca na manga da roupa dela. "Ele lutou por nós porque nos amava. Ele invadiu a prefeitura quando nosso orçamento foi cortado, ficou com a gente n'Aquele Dia e não saiu do nosso lado nos outros dias. Ele morreu por nós porque nos amava."

Meu pai morreu por mim porque me amava. Vou fazer parte da Vigília, vou ser bom, vou fazer os Anjos sofrerem porque eu amo meu pai.

Um menino se apoia em uma pessoa amiga perto dele, e eu consigo ver quem está ao lado de Erin: uma figura muito magra em um casaco de retalhos. Nos funerais, como os que eu vi nos filmes, essa pessoa seria a viúva. Em vez de um buquê de lírios e várias flores brancas, elu segura uma pulseira cheia de coisinhas penduradas.

Queria ter ficado com o relógio do meu pai. Com a aliança de casamento dele. Um pedaço da camiseta dele, seu sangue embaixo das minhas unhas. *Qualquer coisa.*

"Se alguém conhecia Trevor bem", murmura Erin, "esse alguém é Alex." Ela apoia a mão no ombro delu, abaixando a cabeça bem devagar. Eu me lembro de Erin pedindo para Salvador encontrar Alex algumas horas depois da morte de Trevor, pois elu tinha desaparecido e Erin estava preocupada — e lembro de ter visto de relance o casaco delu atrás do radioamador no saguão. Elu parecia tão abatide, tão destruíde... E ainda parece. "Quer dizer alguma coisa, Alex?"

Alex balança a cabeça e coloca a pulseira na cova.

Elu nunca vai chegar a ver o corpo de Trevor, certo? Estou sentindo pena ou inveja delu? Eu me sentiria melhor se não tivesse visto meu pai sendo assassinado, se Steven tivesse me agarrado pelo pescoço e me tirado dali enquanto o irmão Hutch matava o meu pai? Me sentiria melhor se meu pai não tivesse morrido com a mão no meu cabelo, sem o sangue dele na minha boca?

"Você tá rangendo os dentes", sussurra Nick.

Eu relaxo o maxilar. Preciso usar todos os músculos do rosto para isso. "Valeu."

Será que acredito que meu pai está no Paraíso? O que aconteceu quando a bala rasgou o cérebro dele e transformou aquele órgão delicado em gosma? Gostaria de pensar que ele está mais feliz agora que antes, quando estava sufocado pela minha mãe e pela igreja, mas não consigo engolir isso.

"De novo", diz Nick.

"Merda." Mexo a mandíbula e encaro a parede de tijolos ao meu lado porque é melhor que ficar olhando para uma cova. "Eu só..."

"Eu sei."

Tem outra pessoa falando agora. Alex fica de lado, enrolade em seu casaco, com a cabeça baixa e em silêncio. Eu me pergunto se pareci tão pequeno assim ao lado do corpo do meu pai, entre o momento em que a cabeça dele foi estilhaçada até eu me levantar e sair *correndo.*

Orar pelas pessoas mortas é um sacrilégio, uma heresia, uma blasfêmia. Nunca me ensinaram uma oração dessas, então, tenho que inventar uma. Evoco as palavras da minha mãe, os gritos ululantes na igreja, e transformo tudo em algo em que não tenho certeza de que acredito. *Ó Deus, acolha essas almas em Teus braços e alivie seu sofrimento.* Será que as almas chegam a algum lugar? Não importa se isso é verdade ou não, eu acho, desde que eu consiga aliviar um pouco do peso em meu peito. *Em Tua sabedoria, deixe que sejam julgadas e deixe que descansem.* Não sei dizer se estou fingindo. Se eu quisesse que isso fosse verdade da mesma forma que Fé queria que fosse, então, saberíamos que existe algo mais que o nada.

Alex segura um soluço e se afasta.

As orações não ajudam nenhuma pessoa viva, a não ser aquela que as profere. Não posso simplesmente ficar aqui parado. Eu prometi que ajudaria.

Sussurro para Nick: "Já volto".

Ele não diz nada, só observa.

Alex está se afastando da cova. Elu se parece muito comigo: pálide, rosto feminino, olheiras embaixo dos olhos. Abordo Alex perto da porta dos fundos, embaixo das pernas da *sniper* penduradas e balançando na beirada do telhado, pouco antes de sua mão alcançar a maçaneta.

"Ei", sussurro. Alex, sobressaltade, me olha com os olhos marejados. "Alex, certo?"

Elu pergunta com desdém: "Quem é você?".

Eu compreendo a raiva, meu Deus, como compreendo. "Sou o Benji. O cara novo. Queria dizer que..." *Eu estava lá quando Trevor morreu. Vi a luz deixando os olhos dele.* "Eu perdi uma pessoa, uns dias atrás. Se você, hã, quiser falar sobre isso... eu estou aqui."

Alex me dá um soco na cara.

A dor explode em meu maxilar. Caio na parede, minha cabeça bate com tudo nela, e eu paraliso por tempo suficiente para dizer: "O que...". Por tempo suficiente para Alex enfiar o braço embaixo da minha garganta e fazer tanto peso nela que sinto uma pressão no meu esôfago. Busco o ar, lutando para segurar o braço de Alex.

Os olhos delu estão arregalados, vermelhos e injetados, e Alex rosna: "*Foi você*".

"Alex!", grita alguém, quebrando o silêncio desesperador do pátio. Enterro tão forte minhas unhas no pulso delu que alguma coisa estala.

"Você matou ele", geme Alex. Elu aperta mais a minha garganta, e eu me engasgo. "Você matou ele! Ele estaria vivo se você não tivesse ficado no caminho de *Nick!*"

"Alex!" É a voz de Fé, mais alta. "Alex, para!"

Alex se desconcentra por um segundo, então, eu prendo o pescoço delu com o braço, dou um soco em suas costelas e jogo meu corpo contra o delu. Caímos juntos na grama.

Acho que estou ouvindo Erin, depois Nick, *eu acho*, porque não sei mais. Não consigo ouvir mais nada além do zumbido nos meus ouvidos, do sangue quente correndo pelas minhas veias, pois estou no chão com Alex e estou fazendo um barulho terrível, úmido e gutural como uma Graça. Estou em cima de Alex. As juntas dos dedos delu acertam meu maxilar, meus dentes batem, e um pedaço de esmalte atinge o fundo da minha língua bem onde a podridão está fervendo, escorrendo pelos meus dentes. Cada terminação nervosa minha está pegando fogo. Minha visão queima, fica vermelha.

Eu tenho uma faca. E se Alex tiver uma faca também? E se elu enfiar essa faca no meu pulmão?

Me inclino sobre Alex, jogando todo o meu peso até elu se engasgar, com suas unhas rasgando a pele do meu rosto. Nossos tênis afundam na grama, e o joelho de Alex acerta meu estômago enquanto elu se retorce, resistindo. Eu tenho que pegar minha faca antes, eu tenho que...

A mão de alguém me agarra pelo capuz do casaco e me puxa para trás, me jogando no chão. Eu rosno e chuto o ar. Alex se afasta, segurando o pescoço. As marcas brancas ao redor de seu pescoço desaparecem conforme o sangue volta a circular ali.

Acima de mim, Cormac dá uns passos para trás, espumando de raiva. Seu rabo de cavalo desmanchou e mechas de cabelo caem em seu rosto.

"Que merda é essa?", esbraveja ele. "*Que merda é essa?*"

A obstrução da minha visão diminui. O mundo volta a ter foco: o CLA inteiro está olhando para a gente. Nick está segurando o pulso de Erin. Todo mundo está imóvel, até a Vigília, os olhos arregalados como se tivessem me pegado rezando uma oração dos Anjos.

"Jesus Cristo", diz Cormac. Ele estende a mão para Alex, que se arrasta ainda mais para trás antes de se levantar cambaleando, ignorando Cormac por completo. Cormac se vira para mim, com o rosto contorcido. "Que merda tem de errado com você?"

Não respondo. As palavras sumiram. Eu mal presto atenção nele, só ouço as batidas do meu coração e meus ossos rangendo. Só o Dilúvio queimando na minha boca, o gosto de carne podre. Engulo a podridão mesmo sabendo que ela vai voltar mais tarde.

Cormac tira os olhos de mim, sai marchando até Nick e enfia o dedo no peito dele. Nick recua. Erin põe o braço entre eles.

"Se você acha que eu vou trabalhar com esse filho da puta...", sibila Cormac.

Nick só responde: "Tira a mão de mim".

Alex abre a porta dos fundos e dispara para dentro do CLA. Cormac treme estranhamente por um segundo, olhando de um rosto para o outro, esperando que alguém mais fale alguma coisa. Ninguém fala nada. Aisha, Fé e Salvador vão embora.

Cormac desiste, resmunga e segue Alex.

Eu fico sozinho.

O fogo queima sob os meus dedos, abrasador, minhas células rompem e estouram. Meus pensamentos são um turbilhão raivoso de palavras, e nenhuma delas passa pela minha língua. Todo mundo viu que ele começou, certo? Eu fiz o que tinha que fazer. Não me olhem desse jeito. *Não me olhem desse jeito.*

Uma palavra atravessa o nó na minha garganta. Um *"O quê?"* sangrento e podre.

Nick se separa do grupo de pessoas e me levanta sem nenhuma gentileza.

"Eu acho", diz ele, com o rosto bem perto do meu, "que é melhor você ir se deitar."

Eu me vejo a ponto de quase deslocar o braço de Nick pelo fato de ele me tocar daquele jeito, e só então consigo me olhar de fora e perceber.

Tem alguma coisa muito, muito errada na minha cabeça agora.

Eu não faço esse tipo de coisa. Não sou *eu.*

Então, o que é?

CAPÍTULO 8

*Assim como a igreja é para Cristo
e uma esposa para o marido,
as Graças são para o nosso Serafim.*
— **Anotações da madre reverenda Woodside**

O Dilúvio trabalha em estágios que passam tão rápido que se confundem — a pessoa morre na quadragésima hora, no máximo. Ele funciona mais como um parasita do que como um vírus, devorando tudo o que toca. Começa pelas entranhas, desfazendo seus órgãos, e chega tão rápido ao cérebro que você não percebe a sua espinha despontando das costas até já ter tentado enfiar os dentes no pedaço de carne mais próximo.

Mas Serafim é lento e meticuloso. Ele tem uma visão em sua mente e vai fazer tudo certinho. Consigo ver os estágios acontecendo perfeitamente, todos em ordem, marcando um × em cada lacuna. Eu vi isso acontecendo com todos os Serafins falhos antes de mim, e agora posso ver tudo no espelho.

Este é o segundo estágio. A irmã Kipling tinha um termo específico para denominar o lugar em que ele acontece: a barreira hematoencefálica. O vírus passa do sangue para o cérebro e começa a bagunçá-lo como faz com o corpo. Da mesma forma que o toxoplasma faz os ratos amarem os gatos, da mesma forma que o fungo *cordyceps* parasita insetos e os controlam para ficarem pendurados no caule de uma folha. O Dilúvio facilita a transmissão do vírus e faz a pessoa sentir muita raiva. Primeiro, a pessoa começa a vomitar os órgãos e, depois, ela fica *possessa*.

Não posso dizer que não sei o que deu em mim, porque eu sei. E não posso fazer parte da Vigília se vou machucar as pessoas que eu deveria estar ajudando.

Então, vou fazer com Serafim aquilo que consigo fazer com qualquer outra Graça: vou olhar a coisa nos olhos e assumir o controle.

* * *

Se Nick não quisesse que eu fosse embora do CLA, ele não deveria ter me mostrado como era fácil sair de lá sem que a pessoa que fica de guarda notasse. Ele teve que assobiar para chamar a atenção da pessoa quando fomos para o Wagner Commons, e só então ela notou a gente e acenou em resposta: *Beleza, já que foram tão gentis, eu não vou atirar em vocês.* Tudo o que tenho que fazer é esperar escurecer e segurar a maçaneta do portão de um jeito que não faça as dobradiças rangerem quando eu o abro.

Estou sozinho em Acheson.

A cidade é bonita se você ignorar o fato de que, por meses depois do Dia do Juízo Final, o lugar ficou fedendo a cadáveres se decompondo em camas, macas de hospital, carpetes e becos. Os corpos cozinharam ao sol sufocante e seus estômagos romperam, inchados com os gases de putrefação. Se você ignorar que alguns dos cadáveres seguem a gente com os olhos quando passamos. Se você conseguir se esconder bem o suficiente dos esquadrões da morte.

Entretanto, a cidade *tem* alguma beleza. Não existe mais poluição luminosa, então, você pode olhar para o céu à noite e ver o universo todo brilhando entre as nuvens e os arranha-céus. A natureza se esgueira por entre as fendas no asfalto e nas laterais dos prédios. Tiro a máscara e respiro um ar fresco, frio e silencioso em uma esquina.

Entendo como os Anjos conseguem radicalizar uma pessoa. A vida eterna e um céu desses podem convencer um monte de gente a se juntar à causa deles. Mas essa beleza vem sempre acompanhada do desespero de bilhões de pessoas que foram massacradas por essa causa. Eu continuo andando.

Se vou enfrentar Serafim, se vou dar vida a esse vírus e fazer um acordo com ele, eu preciso de uma Graça.

Não sei bem onde procurar. Não conheço tão bem esta cidade como as pessoas do CLA, então, eu conto as quadras nos dedos e decoro placas de ruas para não me perder. Abro portas e me deparo com ossadas, mas não fico nos lugares porque os porta-retratos empoeirados me dão medo. Assusto animais de estimação perdidos e animais necrófagos que vagam pelas ruas. Não encontro nem uma Graça.

Meu caminho me leva até um mercadinho entre as fachadas de duas lojas em ruínas. As janelas estão cobertas de anúncios do governo, desbotados de sol, sobre a escassez da água e as limitações energéticas. *Agora já era.* Empurro a porta da frente e um sininho toca, o primeiro som que ouvi a noite toda além dos meus tênis no asfalto. O sino é imediatamente seguido pelo miado de um gato enquanto um borrão laranja desce do balcão, derrubando canetas e rosnando o tempo todo.

Franzo a testa. Sinto falta de bichinhos. "Foi mal, gatinho."

O mercadinho foi saqueado. As prateleiras estão vazias, e só os itens mais dispensáveis foram deixados para trás — algumas vassouras presas com braçadeiras, uma massa do que talvez, um dia, tenha sido frutas frescas, pilhas de bilhetes de loteria, todos riscados por algum motivo. Considerando a proximidade do CLA, não me surpreenderia que alguém que eu conheço tenha limpado essas prateleiras. Não me surpreenderia que Erin, Aisha, Fé e Nick tenham vivido de Doritos e de carne desidratada por um tempo.

Estou prestes a sair — não tem nada aqui além de vassouras e um gato — quando vejo uma pilha de mapas de Acheson em uma embalagem de plástico. *Perfeito.* Pego um mapa e o abro em um canto nos fundos cercado de prateleiras, onde um feixe de luz do luar entra pela janela. O chão está imundo, mas eu me sento nele mesmo assim. Segundo o mapa, tem um pronto-socorro a algumas quadras daqui. Os hospitais devem ter servido de incubadoras para o Dilúvio. Posso imaginar os necrotérios lotados de médicos cuspindo sangue, uma Graça surgindo entre as macas, sua carne derretendo e se reconstruindo.

É minha melhor aposta. Eu abaixo a cabeça, meus dedos traçando caminhos pelas ruas enquanto tento me orientar. De que direção eu vim? Que direção devo tomar?

O sino da porta toca.

O gato mia.

Eu congelo.

A porta se abre. Uma forma escura desliza entre as prateleiras, apoiando a mão no balcão da frente. Cubro a boca para abafar a minha respiração. Nada de vestes brancas, então não é um Anjo. Uma pessoa descrente, será? Alguém que se assustaria se eu fizesse barulho batendo nas prateleiras ou alguém que cortaria a minha garganta?

Tiro a faca do bolso e a abro. Assim que a lâmina desponta do cabo, o gume prateado capta a luz da lua. A ponta está terrivelmente afiada. É assim que os Anjos mantêm suas facas.

A lâmina faz um clique quando volta ao seu lugar. Um barulho bem alto.

Sussurro um *"Que merda!"* com os lábios e não tenho tempo de me sentir culpado por blasfemar. O som dos passos para por um segundo, ouço o arrastar de uma sola de borracha sobre a cerâmica, e então os passos continuam. Mais rápido. Na minha direção.

Aquela raiva vermelha volta a queimar a minha garganta, a fúria que me fez apertar o pescoço de Alex. Mais de Serafim ultrapassa a barreira, se acomodando na massa cinzenta e nas dobras do meu cérebro.

A forma escura dá um passo além da última prateleira.

Eu avanço.

Alguém me pega pelo pulso, me vira e me joga contra as prateleiras. Minhas costas estalam, refis de esfregões e esponjas mágicas se espalham pelo chão. Minha mão que segura a faca está presa acima de mim. O brilho fraco de uma outra lâmina cintila entre a minha barriga e uma mão toda machucada.

Uma voz rouca me alerta: "Cuidado".

Tá de brincadeira.

Luto para respirar. *"Nick?"*

Ele me solta, tirando a faca da minha barriga. Tropeço e começo a tossir na mão, tentando fazer o ar voltar para os meus pulmões.

"Você tá péssimo", diz Nick enquanto eu me esforço para me acalmar. Me inclino para cuspir a podridão do Dilúvio no canto, mas felizmente nada sai. "E fecha essa faca. Você vai acabar perdendo um olho."

Relutante, eu faço o que ele me pede. "Achei que você ia me matar!"

"Então, não seja tão fácil de matar." Solto um gemido. "E bota a máscara. Se tivesse mais alguém te seguindo além de mim, você teria muita coisa pra explicar." Ele tem razão, eu acho — ficar sem máscara significa que ou *estou infectado e não faz sentido usar uma* ou *não me importo se ficar doente e passar o vírus pra todo mundo.* Cubro o nariz com a máscara e me abaixo para pegar o mapa. Nick dá um passo para o canto e não me deixa pegá-lo. "Mas você já tem coisas pra explicar agora. O que você tá fazendo?"

"Por que estava me seguindo?", pergunto.

"Porque foi fácil te seguir. O que você tá fazendo?"

"Estava tentando fazer uma coisa."

"Muito vago."

"Não sou um agente duplo, se é isso o que você tá pensando. Me dá o mapa."

Ele não cede. "Ter cuidado nunca é demais."

Sorrio com deboche. "Você realmente acha que os Anjos iam usar Serafim pra espionar um bando de *queers* que vão morrer de fome no verão? Sim, é isso mesmo. O *mapa.*"

Nick tira o pé de cima do objeto. Eu o dobro e guardo no bolso.

Quero fazer parte da Vigília. Preciso provar que não sou um perigo. Tento firmar a voz e limpar toda a raiva que está contida nela, me certificando de usar um tom baixo e tranquilo.

Eu digo: "Estava tentando achar uma Graça. Pra poder praticar".

"Praticar", repete Nick.

Parece triste quando digo em voz alta. "Fiquei com muito medo no funeral. Era daquilo que eu estava falando no parque. Sobre ser um monstro e tudo o mais." Mas, mesmo que isso cause pena, eu tenho que falar. "Quero ajudar vocês. Quero fazer parte da Vigília." Nick pisca. "Mas não quero machucar as pessoas que são minhas amigas."

Ele responde: "Você não é amigo de Alex. Ninguém tem amizade com Alex".

"Não é esse o ponto."

"Não é", concorda Nick. "Você quer fazer parte da Vigília?"

"Quero." *Faça eles sofrerem. Seja bom.* "Meu Deus, eu quero."

Nick estende a mão. "O mapa."

Entrego o mapa para ele. Ele aponta para um lugar indeterminado. "Tem um abrigo aqui. Vamos."

* * *

"Então, o que aconteceu no funeral?", pergunta Nick. Estamos caminhando no meio da rua; Graças selvagens podem ser ouvidas a uma quadra de distância, e os esquadrões da morte não costumam fazer rondas noturnas. Não precisamos ficar na calçada. "Se é que você sabe o que aconteceu."

Enfio as mãos nos bolsos. "O Dilúvio bagunça a cabeça da gente."

Nick olha para mim. A luz das estrelas realça muito os olhos dele. As pessoas nunca falam sobre a beleza dos olhos escuros, ainda mais quando são tão escuros que são quase pretos, como os de Nick.

"Bagunça muito?", pergunta ele.

"Não muito", respondo. "Não ainda, pelo menos."

"Vamos lidar com isso."

Encontramos o abrigo depois de algumas quadras; é pequeno e de aparência comum. Eu nunca tinha visto um abrigo na vida real. Quando era mais novo, minha mãe passava correndo por esses lugares, me dando um sermão sobre os perigos da superpopulação e da preguiça, dizendo que algumas pessoas se recusam a assumir responsabilidade pela própria vida. *Aquelas pessoas devem ter feito algo errado para serem punidas assim. Deus é bom; Deus é justo.* Isso não colaria no CLA. Só passei alguns dias lá e sei como as pessoas reagiriam: "Deus é justo porra nenhuma. As pessoas eram pobres porque os ricos queriam que fossem, como nós estamos na merda agora porque os Anjos querem".

O interior da Missão Resgate de Acheson é um massacre. As janelas permitem que entre luz suficiente para que eu possa ver o lugar, iluminando fileiras de camas manchadas e cadeiras de plástico. O abrigo poderia muito bem ter sido um quartel militar ou uma prisão. Nenhuma privacidade, nenhum conforto humano, só quatro paredes e uma cama dobrável.

E os corpos. Sempre os corpos. O Dilúvio se assentou nos ossos deles — lascas despontam de fêmures e mandíbulas, estruturas estranhas brotam de cavidades torácicas. Sem emitir nenhum som, rezo aquela minha oração improvisada para as pessoas mortas enquanto caminhamos por entre as camas, porque minha mãe não está aqui para me impedir.

Serafim foi criado para isso. Para transformar cada ser humano nisso. Para destruir o que sobrou do mundo.

"Deve ter um quarto nos fundos", comento. Minha voz soa alto demais no silêncio. "Só tem ossos aqui."

Nick vai até a recepção e enfia a mão em uma lata de lixo.

Eu digo: "Hã...".

Ele pega uma garrafa de vidro, sente o peso dela por um segundo e, então, quebra a garrafa no chão.

"*Jesus!*" É bom gritar isso, é bom *querer dizer* isso. O nome queima pelas minhas veias feito sangue voltando para as pontas dos meus dedos e eu grito de novo, porque posso. "Jesus, que *merda* é essa?"

Um ganido baixo e longo ecoa no lado oposto do salão. O lamento ressoa nas minhas costelas e arrepia todos os meus pelos, assim como o grito de uma criança penetra no fundo da alma.

Uma Graça.

Antes que eu consiga me conter, já estou do outro lado do salão, me segurando na beirada das camas para me manter firme. Meus dedos agarram lençóis comidos por traças. É uma Graça. *É uma Graça.*

Estou na beirada da cama dela e mal consigo ficar em pé.

Aquela coisa sou eu.

É isso o que vou me tornar.

A massa de olhos brancos e inquietos percebe a minha presença e começa a gritar. Um grito alto, estridente, sufocado por catarro. Nick se mantém a alguns passos de distância, mas eu não. Sigo em frente porque tenho que fazer isso.

A coisa é mais humana do que não humana, mais humana que algumas pessoas, mas menos humana que o homem virado do avesso que meu pai e eu vimos no chão daquele apartamento, uns dias atrás. Vejo uma cabeça e um tronco; a semelhança é razoável. Mas suas costelas se abrem mostrando um segundo conjunto de dentes e há órgãos cinzentos pulsando por baixo feito amígdalas gordas e enormes. Seu maxilar inferior derreteu no peito, e molares despontam das clavículas. Avisto um braço ressequido torcido acima da cabeça, preso na estrutura da cama por um par de algemas velhas.

Coisa. Não consigo para de chamar a Graça de *coisa*. Isso não é certo. Tenho vontade de segurar a mão dessa coisa, a mão *dela*, de tocar a pele *dela*, pegar seus órgãos como Theo levou aquela carne aos lábios, sussurrar para ela: *Nós somos a mesma coisa, nós somos iguais, você acredita?*

Nick pergunta: "Tá tudo bem com você?".

Estou muito mais que bem. "Sim. Sim, tô bem."

A Graça emite um som baixo, lamuriante, assustado e breve. Pressiono a mão na área despedaçada de seu peito.

"Ei", sussurro, e garanto que estou *sussurrando*. Suave. Gentil. "Tá tudo bem. Não vou machucar você."

Ela está sentindo muita dor. Passou dois anos assim, mantida viva pelo Dilúvio e nada mais, sozinha por tanto tempo. A pele é uma mistura de todos os tipos de cores, verde, preto e amarelo, e a impressão que tenho é que, quando eu tirar minha mão, a pele vai sair grudada nela. Mas não. A pele de uma Graça é dura e resistente, impenetrável e intensamente dolorosa. É por isso que pessoas como Nick têm que acertá-las nas partes moles — na boca e nos olhos, ou no cérebro.

Só de pensar nisso, fico todo arrepiado. Não. Não vou deixar isso acontecer. Ela está assustada. E eu também, mas estou aqui agora e não vou deixar nada acontecer.

Nós somos iguais, você acredita? Você acredita?

Nick vem e fica ao meu lado. Ele está mantendo alguma distância, com as mãos atrás das costas. Não o culpo. Vou ter que lavar as mãos até sangrarem assim que chegarmos ao CLA, senão é capaz de Sadaf pedir para Cormac me jogar para fora e dar um jeito em mim. O Dilúvio se infiltra nas mesmas partes corporais moles que são tão vulneráveis nas Graças, na boca, nos olhos e nas membranas mucosas, e pega você da forma que puder. Grudando na pele e nas roupas, se assentando na carne morta, às vezes, viajando pelo ar na respiração de uma pessoa infectada. Pelo menos o vírus tem a decência de se mostrar rápido.

"A coisa se acalmou", comenta Nick, mantendo os olhos fixos no peito aberto da Graça.

Eu digo: "Está segura, agora. Ela sabe disso".

Ele aperta os olhos diante do uso de *ela*, mas não comenta nada. "Como?"

"Eu falei pra ela." Mas sussurrar é mais do que apenas dizer. É um circuito elétrico. Serafim e o Dilúvio, a Graça e eu, como se o vírus fosse um tipo de corrente vibrando entre nós. Abro a boca para explicar, mas nenhuma das metáforas parece certa. Uma linguagem, uma conexão mais profunda que a linguagem. Nem a irmã Kipling conseguiu pôr isso em palavras. Como eu poderia?

Qualquer tentativa de explicar deixa de fazer sentido quando eu tiro a máscara e cuspo uma gosma preta no chão. A Graça se vira na cama como pode, gemendo, estendendo a mão livre para mim. Agarro os dedos dela enquanto endireito as costas, murmurando: "Eu tô bem, tá tudo bem".

Tanto faz. Tenho que garantir que a Graça fique bem.

"Essa coisa segue ordens?", pergunta Nick.

"Ela não é um cachorro", respondo. Não gosto do tom de Nick, e não sei dizer se é só o seu jeito indiferente de falar ou se ele realmente não dá a mínima para a pessoa que está na nossa frente. Minha pele queima, morna e, então, quente, como aconteceu quando Alex me prendeu na parede.

É isso. Eu disse que me controlaria. E vou me controlar. Passei anos engolindo a raiva da forma como dizem para as meninas fazerem, então, posso aprender a controlar isso também. *Respire. Fale com calma.* "Você tá vendo a chave da algema? Alguma pecinha de metal?"

Nick franze a testa. "O quê?"

Tranquilo. "Tá vendo a chave em algum lugar?"

"Eu ouvi o que você disse. Pra que você quer uma chave? Você não tá pensando em..."

Fico irritado. *Não, não, se controle.* "Sim."

Nick diz: "Ah, não. Não mesmo".

"Ela não vai machucar ninguém." Está presa aqui há *anos*, isso *não é certo*. Se eu puder, vou ajudá-la. É isso o que significa ser bom. "Só me ajuda a procurar."

"É perigoso", retruca Nick. Sua voz serena não combina com a expressão em seus olhos, que se movem nervosos da Graça para mim. "Entendo que é importante pra você" — *Cara, não usa esse tom comigo* — "mas acho que isso é demais."

"Não é. Ela tá presa aqui. Não vai machucar a gente, eu juro."

"Não." Nick me puxa. "É demais." Eu me solto e o empurro. Sinto minha pele queimar onde nos tocamos. "Se for assim, é melhor a gente ir embora."

Eu mostro os dentes. Ainda que esteja de máscara, ainda que Nick não possa ver, me parece certo. Mostro os dentes como uma Graça, como Serafim. "Não." Nunca disse isso para alguém antes. Não de uma forma que importasse. "Não vamos."

Nick e eu nos observamos. Tento ver se ele está armado, como fiz naquele primeiro dia no escritório. Ele tem uma faca no bolso. Nick poderia colocá-la no meu pescoço em um segundo e rasgar minha garganta no outro, sei disso.

Eu também tenho uma faca.

E uma ideia.

Abro a faca e vou pra cima da Graça.

Enfio a lâmina na dobra do polegar dela, empurro entre os ossos e torço até ouvir um estalo. A Graça guincha, Nick joga o corpo para cima de mim e nós dois caímos no chão. Ele bate minha mão no chão de concreto e a lâmina voa longe.

"*Sai!*", grito. Nick enterra o joelho no meu quadril, e eu tento me livrar dele, mas, meu Deus, por que meninos cis são tão mais fortes? Não é justo. Me lembro de quando Theo me segurou quase da mesma forma, e eu odeio isso, *odeio*. "Filho da *puta*!"

O peso de Nick desaparece do meu peito. Uma massa de carne bate na cama ao nosso lado, caindo no chão guinchando e arrastando Nick com ela.

Eu me sento. A Graça está prendendo Nick no chão; fios de saliva escorrem de sua boca aberta. O polegar que quebrei pende frouxo ao lado de suas garras, o suficiente para que ela consiga se livrar das algemas.

Nick está completamente imóvel, com os olhos escuros arregalados e apavorados.

É lindo, e eu recobro os sentidos na hora.

Bato palmas, como se estivesse reprendendo um cachorrinho. "Ei!" A Graça levanta a cabeça. "Não machuca ele!"

A Graça funga e se afasta, tirando a mão do ombro de Nick. Ele fica em pé, ofegante. O fogo de Serafim devora o meu estômago, e dói, mas dói da mesma maneira que dói *crescer*. É como colocar um osso ou uma articulação no lugar.

Isso é ter controle. Era exatamente o que eu queria.

Foi para isso que fui criado.

"Certo", diz Nick com uma voz esganiçada. Sua mão paira sobre o ombro que a Graça segurou. "Certo. Você quer fazer parte da Vigília?"

"Quero." Mais do que tudo. Eu quero.

Ele olha para a Graça.

"Ótimo. Você começa amanhã."

CAPÍTULO 9

> *O Centro de Jovens LGBTQIA+ de Acheson é um recurso essencial para pessoas jovens gays, lésbicas, transgêneras, queers e que estejam se questionando. Desde a distribuição de refeições gratuitas para as pessoas necessitadas até a preparação de estudantes para a escolha de uma carreira por meio de aconselhamento profissional e o trabalho voluntário, nós fazemos o que está ao nosso alcance para oferecer oportunidades a quem precisa.*
> — **Site oficial do Centro LGBTQIA+ de Acheson**

Nick levou muito tempo para aprender a mentir.

Para falar a verdade, ele levou muito tempo para aprender a maioria das coisas que pareciam naturais para todas as outras pessoas. Como perceber quando alguém parecia querer dizer "vai se foder" quando fingia que Nick não estava lá, ou como falar sem ensaiar as palavras de uma frase mil vezes, ou descobrir que, às vezes, é melhor inventar uma mentira e fingir que é verdade. Com os anos, Nick ficou bom em entender as coisas. Ele teve que fazer isso. Ser autista era só mais uma coisa que o pai e a mãe podiam jogar na cara dele e marcar em sua pele dele quando o lembravam que era um grande fracasso.

Mas mentir era diferente. Porque, quando aprendeu a mentir, Nick se tornou tão bom nisso que era assustador.

Ele passou tanto tempo memorizando regras de interação com as pessoas que desenvolveu a capacidade de distorcê-las a seu favor. Existem normas que as pessoas seguem sem perceber, e, se você se adequar a elas ou ajustá-las só um pouquinho para confundi-las, os outros acabam baixando a guarda. Há certas *formas* de dizer as coisas, e, se adotá-las, você pode dizer o que quiser. As pessoas ouvem o que querem ouvir e elas mesmas preenchem as lacunas. Existem padrões e sinais. É tão fácil que chega a ser ridículo.

É por isso que mentir é o papel dele, e não de Erin. O trabalho de Erin é tornar a verdade palatável, e, quando ela não consegue fazer isso, o papel de Nick é esconder essa verdade.

E, por falar em Erin, Nick acabou de acordar e está procurando por ela quando alguma coisa acontece na cozinha. Ele estica o pescoço e olha para dentro do lugar para ver se Erin está lá — ela não está — bem quando Calvin empurra Aisha contra a pia e grita: "*Sua mentirosa de merda!*".

Sadaf e Carly, que estão tomando café da manhã, se assustam tanto que arrastam a cadeira no chão, fazendo barulho. O som faz Nick sentir como se vermes estivessem subindo por sua espinha, mas ele não tem tempo de fazer nada em relação a isso porque Calvin está em cima de Aisha e... não, *não*, absolutamente não. Nick dispara pela cozinha e dá um mata-leão em Calvin, colocando um braço embaixo do maxilar e outro em cima da nuca dele.

Calvin se contorce enquanto Nick o arrasta para longe de Aisha. Ele xinga e agarra as mangas de Nick. "Mentirosa! Mentirosa maldita... Me solta!"

Aisha se agarra ao balcão, tentando respirar. Sadaf se coloca ao lado dela e Carly fica na frente com a mão no ombro de Aisha para mantê-la firme.

"Chega", rosna Nick. As costas de Calvin estão apoiadas no peito dele, e o calor e a pressão são sufocantes. "Chega."

Calvin dá uma cotovelada nas costelas de Nick. Nick agarra o cotovelo de Calvin e o puxa para trás até ele começar a gritar.

Nick diz: "Para com essa merda".

Ele larga Calvin no chão, e o menino tosse e se engasga, socando o piso de cerâmica. A primeira coisa que Nick quer fazer é se livrar daquela sensação esquisita que sente na pele, mas Aisha está tremendo, então, precisa ficar firme. Certo. Ele pode fazer isso por ela.

Calvin geme no chão: "Você quase quebrou meu braço".

"Sim." Nick não diz que o golpe só teria deslocado o braço dele. "Quase. Quando você tiver um problema, vem falar comigo. Não com a minha turma. *Comigo*. Entendeu?"

"Sua turma", resmunga Calvin. Ele faz um gesto com a mão na direção da despensa quase vazia. Aisha se encolhe. "Vai se foder. Cadê a nossa comida?"

A garganta de Nick se fecha. É claro que é sobre comida. Quando uma pessoa explode, significa que todo mundo está pensando na mesma coisa, nem que seja um pouco. Serafim estava certo; todos vão morrer de fome no verão se as pessoas não tomarem uma atitude drástica, e logo. Pensar em perder pessoas por causa da falta de água quando parar de chover, de uma insolação quando o verão chegar, da fome quando os animais começarem a se esconder do calor e quando a Vanguarda der as costas — a sensação sempre parece a de levar um golpe de cano de metal na cabeça.

Mas ninguém põe as mãos no pessoal dele.

"Chega", fala Nick. "Vamos conseguir mais comida." Cada palavra é escolhida com cuidado. Cada palavra é perfeita. Ele não sabe se está mentindo, então, tem que fingir que sim. Mentir mantém Aisha em segurança — mantém todo mundo em segurança. "Se você tocar nela de novo, vamos ter muito mais problemas que um braço quebrado."

Calvin não diz nada, então Nick se vira para Aisha. "Você tá bem?"

"Acho que sim", Aisha consegue dizer, o que também é uma mentira, mas Nick não insiste. Ele só balança a cabeça, assentindo.

"Se ele fizer isso de novo, vem na hora falar comigo."

A voz de Aisha falha quando ela pergunta: "Posso voltar pro meu quarto?".

"Claro. Sadaf, Carly, vão com ela."

Calvin e ele ficam sozinhos. A expressão do rosto de Calvin está contorcida de raiva e dor.

"Você fez uma escolha ruim", comenta Nick. "E não vai repeti-la."

Nesse momento, Erin entra correndo, ainda com o lenço de seda com o qual ela dorme, a máscara toda torta no rosto. "Acabei de ver Aisha chorando", diz. "O que aconteceu?"

* * *

Nick é muito grato a Erin, e eis o motivo. Ela se senta ao lado dele no chão do escritório, em silêncio e sem demonstrar pena, enquanto ele se acalma.

O lagarto dele não é suficiente, então Nick enterra as mãos no carpete felpudo até sua pele parar de tentar se descolar do corpo. A Vanguarda, a Graça e, depois, Calvin. Ele precisa se acalmar. É obrigação dele. Nick esfrega as palmas das mãos no carpete até elas ficarem vermelhas, sacode os braços e aperta as têmporas, bem no lugar onde consegue sentir as batidas do coração martelando no crânio.

"A gente pode conversar?", pergunta Erin.

Nick balança a cabeça. Tecnicamente, ele consegue, mas a ideia de falar, meu Deus, a ideia de falar. Dá vontade de esconder o rosto todo atrás de uma máscara, não só a parte embaixo dos olhos. E de cobrir os olhos também. Vontade de cobrir tudo.

Erin responde: "Tudo bem".

Demora um pouco para essa sensação afrouxar a pressão ao redor dele. Isso acontece devagar; a ameaça de ficar totalmente paralisado vai desaparecendo feito as sombras ao meio-dia: ainda está ali, tecnicamente, mas não está mais tão perceptível. A respiração dele se acalma. Nick não sente mais como se estivesse se afogando. Sua perna ainda está balançando, mas ela sempre faz isso.

Nick diz: "Pronto!".

Erin começa: "Aisha tá bem. Fé se ofereceu pra ficar mais perto dela por uns dias, pra dar uma olhada nela. Sadaf também, mas ela anda muito ocupada".

Faz sentido. Fé anda grudada em Aisha desde que Trevor morreu. Fé não quis sair de perto dela nem para ir encontrar a Vanguarda — ela fora a primeira escolha dele, mas se recusou a ir. Uma dúvida repentina surge: *Elas estão namorando?* Não que ele se preocupe com os detalhes, mas precisa saber disso por motivos estratégicos. No entanto, assim que tenta desatar o nó em sua cabeça, ele desiste. É mais fácil perguntar para Salvador. Ile sabe bem dessas coisas.

"Que bom", responde Nick. Ele incorpora sua voz de trabalho, aquela que nunca vacila nem falha. Já que não pode cobrir o rosto inteiro com uma máscara, pelo menos pode fazer isso. "Vou ficar de olho em Calvin."

Erin se recosta na mesa, analisando-o. Ela está puxando a ponta de uma das tranças, o que nunca é um bom sinal. Nick sabe como seu cabelo é delicado. Ela deve estar bem estressada. "Você tem coisas mais importantes pra se preocupar. Tipo o Benji."

Serafim. É por isso que Nick estava procurando Erin, afinal. Esse foi o único motivo pelo qual ele levantou da cama tão cedo, embora tenha passado quase a noite toda fora, na cidade.

"Serafim começa a fazer parte da Vigília hoje", diz ele. "E a coisa vai pra igreja." Erin se encolhe diante da palavra *coisa*, mas Nick e ela já tiveram essa discussão e concordaram em discordar da opinião um do outro em silêncio. "Só pra te avisar."

"Estava me perguntando quando você...", balbucia ela, mas depois para. "Peraí, pra onde?"

"Pra igreja. Semana que vem."

"Isso eu entendi", responde Erin. "Mas por quê?"

A forma como ela está encarando-o, como se Nick fosse uma criança que não consegue entender uma coisa óbvia, faz ele se odiar um pouco mais, então, Nick tira o lagarto do bolso e começa a brincar com ele. Essa é sua alternativa de autoestimulação menos rude em meio a conversas, e, mesmo com Erin, ele se pega tentando não ser *tão* autista.

E a questão é que existem várias formas de responder à pergunta dela. Porque Serafim está desesperado para se provar leal. Porque Serafim quer ser útil, e dar essa oportunidade ajudaria a mantê-lo sob controle. Porque não faz sentido não usá-lo se ele está do lado do CLA.

Porque Serafim pode não permanecer ali para sempre.

Nick continua: "Eu vi o que a coisa pode fazer". A memória da abominação pressionando o rosto contra o dele ressurge: todos aqueles dentes, a pele e o fedor. "A gente pode ir pra igreja e sobreviver."

Erin não responde. Nick ergue o olhar do lagarto — que tem catorze contas azuis e trinta e seis contas amarelas; ele sabe porque contou umas mil vezes — e vê Erin olhando para o nada.

"Não deveríamos ter feito isso", declara ela, por fim. "Foi uma péssima ideia."

Nick sente um peso enorme no estômago. "Explica."

"Ele", responde Erin, e o pronome parece dizer tudo. "Benji. Serafim. Essa confusão toda." Ela sacode as mãos sem parar; não da forma que Nick o faz, mas da forma em que pessoas não autistas fazem: como se estivessem tentando conjurar alguma coisa no ar. "Não sei se a gente consegue lidar com isso."

"Você não precisa mentir praquela coisa", retruca Nick. Deve ser por isso que ela está perturbada. Tudo o que ele tem que fazer é tranquilizá-la. "Esse é o meu trabalho."

Ela usa um tom de voz que demonstra que ele não está entendendo alguma coisa. "Eu te agradeço, mas eu não tô falando disso."

E o cano de metal acerta Nick em cheio na nuca. De novo.

Nick diz: "Você se sente mal pela coisa".

É algo horrível de se falar. Em voz alta, as palavras parecem grudar nele. Elas vão ficar ali na cabeça dele, e ele vai ficar pensando nelas, mas não pode se permitir fazer isso.

"Eu me sinto uma merda", desabafa Erin. "É cruel!" Nick nem pisca, mas só porque já foi chamado de cruel antes. "Pedir que Benji arrisque a própria vida enquanto o cara tá morrendo? Enquanto nos perguntamos se o cadáver dele vai convencer a Vanguarda a não nos abandonar? Deve ter outro jeito. Outra coisa que a gente possa fazer."

Nick tinha dito para Erin que seria difícil. Disse que Serafim fingiria ser humano, que as pessoas não podiam se deixar enganar. A Vigília tinha passado os últimos anos matando Anjos. Com aquele não seria diferente.

Não poderia ser diferente.

"É nossa melhor chance." Nick enfia o dedo no carpete. "Você quer que todo mundo morra de fome?"

"Claro que não!" O peito de Erin sobe e desce. "Nick, olha. Eu entendo sua lógica. De verdade. Não finge que não sei aonde você quer chegar, porque eu *sei*. Mas não quero ser o tipo de pessoa que fica de boa com a ideia de sacrificar uma criança."

O rosto de Nick está do jeito que fica quando ele não sabe que expressão fazer, e ele fica muito grato à máscara porque, assim, Erin não consegue ver que ele está chupando os dentes e mordendo a boca como se isso pudesse ajudar, mas não ajuda.

"Você me entendeu", afirma ela. "Certo?"

Ele respira fundo. "Sim. Mas é diferente. Serafim não é uma pessoa."

As palavras saem com dificuldade. Nick ignora a forma como Serafim olhou para ele no pavilhão, a forma como a coisa fraquejou quando Nick ofereceu um pedacinho dele mesmo em troca — *Eu sou autista!* — para diminuir a tensão nos ombros da criatura. A coisa parece um adolescente, fala como um adolescente, age como um menino da idade dele, refletindo seu pior pesadelo, buscando desesperadamente um amigo, mas Nick *não pode* ser isso para Serafim.

Nick pode ser qualquer outra coisa. Pode ser cruel. Pode construir toda uma personalidade cheia de violência e desconexão, convencer todo mundo de que é insensível e indiferente, mas seria incapaz de trair um amigo. Ele nunca chegou a esse ponto e nunca chegaria. E, se fizesse isso, seria igual àquela gente filha da puta que destruiu o mundo.

Então, Serafim não pode ser humano.

Erin funga. Nick nunca sabe o que fazer quando as pessoas choram. Ele fica assustado.

A garota diz: "Ele me lembra você".

Não.

"Você concorda", continua ela. "Não é?"

Claro que não. Nick se recusou a ouvir isso de si mesmo e de forma alguma vai ouvir isso dela. Ele sente vontade de implorar para Erin não dizer essas coisas, porque só vai dificultar as coisas para todo mundo, para *ele*, e quem vai puxar o gatilho se for preciso vai ser ele, como sempre.

Nick responde: "Não faço ideia do que você está falando".

"Você tem que concordar. É muito evidente."

E ele *viu*. Como poderia não ter visto? Lá no pavilhão, ele quase continuou falando. Sentiu vontade de contar tudo para Serafim. Sentiu vontade de dizer que ficaria tudo bem, que ele já tinha passado por isso. Entendeu o olhar selvagem nos olhos da coisa quando Serafim viu alguém que poderia proteger, pois Nick sente a mesma coisa toda vez que uma pessoa lhe pede ajuda. Ele entende isso, mas, se admitisse isso, nunca mais seria capaz de se perdoar.

Por que ele deu aqueles grampos para Serafim? Por que estendeu a mão daquele jeito? No que estava *pensando*?

"Não", fala Nick.

"Nick..."

Erin estende o braço para tocar no ombro dele, mas ele se afasta e bate com força contra a porta do escritório. Erin sabe que tem que perguntar antes de tocá-lo. Ela *sabe* disso.

"Por favor", sussurra Erin.

Nick está em silêncio. O maxilar está cerrado, e não tem nem uma palavra na cabeça dele, só uma tempestade de raiva, dentes rangendo e os ossos das juntas de seus dedos estalando. Ele tenta falar três vezes e falha, o pensamento sempre se desmanchando em cinzas antes de tomar a forma correta. Ele soma as contas do lagarto sem olhar. Por fim, constrói uma frase, palavra por palavra, pedacinho por pedacinho. As penas tatuadas nas costas dele queimam como se fosse uma marca de gado. Como o fogo do inferno.

"Serafim vai pra igreja", consegue dizer, "e, se algo acontecer, a gente entrega a coisa pra Vanguarda."

Esse é o seu trabalho. E é exatamente isso que vai fazer.

BENJAMIN

CAPÍTULO 10

Já ouvi falar do Movimento Angelical. Sim, concordo que a situação do mundo é extrema. Sim, acredito que ações drásticas sejam necessárias. Mas, no dia em que eu me aliar a pessoas que usam Deus para disfarçar o genocídio, nesse dia, eu estarei morto... Estados Unidos! Venham enfrentar os monstros que vocês criaram.
**— Ngozi Adamu, orador, líder da
Conferência Internacional do Clima de 2038**

Não faço ideia do que está acontecendo quando entro na sala de vídeo para a minha primeira reunião da Vigília.

O lugar está abarrotado de cadeiras e poltronas que não combinam, jogos de tabuleiro e uma TV de tela plana quebrada. Uma das paredes é adesivada com uma frase motivacional insípida dos Tempos de Antes que agora parece sem sentido, como um sorriso desenhado em um cadáver. A Vigília se espalha aleatoriamente pela sala, em sofás rasgados e cadeiras detonadas. Tem dois lugares vagos. Um deve ser de Trevor. Tento imaginá-lo ali com a gente, mas seu rosto é uma lacuna e os ossos despontam de seu peito.

Sou salvo desse pensamento quando Aisha ergue a voz para interromper uma frase de Cormac, que eu abstraí assim que abri a porta.

"Foi o capitalismo", diz ela, apontando, enfática, para o chão. Salvador apoia o queixo na mão, observando de um jeito preguiçoso. Nick não está na sala. "Foi o capitalismo e o colonialismo... O que... não, não me olha assim, Cormac."

"Gente rica filha da puta tem que ficar quieta", intervém Fé quando Cormac tenta retrucar. "Tem gente normal falando."

"Minha família não era rica!", dispara Cormac. Fecho a porta atrás de mim. "A gente só tinha algum conforto."

"Sua família era dona do Clube de Campo de Acresfield", resmunga Salvador. "Cala a *merda* dessa boca. Ei, Ben!"

Todo mundo se vira. Cormac olha feio.

"É Benji, na verdade", é a única coisa que consigo pensar em dizer. "O que, hã, o que tá rolando?"

"Nada", diz Fé. "Vem cá, senta."

Escolho o lugar ao lado de Salvador porque é o mais distante de Cormac que consigo ficar. Não posso lidar com ele agora. Mal dormi ontem à noite, mesmo depois que Nick e eu voltamos do abrigo. Tive que sair várias vezes para vomitar, e via a Graça sempre que fechava os olhos, e a reza para as pessoas mortas não saía da minha cabeça, o sacrilégio posto nos meus lábios, *Ó Deus...*

Estou adoecendo.

"Estamos esperando Nick?", pergunto.

Salvador bufa. "Sim. Deu merda hoje de manhã, então não temos pressa. Ele vai chegar quando der."

Franzo a testa. "Deu merda?"

"Sim", murmura Aisha. "Deu merda." Fé desliza a mão pelo braço dela da forma se conforta uma irmã mais nova. Cormac apoia os pés na mesa e não para de me encarar.

"Desculpa não ter aparecido no café da manhã", sussurra Fé para Aisha.

Aisha abaixa os olhos. "Tudo bem."

Parece que todo mundo superou o incidente no funeral — Erin deixou claro que tanto Alex quanto eu tínhamos perdido alguém e que não estávamos nos sentindo bem — a não ser Cormac. Com Serafim entrando na minha cabeça, queimando tudo, talvez seja melhor eu ficar longe. Se bem que seria *muito* satisfatório dar um soco na cara de Cormac. O pai e a mãe dele tinham mesmo um clube de campo? Vai saber.

Mas as coisas não chegam a esse ponto. Nick entra na sala com cara de quem acabou de acordar. Seu cabelo cai dos grampos, e ele segura o lagarto de contas com tanta força que as juntas dos dedos estão brancas. Esse é o Nick que vi baixando a cabeça para a Vanguarda, sussurrando *Certo, certo*, o Nick preso embaixo da Graça — não o Nick que me jogou nas prateleiras do mercadinho e me derrubou no chão.

Não dizemos nada. Só olhamos para ele.

Nick para na nossa frente e em um segundo está de volta. "Que silêncio", comenta, mexendo as contas entre os dedos. "Que foi?"

Cormac aponta para mim. "Eu disse pra você que não ia trabalhar com ele."

Meu rosto queima, meu sangue borbulha, um *Serafim* em chamas. É divino ficar com raiva tão rápido assim. Talvez o Dilúvio tenha me dado algo em troca pelo meu corpo: a raiva que nunca me permiti sentir quando era uma menininha, a fúria que engoli todos os dias da minha vida. Sinto que essa raiva está se encaixando em um lugar onde deveria estar há muito tempo. Por baixo da máscara, mordo minha bochecha com força.

Nick pisca, devagar e indiferente, para Cormac. "Sim, eu ouvi quando você falou isso da outra vez."

"Então, que merda é essa?" Enquanto Cormac fala, chupo os dentes e enterro os dedos no braço da cadeira. "Você viu o que ele fez com Alex."

Salvador murmura: "Acho que você tá com ciúme porque estão prestando mais atenção nele que em você".

"Pelo amor de Deus, o namorado delu acabou de morrer", fala Aisha. "Deixa Alex fora disso."

"Gente", intervém Fé. "Por favor."

Não consigo me segurar. "Eu tô *bem aqui*, imbecil."

Cormac se levanta da cadeira, tremendo de raiva. "Você tentou matar Alex!"

"Elu tentou rachar minha cabeça!"

Nick prende o pé embaixo da mesa de centro e a levanta. A mesa vira e faz um barulho terrível, espalhando livros, papéis e canetas pelo chão. Eu solto um ganido. Fé xinga, e os músculos despontam em seu pescoço.

"*Chega*", rosna Nick. Estou tão alterado que minha pele formiga. O barulho, os gritos — eu poderia me acostumar com isso. Poderia deixar o velho Benji de lado, aquele que se escondia atrás das vestes da mãe, que caiu de joelhos na ponte. "*Todo mundo.*"

Cormac se afunda na cadeira. Aisha desvia o olhar. Respiro longa e profundamente, inflando o peito até meus pulmões doerem e, então, deixando o ar sair devagar pelo nariz. O calor se aninha em meu peito, bem embaixo das costelas, embaixo do esterno. Entre carne, ossos e órgãos. Onde tudo deveria estar.

"Valeu", agradece Nick. Ele ajusta a máscara rente ao nariz. Queria poder ver o que está embaixo dela, saber o que está acontecendo ali, descobrir o que Nick está escondendo de nós. "Precisamos falar de uma coisa importante."

Assentimos, nos tornando um grupo de novo, unidos pelo que viemos fazer. Nick provoca esse efeito em nós. Eu me permito admitir que isso é bonito, assim como ele é bonito, mesmo que eu ainda sinta vontade de enfiar a unha no meu dedo sem a aliança.

Nick se inclina sobre uma poltrona, crescendo para cima da gente.

"Daqui a quatro dias", começa ele, "vai acontecer uma peregrinação de Anjos até a Igreja Evangélica da Fé Reformada pra uma cerimônia de iniciação". *Espera, ele não está realmente pensando em...* "Depois que conseguimos interceptar uns papéis com os detalhes na semana passada, e considerando os problemas que tivemos com a Vanguarda, intervir é um grande interesse nosso. Se alguém tiver alguma objeção, pode falar agora."

Abro a boca, mas nada sai.

"Então, tá decidido", termina Nick.

Em menos de uma semana, nós vamos para a Reformada — para onde o esquadrão da morte estava me levando, o coração do Movimento Angelical de Acheson e um dos piores lugares onde já estive — matar quantos Anjos conseguirmos.

* * *

Os próximos quatro dias são de muito trabalho, mas passam rápido. Acordo sempre meio lento e vou deitar exausto todas as noites.

Imagino que foi isso o que Theo sentiu como um novo soldado do esquadrão da morte, abalado depois de ter tido um gostinho do Dilúvio e tentando desesperadamente acompanhar tudo. Cormac está me evitando, mas eu ainda o ouço se gabando da fortuna do pai e da mãe, como se isso ainda importasse. Pergunto para Aisha sobre a família dela, que se preparava para o fim do mundo, e ela me conta dos abrigos subterrâneos em West Virginia até ser distraída por Sadaf. Fico sabendo que Fé fazia parte da guarda costeira quando ela critica, em tom suave, mas firme, a crueldade inerente das forças armadas e admite o erro que foi fazer parte delas. Testamos nosso conhecimento do mapa de Acheson, fazendo perguntas aleatórias, para ter certeza de que conseguiríamos voltar para o CLA se nos separássemos. Nick me ensina a carregar e destravar uma pistola, e eu disfarço para que não perceba que estou olhando mais para ele do que para a arma.

Ninguém nota que estou consumindo só metade da minha porção de água e quase nenhuma comida. A despensa se esvazia rápido. Mesmo quando um menino chamado Micah abate coelhos e esquilos no pátio, a carne quase não faz diferença na quantidade de comida que ingerimos por dia. Até comer uma barra de granola me faz sentir culpa.

Meu primeiro momento de alívio é almoçar com Salvador no segundo dia. Pegamos uma mesa nos fundos, na cozinha, e estou beliscando metade de uma lata de atum. A gente deveria estar estudando as plantas da Reformada — Aisha encontrou cópias delas na prefeitura uns meses atrás, e agora elas estão abertas em cima da mesa —, mas eu já conheço o lugar, e Salvador insiste em fazer uma pausa para o almoço.

Não sei muito sobre Salvador, e ile parece muito bem com isso. Minha única pergunta sobre suas cicatrizes é respondida com uma piscadinha e um "Você se importa em me dizer por que foi sequestrado por Anjos?".

Faço cara feia.

"É isso aí." Ile se recosta na cadeira de plástico frágil, gesticulando com o garfo na minha direção. "Mas estou curiose, então, me ajuda aqui. O que te convenceu a fazer parte da Vigília? Porque não é nada divertido. Certeza que seria mais fácil ficar limpando o chão e deixar a gente fazer o trabalho sujo."

Não tenho muito o que dizer, então respondo: "Foi Nick que sugeriu".

"Não pode ser só por isso."

Quando franzo a testa, ile percebe que eu faço isso, pois as refeições são uma entre as poucas ocasiões em que tiramos nossas máscaras. Esperei para ver se Nick apareceria para comer, mas ele sempre come lá em cima. Salvador toca em uma cicatriz no lábio que faz a boca dile parecer um pouco torta.

Eu pergunto: "Se eu te contar por que tô aqui, você me fala sobre o Nick?".

"Isso não é justo. Ninguém sabe merda nenhuma sobre ele."

Ainda tem isso. Passo o garfo no que sobrou do atum. Nem gosto de peixe, mas não comi o dia todo, e a fome está começando a me deixar lento. Certeza que tem alguma passagem bíblica sobre sacrifícios impregnada em mim, ou talvez um pedaço do manifesto todo confuso do alto reverendo padre Ian Clevenger, mas só consigo me lembrar do sentimento. Mais uma boca para alimentar, mais comida, eu estou doente e não deveria me importar.

"Jura?", é a única coisa que consigo falar. Nem devia estar perguntando sobre Nick. Ele é meu comandante e nada mais. "Que saco."

"Bom, Erin sabe tudo sobre ele, mas boa sorte pra fazer aquela ali falar. Ela é uma armadilha." Salvador olha para Aisha, que está sentada no outro lado da cozinha com um livro, e Fé está ao lado dela. "Seria mais fácil você fazer Aisha namorar uma menina branca."

Aisha abre a boca. "Vai à merda." Fé solta uma risada dentro de seu copo d'água.

Eu inclino a cabeça. "Espera, ela e Fé não..."

"Não. Além disso, Fé é arromântica, e Aisha quer convidar Sadaf pra sair."

"Eu tô te ouvindo!", protesta Aisha.

"E daí?", grita Salvador em resposta. "A gente não tá falando merda." Pergunto: "Então, você sabe o que rola com todo mundo?".

"Eu faço o que posso. Tomi usou metade do estoque de antibióticos no mês passado quando ele pegou uma infecção urinária depois de ter transado com Luce, o que, eca. Por que, né? Cormac é passivo. Erin tinha um *crush* em Nick antes de descobrir que ele é gay, e eu fiquei chocade quando consegui arrancar isso dela. Olha, me conta uma coisa e eu te conto outra. Que tal?"

Nick é gay? Disfarço a minha cara antes que ile note. Tipo, se Nick está *aqui*, eu sabia que ele podia ser alguma coisa, mas...

Não importa. Eu sou prometido. Sou um Anjo, sou Serafim, sou o avatar do Dilúvio. *Crushes* são uma perda de tempo quando estou a semanas de me transformar na ira encarnada de Deus. Além disso, gays cis são os piores. Faz só uns dias que faço parte do CLA e já estou percebendo umas divisões estranhas na comunidade *queer*. Eu quase consigo ouvir os caras trans zoando gays cis para um amigo, torcendo o nariz e dizendo: *"Eca, buceta! Jamais!"*. É como se pensassem que não ter um pau nos fizesse menos homens, como se tivesse alguma coisa errada com a gente.

Só que eu não consegui me enturmar com os outros caras trans daqui. Um virou a cara para mim, e fiquei constrangido de me aproximar dos outros.

"Tá", concordo. "Vou te contar uma coisa, mas você tem que responder minha próxima pergunta da melhor forma que puder."

Salvador se anima, com os olhos brilhando. "Manda."

"Falei que tô dentro só porque Nick achou que eu deveria, mas..." Tem tanta coisa que eu poderia dizer. Eu poderia parecer altruísta, afirmando que aceitei um dos trabalhos mais difíceis só porque senti que deveria. Ou poderia insinuar que qualquer pessoa que me perdoa por eu ser o Serafim merece cada pedacinho de mim que eu possa dar. Então, sintetizo tudo isso da forma mais simples possível. "Os Anjos pegaram o meu pai. Vou fazê-los se arrependerem por isso."

Salvador diz: "Então, você entrou nessa por vingança".

Será? Talvez. Resumindo tudo basicamente, sim, mas a palavra parece pesada demais. A vingança não tem mais o mesmo peso. Todo mundo quer ver alguém sofrendo por alguma coisa. "Sim, tipo isso."

"Tanta raiva presa em um corpinho tão pequeno." Salvador ri. "Muito *boy trans* da sua parte. Certo, intrigante, gostei. O que você quer saber?"

"Tem um cara...", começo a dizer. "Ele também é trans, um pouco mais alto que eu, com umas tatuagens *handpoke*. Qual é o nome dele... Carl? Clay? Você conhece ele, não conhece?"

"Aquele do cabelo esquisito? É o Calvin." Ile me encara. "Por favor, não me diz que você tem um *crush* nele."

"Meu Deus, não. Ele nem olha na minha cara. Qual é a dele?"

"Se o lance é que se ele não fala com você, então você se livrou de uma." Ile olha para a porta como se Calvin pudesse entrar a qualquer momento, o que, em teoria, poderia acontecer. "Ele quase matou Aisha mais cedo, chamou ela de mentirosa, xingou a menina. O cara é um merda. Como se ser um cuzão tornasse ele ativo pra compensar a falta de um pau." Quase consigo segurar a risada. "Deixa eu adivinhar por que tá todo nervosinho. Vocês são brancos, então... Ah, é porque você não usa *binder*?"

Não é tão óbvio assim que não uso. Não é como se eu tivesse muita coisa com a qual lidar, mas, se você prestar atenção, é impossível não perceber. De qualquer forma, eu cruzo os braços por cima do peito.

Essa deve ser a resposta de que Salvador precisa. "Olha, o cara é um saco. Ele ficou falando um monte sobre proteger as pessoas e tal antes d'Aquele Dia e tudo o que o cara faz é puxar o saco. Ele disse que eu estava zoando com o movimento trans por usar 'pronomes falsos', e eu quase esganei ele. Um lance de colonialismo rosa e tudo o mais." Ile dá um suspiro longo e furioso. "Pode dar um soco na cara dele, se quiser. Certeza que a Aisha curtiria isso."

Não preciso de mais ideias.

* * *

Na noite antes de seguirmos para a Reformada, Micah pega um veado. É pequeno e mirradinho, com a língua pendurada na boca. Micah disse que temos sorte por ser um bicho pequeno. Estamos com pouco sal e açúcar para curar a carne, então temos que comer o que pudermos hoje à noite para não desperdiçar.

Quando o sol baixa, nós acendemos uma fogueira no pátio com pedaços de compensado de madeira arrancados das janelas do outro lado da rua. O veado é posto em cima de uma lona. Pedaços dele são colocados no fogo e chiam sobre as chamas. A pessoa de guarda hoje sente o cheiro de carne assada lá em cima e se vira para a rua, para o caso de a fumaça chamar a atenção de alguém. Alguém sobe as escadas correndo para servir os primeiros pedaços para ela.

Não há espaço suficiente para todo mundo se reunir no pátio com a fogueira e o túmulo de Trevor, então a maioria fica no saguão do CLA. Mas Calvin está ao lado do rádio, perto demais para o gosto de Alex, e causando um atrito ali, por isso, eu saio para o pátio e me sento perto da cerca.

É uma noite silenciosa. O calor do dia persiste, amenizado pela brisa. As chamas estalam, e o cheiro forte de fumaça espalha um gosto quente na minha língua, mesmo através da máscara. A luz do fogo banha o rosto das pessoas de tons dourados, lançando luz nos olhos iluminados por risadas contidas que não se deixam ouvir. As pessoas se movimentam em grupos, apoiadas em gente amiga, com rostos encostados em ombros e descansando sobre coxas. A cena me faz lembrar os filmes aos quais assisti antes de a minha mãe nos levar para Nova Nazaré: grupos de pessoas amigas abraçadas, perto o suficiente para respirar o ar umas das outras. Erin fica ao lado de Micah, enojada pela carne crua, mas muito interessada na forma como as mãos dele manejam a faca. Sadaf caminha pela grama e Aisha vai atrás, tentando segurar o braço dela.

Fico sozinho perto da cerca. Passei o dia inteiro grudado na Vigília e não estou a fim de explicar minha barriga roncando para ninguém; acima de tudo, eu preciso de um tempo pra mim. Tiro os tênis e apoio as mãos abertas na grama gelada. A cerca tem cheiro de madeira molhada. O mato que sobe pelas ripas enrosca nos meus dedos. A Via Láctea brilha formando uma faixa prateada acima dos prédios e das nuvens.

Apocalipse 21:1 — *E eu vi um novo céu, e uma nova terra; porque o primeiro céu e a primeira terra haviam passado.*

Não, o primeiro céu e a primeira terra tinham sido assassinados.

Não percebo que Nick está ao meu lado até o barulhinho das contas de plástico invadir meus pensamentos. Ele está encostado na cerca, com o lagarto de brinquedo na mão, encarando o fogo.

"Você ainda come?", pergunta Nick quando olho para ele, mas ele não olha para mim.

"Tô de boa."

"Não foi o que eu perguntei."

"Não tô com fome."

É claro, meu estômago escolhe este momento para roncar. Nick se levanta com tudo e sai andando por entre as pessoas. Um minuto depois, volta com dois punhados de carne assada chiando de quente, improvisando pratos com folhas de papel. Ele me entrega um.

"Come."

Aceito com certa relutância. A carne ainda está bem quente, assim como minhas mãos, meu estômago e minha garganta parecem estar, e eu equilibro o prato de papel improvisado nas coxas para não queimar os dedos. É mais comida do que eu ingeri de uma vez em dias, mas é tão quente e cheira tão bem que não consigo me controlar. A carne se despedaça na minha boca, o gosto explode pela minha língua. Tem tanto sabor que meu maxilar dói. Mal sinto o sal ou o gosto do tempero, porque temos pouco, mas é a melhor coisa que já comi na vida.

Nick pergunta: "Você vai ficar bem amanhã?".

Dou de ombros, puxando outro pedaço de carne. Quando, por acidente, eu toco uma parte ainda muito quente, enfio o dedo na boca. "Vou ter que ficar."

Ele bufa e tira a máscara para morder um pedaço da carne.

Eu o encaro, sem um pingo de vergonha. Nick tem um rosto redondo de adolescente, feito uma massa de biscoitos que ainda não terminou de assar, umas bochechas fofinhas ainda não endurecidas pela puberdade.

Mas o maxilar dele é forte, e seus lábios são firmes. Algo que diz, olha, ele é bonito agora, mas espera um pouco para ver ele crescido, vai valer a pena.

Não há sinais de barba no rosto dele. Por algum motivo, isso me surpreende. Talvez eu só tenha me acostumado com essa ideia. Theo tinha começado a ganhar um pelo facial ralo e esquisito quando fui embora, e ele esfregava o rosto em mim para me irritar, deixando uns vermelhões na minha nuca e nas minhas bochechas. Enfio a unha no dedo em que a aliança de noivado costumava estar e enfio mais carne de veado na boca. Dessa vez, os sabores não são tão fortes.

Nick fala: "Tudo o que você tem que fazer é dar o sinal e não deixar as abominações matarem a gente".

"Eu sei." Decidimos que vou ficar de vigia, porque alguém teria que fazer isso de qualquer jeito e é a única forma de esconder o que consigo fazer. Até onde as outras pessoas da Vigília sabem, meu trabalho é encontrar uma boa visão, esperar até os Anjos ficarem distraídos e disparar o primeiro tiro. Bem fácil para o cara novo, mas ainda assim muito mais do que as outras pessoas estão dispostas a fazer.

"Pega seu uniforme com a Aisha antes de a gente sair."

"Beleza."

Ficamos ali em silêncio por um tempo. Só comendo e limpando o suco da carne que escorre pelo queixo. Alguém dá uma gargalhada alta demais e põe a mão na boca, se desculpando. A comida se acomoda no meu estômago e eu me sinto aquecido. Não queimando, mas morno, como se, de alguma forma, eu estivesse sentado perto do fogo, mesmo eu estando do outro lado do pátio. Uma sensação agradável, aconchegante.

Há tanta agitação lá fora e dentro do CLA. Tantos corpos, tantos ruídos silenciosos. Está tranquilo aqui. Só nós dois, a comida, a grama e o céu.

Nick diz: "Tudo bem ter medo".

Eu levanto os olhos. "Oi?"

"Seu cabelo tá caindo na cara de novo." Ele tira mais uns grampos do cabelo e entrega para mim. "Vê se não perde. Não tenho tantos grampos assim."

Tudo bem ter medo.

Eu não estava com medo até agora. Meus dentes voltam a ranger.

CAPÍTULO 11

No coração de todo crente tem um guerreiro pronto para a batalha. Todos os dias, orando, nós travamos uma guerra espiritual contra o mal. Mas o SENHOR nos diz: a guerra que lutamos em nossos corações não é suficiente. Anjos, lavem as ruas com o vermelho do sangue.
— *A Verdade* segundo o alto reverendo padre Ian Clevenger

Em um lugar como o CLA, depois do Dia do Juízo Final, é fácil você se esquecer de que é trans. Ou talvez a melhor forma de dizer isso seja: fica mais fácil para mim me esquecer da *dor* de ser trans. Ser uma pessoa trans é o que você é, e a dor é o que o exterior causa em você. A dor acontece quando você e o mundo se enfrentam. No CLA, quase me esqueço de que ser trans pode ser algo doloroso.

Entretanto, diante de um espelho de corpo inteiro, é impossível pensar em outra coisa. Nunca gostei de me olhar, mesmo antes de o Dilúvio começar a se mostrar no meu corpo. Aisha não vê isso, mas eu vejo. A forma como minhas cutículas retraíram, deixando as unhas um pouco maiores; meus olhos secos e embaçados; o fato de que, quando ela não está olhando e eu mostro os dentes, vejo minhas gengivas retraídas, minha boca cheia de pequenas presas.

Cubro o nariz com a máscara quando Aisha volta trazendo uma muda de roupas pretas. "Acho que é do seu tamanho", diz ela, chegando muito perto de mim no armário apertado da lavanderia. Aisha está com um humor melhor hoje, como se tivesse conseguido engolir a morte de Trevor e as merdas de Calvin, mas ela definhou um pouco. Está com olheiras, e suas mãos tremem. "São todas masculinas, fica tranquilo. Experimenta. Vou esperar ali fora."

Não tenho disforia física da forma como os manuais do CLA descrevem, restringindo a experiência ser trans a características sexuais óbvias. Não ligo para o meu peito, e nunca na vida quis ter um pênis. Menstruar é uma merda, mas isso nunca me fez sentir menos um cara. Ainda assim, quando começo a tirar a camiseta na frente do espelho, preciso me virar. Minha disforia vem da forma como as outras pessoas me veem, e eu não consigo evitar me ver de fora. Por que meus pulsos têm de ser tão pequenos? Por que todas as camisetas têm de prender nos meus quadris desse jeito? Por que *quadris*, *peitos* e *coxas* têm de ser vistos como *femininos*?

Não vou ter de lidar com isso por muito mais tempo. Minha pele é só uma coisa temporária. Eu me pergunto se me sentiria da mesma forma se houvesse tido a chance de começar a usar testosterona, sabendo que tudo no meu corpo mudaria, mas sem poder saber exatamente como. Vi os Serafins mártires que vieram antes, corpos de crianças despedaçados sob o peso do Dilúvio, mas só de relance. Uma carne podre retorcida aqui, uma presa ou uma pena ali. Enfio o cinto nos passantes da calça jeans preta e fecho o casaco de capuz até em cima. Este *eu* não vai durar muito.

Bato na porta para avisar Aisha que estou pronto. Ela entra e se equilibra nos calcanhares para me inspecionar.

"Dobra as mangas", pede ela, e eu o faço. "Experimenta essas luvas", diz em seguida, e eu a obedeço. "Pronto."

Com a máscara, devo estar parecendo aquelas pessoas nas fotografias no escritório do CLA, prestes a jogar coquetéis molotov em janelas da Wall Street. Ela me vira para o espelho.

"O que você acha?", pergunta Aisha por cima do meu ombro. "Gostou? Não tá com calor?"

Pisco para mim mesmo, surpreso. Eu *gosto* do estilo *black bloc* anarquista. É reconfortante esconder embaixo da roupa preta tudo o que poderia me apontar como uma menina. Não tenho forma, então posso me misturar com o resto da Vigília como se fôssemos sombras da mesma pessoa.

"Não", respondo. "Tá ótimo." Ajeito as luvas e ergo o capuz para ver como fica. "Você faz isso pra todo mundo?"

"Eu insisto em fazer", diz Aisha. "Preciso ter um pouco de controle sobre *alguma coisa*."

Quando as preocupações de Aisha com as minhas roupas deixam de ser justificadas, nós descemos. O restante da Vigília nos espera, o que, como as bochechas brancas e os dentes longos demais, torna tudo muito real. Erin enrola as pontas do cabelo e Salvador abre e fecha a lâmina de sua faca sem parar: *click, tip, click, tip*. Nick entrega um rifle para Cormac, recitando o plano. É a coisa mais próxima de uma oração que ouço em dias. Ao lado deles, Fé confere a própria arma; seus movimentos são fluidos e perfeitos, da forma como ela aprendeu na guarda costeira.

"Bom dia", fala Aisha, pegando uma arma para si mesma. Nick assente. Tem uns entalhes no cabo da arma que foram riscados com uma faca. Não conto quantos são. A cidade tem devorado os Anjos ultimamente. Uma ou outra orelha não são suficientes para a Vanguarda.

Nick me entrega uma pistola pequena, ainda quente do calor do corpo dele. Depois pergunta em voz baixa: "Tá pronto?".

Tudo bem ter medo, dissera ele.

"Sim."

Atrás de nós, Alex está perto do rádio, nos encarando como se pudesse encontrar Trevor escondido entre a gente. Quando faço contato visual, elu se aninha ainda mais em seu casaco de retalhos e desvia o olhar.

Só uma pessoa aparece para nos desejar boa sorte. Sadaf, que, sem tirar a máscara, dá um beijo na bochecha de Aisha e sai de fininho. Aisha põe a mão no lugar onde os lábios de Sadaf estiveram, a expressão em seu rosto vacilando.

O restante de nós só recebe olhares curiosos das pessoas no ginásio. Meninas, meninos, pessoas que são ambos ou nenhum, todo mundo encara, querendo saber os pormenores, mas sabendo que não devem perguntar. Imagino Cormac respondendo a uma pergunta inocente com um sorriso malicioso, os detalhes sangrentos fazendo sua vítima ficar verde.

"Vamos aproveitar a manhã", declara Nick. Ele parece melhor do que ontem, como se tudo tivesse se encaixado no lugar, como se estivesse exatamente onde deveria estar, todo vestido de preto e carregando uma arma. "Vamos."

"Cuidado lá fora", sussurra Erin. "Por favor."

Está acontecendo.

Sou parte da Vigília.

Logo depois que a irmã Kipling tirou a agulha das minhas costas, minha mãe disse que eu seria venerado como um verdadeiro instrumento da vontade de Deus, tão sagrado quanto querubins, tronos, reinos e virtudes. Meu pai me implorou para manter a coisa escondida, para ficar quieto, para que eu fosse melhor do que aquilo que os Anjos tinham feito comigo. Theo disse que meu poder seria terrível como o Diabo e duas vezes mais justo.

Eu vou ser bom. Vou fazê-los sofrerem. E vou pegar a melhor arma dos Anjos e usá-la contra eles.

Mas estou apavorado.

* * *

É uma hora de caminhada até a Reformada, segundo Salvador, e devemos chegar lá antes do meio-dia. O calor do sol de fevereiro se agarra às nossas roupas pretas. O suor escorre nas minhas axilas. As ruas se estendem em um labirinto infinito de cruzamentos.

A última vez em que vi a Igreja Evangélica da Fé Reformada foi quando eu fiz a peregrinação com Theo.

Ele passou o caminho todo muito animado, fascinado com o esquadrão que nos escoltava pela cidade, porque o pai dele não estava lá, e essa era a segunda melhor coisa do dia. Na volta, Theo estava tão enjoado que mal podia andar. Assim que pisamos dentro dos muros de Nova Nazaré, eu levei água para ele, e suas entranhas se reviravam como as minhas estão fazendo agora, pedaços de órgãos caindo de sua boca. A única diferença é que ele melhorou porque tomou só um pouco. Theo tinha dado um passo a mais na direção de Deus, mas só um. Ele foi forte o bastante para vencer a infecção, então era forte o bastante para se tornar um soldado. Era uma prova das graças de Deus.

Os futuros colegas de esquadrão de Theo riram quando limpei o rosto dele, perguntando quando Theo planejava pôr um anel no meu dedo. Eu tinha tocado os ombros nus dele, não tinha? Tinha até mesmo *beijado* Theo, não tinha? E eu era nada menos que a filha da madre reverenda. Que putinha. Theo deveria ter feito a coisa certa e me pedido em casamento antes que a notícia tivesse se espalhado e eu fosse desgraçada daquele jeito.

Ele fez isso uns meses depois. Não que tivéssemos escolha. Minha mãe pegou a gente transando, e nossas opções eram nos casarmos ou sermos expulsos da família. Ela nunca teria me deserdado de verdade — tinha *planos* para mim —, mas disse aquilo, de qualquer forma, cuspindo as palavras entre as escrituras, exigindo que eu tivesse mais respeito pelo meu corpo. E se tivesse engravidado? Eu teria coragem de afogar aquela criança recém-nascida? Minha mãe me arrastou da cama pelos cabelos, jogou as roupas de Theo sobre ele e disse que tínhamos que fazer uma escolha.

E era óbvia. Theo me pediu em casamento no dia seguinte. A gente tinha 15 anos. E, apesar de tudo, ele me amava. Ele me amou durante os experimentos de Serafim, me amou enquanto eu soluçava, dizendo que era um menino, me amou mesmo sabendo que me tornaria um monstro e que massacraria o mundo. Eu amei Theo quando ele se juntou aos esquadrões da morte, eu o amei quando a pele das costas dele foi dilacerada, eu o amei quando ele me jogou na parede e apertou meus pulsos tão forte que achei que fossem quebrar.

Levanto a mão para tirar o cabelo do rosto quando o vento sopra e para bloquear o sol e sua luz abrasadora. Quando Nick não está olhando, eu tento prender os grampos, mas eles escorregam e ficam pendurados na minha orelha.

Será que ainda estou apaixonado?

* * *

A Igreja Evangélica da Fé Reformada é uma máquina do tempo de pedras e vitrais — um monstro enorme em estilo gótico aninhado entre edifícios comerciais brutalistas de dez andares e prédios de estacionamentos. O lugar costumava ser uma igreja presbiteriana, mas os Anjos o consumiram como fazem com tudo o mais. Eles arrebanharam todo tipo de gente, ensinando para as pessoas o propósito do evangelicalismo, da tradição e do caminho dos Anjos, e então o mártir disfarçado de pregador quebrou um frasco do Dilúvio no altar e mandou trancar as portas. *Olho por olho, praga por praga.*

Ficamos a dois quarteirões de distância até Cormac, escoltado por Fé, conseguir escalar um dos prédios de estacionamento e atirar nos soldados posicionados nas escadas da frente. Eram dois, um encostado em um poste de luz quebrado e o outro fumando perto da porta. Aisha vira o rosto para a rua, para não ver. Vejo os soldados caindo e me pergunto se os conheço. Se eu os reconheceria se levantasse a cabeça deles.

Quem estou enganando? É claro que reconheceria.

Cormac e Fé voltam por um beco, com os dedos levantados em sinal de confirmação. Tudo limpo.

Conforme nos aproximamos, o próprio chão parece murmurar, reverberando pela minha garganta e atrás dos olhos. A igreja é carne pura: artérias da grossura de braços rompendo vitrais, veias se espalhando feito raízes pelas pedras. Dedos crescem nas rachaduras da alvenaria. Corpos se dependuram da arquitetura, a marca de asas pintada em todas as portas com uma tinta cor de sangue, como o sangue nas portas dos israelitas para poupar seus primogênitos. Mensagens rabiscadas nas paredes gritam: *DEUS TE AMA, DEUS TE AMA, DEUS TE AMA.*

PREPAREM-SE PARA A MORTE. O REINO DELE ESTÁ PRÓXIMO.

Quanto mais nos aproximamos, mais nítidos ficam os murmúrios — os gritos das Graças chamando para o Paraíso, o coral das crianças cantando uma canção que fala sobre lavar as roupas com o sangue do Cordeiro. Senti a mesma coisa quando Theo cortou as mãos e as pressionou na carne da igreja, quando ele se curvou para beijá-la, seu sangue se tornando o sangue de Jesus, como o vinho. O som me faz lembrar de Nova Nazaré. Me faz lembrar de *casa*.

Quando desço o meio-fio e piso na rua, quase paro. Não quero chegar mais perto. Estou indo para o lugar aonde o irmão Hutch estava me levando. Para o lugar onde vi Theo se transformar em algo totalmente diferente do menino com quem cresci. Os Anjos o tiveram em suas garras, mas foi aqui que eles se entranharam tanto nele que Theo não poderia arrancá-los dele sem sangrar até a morte.

Mas Nick olha para trás, para mim, e eu o sigo como se tivesse feito isso a vida toda.

"Você foi lavado no sangue do Cordeiro?", questiona o coro em um soprano melodioso e infantil antes de se dissipar em um eco sagrado. Damos a volta pelos fundos, onde há uma entrada de entregas que dá para um cemitério destinado aos corpos das pessoas anciãs da igreja. A porta está destrancada; a Vigília reúne as únicas pessoas corajosas ou estúpidas o suficiente para chegar tão perto.

Nick abre a porta. Um sermão à distância nos recebe, clamando em voz alta para as pessoas fiéis.

"Nos reunimos aqui hoje", ouço a voz distante do irmão reverendo Morrison, "para celebrar as vitórias das nossas crianças." É uma voz que treme sob o peso de suas palavras, a voz do homem que prometeu casar Theo e eu na beira do rio quando estivéssemos prontos, quando Deus tivesse me tornado perfeito com o Dilúvio. Nick fica imóvel, encostado na porta, com os olhos bem fechados. Minha mão esquerda treme tanto que tenho que enfiá-la no bolso. "Para julgar aqueles que são dignos. Para ajudá-los a encontrar o caminho que os aproximará do Senhor."

Nick me deixa passar primeiro. A sala é escura e mofada, cheia de caixas e bancos descartados. Não preciso do mapa da igreja que estudamos; conheço este lugar. Theo e eu escapamos enquanto o reverendo que presidia se preparava para a cerimônia, nos esgueirando pelos salões para encontrarmos um lugar só para nós. Theo parou perto de uma escada mais escondida e me beijou e, quando voltamos, minha trança estava toda bagunçada, então todo mundo soube o que tínhamos feito. Olho para cima e vejo as mesmas garras no teto, feito pregos cravados na viga. Entramos, e Nick fecha a porta sem fazer barulho. A sala mergulha na escuridão.

Eu consigo fazer isso.

"Irmãos, regozijem-se em sua luta", clama o irmão reverendo Morrison. "Aprendam a amar a dor. A dor purificadora. A dor gloriosa. Amem essa dor como Jesus, nosso Senhor, amou os pregos enfiados em Suas palmas, os espinhos cravados em Sua fronte. Esse amor não é um amor fácil; é apenas um amor suave, mas um amor perfeito."

Nick agarra o meu braço — aperta os dedos na minha manga, forte o suficiente para que eu os sinta, mas nada mais que isso — e sussurra: "Ao seu sinal".

"Ao meu sinal", repito e adentro as entranhas da igreja.

"Seu amor, irmãos, deve ser forte o bastante para que temeis! É o medo que lança os infiéis aos pés do Senhor. O medo salvará os descrentes. O medo ensinará aos hereges a verdade de nosso Deus Todo-Poderoso."

Os corredores dos fundos são claustrofóbicos. Os carpetes estão cobertos de poeira e as pedras que sustentam o telhado estão cheias de teias de aranha. Um estrondo faz as paredes tremerem quando as pessoas que ficaram presas aqui no Dia do Juízo Final gemem de dor. Quase consigo sentir Theo me puxando pelo corredor, abafando sua risada, o brilho da felicidade iluminando os cantos dos olhos dele. Essa memória é bonita e assustadora.

Concentre-se. Tateio as portas no escuro. Não é esta nem a próxima que estou procurando. Os escritórios ficam aqui atrás; uma dessas portas leva à sacristia, onde os sacerdotes se preparam para a cerimônia. Uma cozinha, as salinhas que abrigavam a escola dominical. Nenhuma delas é a que preciso.

"O medo será sempre aquilo que conduz os pecadores na direção de Deus, porque somos criaturas imperfeitas que não merecem o amor d'Ele. O primeiro passo para a sabedoria é temer o Senhor, tremer diante de Sua verdade. E vocês! Ah, vocês, minhas crianças, serão o terror d'Ele feito carne."

Encontro a porta certa: a dos fundos, que leva aos bancos no segundo andar. Nunca tem ninguém ali, que é mantido vazio para os irmãos no Paraíso. As pessoas mortas recebem um lugar, e essa é a única homenagem que os Anjos dão a elas. Abro a porta.

O som me atinge como se fosse uma parede sólida, como o reverendo segurando você embaixo d'água no batismo até os seus pulmões queimarem e a sua visão embaçar. Batismo por afogamento, batismo no sangue. *Você foi lavado no sangue do Cordeiro?*

Subo as escadas devagar, em silêncio.

Estou no balcão.

O santuário da Igreja Evangélica da Fé Reformada é a barriga da baleia. Vitrais brilham em todas as cores do arco-íris, embaçados pela poeira e atravessados por uma luz branca onde os vidros se partiram. As vigas são as costelas, e cada trave de madeira é um osso alcançando a coluna vertebral. Os bancos lá embaixo estão cheios de meninos, pálidos e curvados em oração, facas no colo e pessoas queridas atrás deles implorando pela sobrevivência dos filhos.

Eu me agacho atrás da parede baixa. É muito mais difícil respirar aqui. O irmão reverendo Morrison apoia a Bíblia no altar, com as mãos abertas sobre ela, o rosto e a garganta salpicados de sangue em adoração. Uma pessoa descrente está deitada aos pés dele, sua cabeça contorcida e jogada para trás, revelando o buraco negro purulento de sua garganta. O coro de crianças se agrupa ao lado do reverendo, tão pequenas, *tão* pequenas, olhando para ele com admiração.

As Graças. Ah, meu Deus, as Graças.

Uma delas está acompanhada de seu treinador; sua cabeça é uma massa de crânios unidos por carne e Dilúvio. Bocas abrem e fecham em louvores gorgolejantes. E o ninho atrás do altar — uma besta feita de todas as almas que foram aprisionadas aqui no Dia do Juízo Final, arrastadas para o corpo dessa única criatura. Mãos erguidas, troncos grudados em finos véus de carne, olhos piscando entre os ossos, pulmões e pedaços de joias presos nos punhos quase mortos. Os músculos formam uma colcha que se esparrama pelo carpete, subindo pelas paredes de pedra esculpida, por baixo das vigas do teto e entre elas.

Soldados se posicionam nas portas principais, observando os meninos que aguardam o início do ritual. Entre eles, vejo o irmão Abels, que tem um sorriso muito suave e se ofereceu para empilhar as cadeiras depois da escola dominical. Eu vejo o irmão Davis, que chorou quando ralou o joelho em seu primeiro dia em Nova Nazaré. E vejo a irmã Davis, sua mãe, balançando o corpo enquanto o irmão reverendo Morrison fala, desesperada para beber das palavras dele e salvar o filho. Conheço todos os rostos. Posso não saber seus nomes, mas conheço *todos*. Já vi esses meninos, já partilhei o pão com eles, eu conheço esses meninos, eu conheço esses meninos.

Theo me contou que a carne do ninho é doce, doce feito o vômito segundos depois de ser expelido. O ninho matou uma pessoa que peregrinou com ele. O menino não sobreviveu nem um dia. Um soldado o arrastou até os campos de abate antes de anoitecer, o Dilúvio o devorou por inteiro, seu crânio ficou inchado, um dos olhos saltou da órbita e ficou pendurado por um nervo.

Se a Vigília não estivesse aqui, quantas pessoas dessa peregrinação morreriam? Quantas sobreviveriam ao ritual? Quantas voltariam para as suas famílias me saudando como seu salvador? Quem colocou as mãos sobre mim e orou?

Para, para de pensar em voltar para casa. Você está aqui pela Vigília — pelo CLA, pela Vanguarda, da forma como deveria ser.

A Graça perto da porta geme, e o treinador puxa um osso que se projeta de sua mandíbula. Eu sussurro: "*Quieta*". Ela fica em silêncio, tremendo, todas as suas dúzias de olhos me procurando na escuridão. O Dilúvio assobia e queima feito gordura derretendo no fogo. Sussurro: "*Estou aqui*". O ninho também fica em silêncio.

E, quando o irmão reverendo Morrison faz uma pausa para respirar, eu juro que ouço meus próprios pulmões ecoando.

Há uma calma repentina e intensa. Como algo terrível sendo contido.

Estou aqui. Está tudo bem.

O irmão reverendo Morrison diz: "Oremos". Todas as mãos se unem, todos os olhos se fecham, inclusive as mãos e os olhos do treinador e dos soldados.

Apoio as costas no corrimão e aponto a pistola para uma janela muito bonita lá em cima. Azul e dourado, vermelho e verde dançam nas vestes brancas feito o sol fluindo através das folhas em uma floresta.

O Dilúvio queima.

Eu puxo o gatilho.

CRACK.

A pistola dá um tranco doloroso na minha mão. O vidro se parte. Eu sussurro e o ninho solta um grito agudo. Eu sussurro e a Graça se lança para a frente, arrancando o braço de seu treinador. O santuário explode em tiros e gritos, queimando no fogo do inferno.

Eu não estou mais na Igreja Evangélica da Fé Reformada.

CAPÍTULO 12

> *Eu sou o Alfa e o Ômega, o princípio e o fim.*
> *Àquele que estiver sedento eu darei gratuitamente*
> *da fonte da água da vida. [...] Mas os medrosos, e*
> *incrédulos, e os abomináveis, e assassinos, e devassos,*
> *e feiticeiros, e idólatras e todos os mentirosos terão*
> *sua parte no lago que arde com fogo e enxofre.*
> — **Apocalipse 21:6-8**

Faz silêncio nos campos de abate. Eles são sempre silenciosos, claro, neste pequeno bosque nos fundos do *campus* onde um riacho corre em meio às árvores. Mas este é o silêncio das pessoas mortas. O tipo de silêncio tingido pelo ranger de cordas, pelo barulho da água correndo e do vento — por todas as coisas que *não são* silêncio e que o tornam tão barulhento que chega a doer.

A luz do sol crava os dentes na minha nuca. As árvores farfalham as folhas quase mortas. A grama seca sibila diante da minha presença e o riacho corre vermelho.

E o terceiro anjo derramou a sua taça sobre os rios e nas fontes das águas, e eles se tornaram em sangue.

Tem um corpo pendurado na árvore mais forte, num galho carregado de frutas podres. Um corvo me observa, e outro bate as asas enquanto puxa o olho pendurado pelo nervo óptico.

Eu reconheceria aquele corpo em qualquer lugar: um menino com duas pernas quebradas e o crânio inchado pelo Dilúvio.

E todas as aves se fartaram com a carne deles.

Os esquadrões da morte arrastaram o menino para os campos de abate porque ele foi uma falha cujo corpo foi queimado pela luz de Deus. Ele não sobreviveria ao manto da guerra santa, então os soldados tiveram misericórdia e o abateram. Theo ficou ao meu lado enquanto assistíamos a tudo; tínhamos que ver o menino morrendo, os últimos pedaços de podridão pingando da boca de Theo, que sabia que aquele poderia ser ele se os planos de Deus tivessem se desviado um centímetro sequer.

Estou de volta à Nova Nazaré.

Não. Não, isso não pode estar certo. Aquele menino apodreceu meses atrás, e o lugar está vazio, vazio demais. Isso não é real. Não pode ser. Eu *estou* na Reformada. Ainda sinto a poeira no fundo da garganta. Os uivos das Graças e dos soldados ainda soam em meus ouvidos, e eu juro que aquilo ali são partículas de poeira girando na luz que entra pelos vitrais, mas...

Agora, de alguma forma, estou em Nova Nazaré. Uma Nova Nazaré morta, onde estamos apenas eu, o corpo e os pássaros.

E os quatros animais tinham, cada um deles, seis asas ao redor; e eles estavam cheios de olhos por dentro; e eles não descansam nem de dia nem de noite, dizendo: SANTO, SANTO, SANTO, SENHOR DEUS TODO-PODEROSO.

Tem alguma outra coisa aqui também. Um monstro entre as árvores. Obscurecido por galhos e pernas mortas, a boca aberta como uma ferida, com dentes e língua, o corpo envolto em uma auréola de seis asas quebradas. Apodrecendo, rosnando. Presas, penas, pele.

Tropeço para trás e meus pés afundam na lama.

Um Cordeiro em pé, como se tivesse sido morto; tendo sete chifres e sete olhos, que são os sete Espíritos de Deus.

E eu olhei, e eis um cavalo pálido; e o nome do que estava assentado nele era Morte.

É lindo. É assustador.

A ira de Deus tornada carne, o Dilúvio em sua perfeição.

E eu fiquei sobre a areia do mar, e vi uma besta surgir no mar, tendo sete cabeças e dez chifres, e sobre os seus chifres, dez coroas, e sobre suas cabeças o nome de blasfêmia.

Escondei-nos da ira do Cordeiro. Escondei-nos da ira do Cordeiro. Escondei-nos da ira do Cordeiro.

O monstro de seis asas me vê e recua ganindo, com os olhos brancos girando — e eu caio de joelhos, apoiando as mãos no chão da Igreja Evangélica da Fé Reformada.

Me inclino para a frente, levanto e tiro a máscara. Me engasgo com tanta força que meu maxilar estala. Uma gosma de saliva preta cai no carpete. Um estrondo faz chover poeira e sacode as lâmpadas apagadas no teto.

Que merda é essa? Quero gritar, mas só consigo me engasgar. Quero gritar até sentir a pele queimando. *O que caralhos aconteceu aqui?* Foi uma visão como aquela concedida a João de Patmos, o profeta do Apocalipse, ou será que é o vírus abrindo buracos no meu cérebro? Ainda consigo ouvir o riacho vermelho, os corvos, a *besta*. Ainda consigo sentir na língua o gosto suave e denso de folhas molhadas. Enterro os dedos no carpete e sinto a lã velha e o lodo do fundo do riacho.

A Graça. Merda, a *Graça*. Eu me forço a levantar e vejo seu corpo gigante cercado de Anjos, batendo contra as portas gradeadas. A madeira cede sob o seu peso. Ela solta um grito longo, baixo e triste, e todas as pessoas mortas no Dia do Juízo Final gritam em resposta, agarrando o tornozelo de um Anjo que passava e arrastando os Anjos aos gritos para a massa enorme de cadáveres.

Não vejo ninguém da Vigília. Sei que esse era o plano, mas fico mal mesmo assim. Só quero saber se estão bem.

Mas atrás de mim, de repente, de alguma forma...

Uma voz que pensei que nunca mais voltaria a ouvir.

"Benji?"

É uma voz hesitante, baixa. Mais hesitante do que deveria ser depois do que ele fez comigo.

Ouvir a voz dele me deixa sem ar.

"É você?"

O Anjo atrás de mim está tão perto que quase podemos nos tocar. Ele está tirando a máscara para mostrar o rosto, mas isso não era necessário. Eu o reconheceria em qualquer lugar. Conheço cada parte dele. O cabelo loiro cacheado e bagunçado, os olhos azul-bebê, a barba malfeita pontuando a maciez de sua pele.

Uma risada desesperada brota dos lábios dele e ele se lança para trás, com a boca aberta de espanto.

Meu coração parou há alguns segundos. E não voltou a bater.

Theo diz: "Você cortou o cabelo".

Colossenses 3:18: *Esposas, sede submissas a vosso próprio marido.*

Na última vez que nos falamos, eu pensei que Theo ia cortar a minha garganta. Ele estava tão raivoso que uma baba branca se acumulava nos cantos da boca dele. Não me lembro de tudo o que Theo disse, ou como disse exatamente, porque eu não conseguia ouvir mais nada além do sangue gritando nos meus ouvidos e minhas preces pedindo que ele não me machucasse mais do que já tinha machucado, que parasse antes de acabar comigo. VADIA *mentirosa e ingrata.*

Eu tinha dito para o Theo que estava com medo de Serafim, e ele me machucou por isso, e ainda sou apaixonado por ele, ainda sou apaixonado por ele, ainda sou...

Puxo a faca do bolso e abro a lâmina. O metal brilha na luz que entra pelos vitrais e em um segundo ela está na garganta dele.

Theo ergue as mãos. "Benji, espera!"

Eu rosno: "Te dou cinco segundos".

"Cinco?" A voz dele oscila. "Merda, cinco? Ok. Hã..." Theo respira fundo. "Eu sinto muito."

Ele o quê?

"Entendo que você queira me machucar", continua a dizer. "Eu meio que mereço isso." Theo gagueja, sua garganta treme, e ele parece muito indefeso na ponta da minha faca. "Mas eu queria dizer isso antes. Só pra você saber. Eu sinto muito."

A minha mão que segura a faca treme. *Ele sente muito. Ele sente muito, ele sente muito.* "Você *meio que* merece isso? Meu pai pensou que você tinha quebrado a minha cabeça. Achei que você tinha quebrado o meu braço, achei que..."

Achei que Theo ia me matar. Se não quebrando minha cabeça na parede do meu quarto, então, contando para minha mãe o que eu tinha dito. A igreja não me abateria, mas, meu Deus, o que teriam feito em vez disso?

"Ok", concorda ele. Cada palavra é dita devagar, como se fosse escolhida com cuidado, como se eu fosse um animal selvagem e Theo estivesse tentando não levar uma mordida. "Ok. Sim, eu mereço muito. Não devia ter encostado um dedo em você. Não foi certo. Só percebi isso quando você foi embora. Eu estava com *tanto medo*, amor, eu pensei que alguém tinha ouvido o que você disse, pensei que iam levar você embora." Theo vai perdendo o sentido, ganhando velocidade. "Isso é um sinal, não é? Encontrar você aqui? Eu rezei tanto por uma segunda chance, e ela chegou, então, por favor... Por favor, me desculpa."

Os cinco segundos já se passaram há muito tempo. Dilúvio e Serafim queimam no meu estômago, assim como o meu dedo sem a aliança. Sinto o dedo vazio. A faca cai da minha mão.

Não sei o que está acontecendo lá embaixo e não quero saber. É só barulho e terror. Meu mundo se resume a Theo caído no chão na minha frente, como sempre foi.

Eu pergunto: "O que você tá fazendo aqui?".

"A peregrinação era a única forma de vir até a cidade para encontrar você", responde ele.

"Me encontrar."

"Sim, te encontrar." Theo se aproxima; os olhos dele se prendem nos meus e não soltam. "Eu errei. E sei que não mereço isso, mas queria dizer que sinto muito pelo que fiz. Porque eu te amo."

Eu também. Meu Deus, ainda amo o Theo, ainda o amo.

Eu mostro os dentes. "Não vou voltar com você."

"Eu sei", Theo diz. "Vim até aqui pra ir embora com você. Não podia deixar esse lugar te levar assim. Se a cidade te quer, ela vai ter que me pegar também."

A lâmina da faca morde o carpete ao meu lado. "E se eu não acreditar em você?"

Porque não acredito. Ser um Anjo era a vocação de Theo. Ser um soldado era tudo o que ele sempre quis. O pai dele é o general de Nova Nazaré, a mãe foi uma mártir do Dia do Juízo Final. Ele vem de uma linhagem de pessoas missionárias e guerreiros sagrados. Theo queria ser como sua família, ainda que ele se afogasse nisso, ainda que isso fosse matá-lo. Quando foi expulso dos esquadrões da morte, ele ficou arrasado. Tudo o que eu pude fazer foi observar sua fé infectada e levar comida para ele, que, com febre e rezando loucamente como se todo aquele suor pudesse expelir o erro terrível que ele tinha cometido, não saiu daquela maldita capela durante dias. Nunca soube que erro foi esse. Minha mãe disse que não era assunto de esposas e que eu deveria começar a entender essas coisas.

E ele deixou tudo para trás para me encontrar...

"Você pode não acreditar em uma única palavra minha", diz Theo, "mas eu estou aqui agora, e isso tem que valer alguma coisa."

Sim, vale, e eu odeio isso.

Parto para cima dele.

Ele grita e tenta recuar, mas eu o agarro pela parte da frente de suas vestes brancas de Anjo. Seus olhos se arregalam, aterrorizados, enquanto Theo luta para respirar.

Bom. Que ele lute. Que ele saiba como é.

Lá embaixo, a igreja desmorona. A Graça despedaça a porta da frente e sai tropeçando à luz do sol; os tiros são tão altos que tudo o que consigo ouvir é um zumbido nos ouvidos; tudo dói, e eu sinto que minha pele quer queimar e se desprender dos ossos.

Dou um beijo nele.

A boca de Theo se abre para mim na mesma hora. As mãos dele encontram as minhas como se ele fosse se afogar se não me segurasse. É como sempre foi. Theo parece o mesmo, como se nada tivesse mudado.

Eu me afasto um pouco e nossos lábios continuam se tocando enquanto falo. Ele me segura com mais força.

"Não sou contagioso", digo. "Prometo."

"Merda", geme Theo. "*Benji*."

"Se você fizer exatamente o que eu mandar, eu volto pra você." Cara, como sou fraco com ele. Eu o amo tanto, tanto. "Tenho umas coisas pra fazer."

* * *

Depois. Depois que eu botar a máscara de volta e tudo ficar silencioso.

O andar de baixo me faz lembrar o Dia do Juízo Final, ou como imaginei que esse dia foi além dos muros de Nova Nazaré. O carpete grudento de sangue, o ar com gosto de morte. Corpos jogados por cima dos bancos. A pessoa descrente deitada aos pés do altar encara o teto, com a boca aberta como se Deus tivesse arrancado sua língua.

A Vigília não matou todos os Anjos. Era impossível bloquear todas as saídas sem que precisássemos nos espalhar demais, o que nos deixaria vulneráveis.

Mas, ainda assim, há muitos cadáveres.

A Graça gigante, o ninho de corpos, solta gemidos patéticos, um lamento baixo que faz a madeira tremer sob os meus pés.

"Aquela coisa *tem* que ficar fazendo isso?", pergunta Cormac, serrando a última tira de pele que une a orelha de um Anjo ao seu crânio. O sangue escorre pelos pulsos dele. "Jesus."

Eu sussurro, baixo o bastante para ninguém mais ouvir, dizendo que está tudo bem, que ela não precisa se preocupar. Algumas bocas se fecham, mas outras continuam a lamentar, e não tem muito o que eu possa fazer quanto a isso. Cormac resmunga e continua o próprio trabalho.

Nick conta os cadáveres. Aisha corre para fora e vomita. Salvador está sentade em um banco, com os joelhos encostados no peito. Fé está perto da parede dos fundos com as mãos unidas na frente da boca. E eu estou nas escadas que levam ao altar, perto dos pés descalços da pessoa descrente, entre pequenas cobras de carne que descem do altar para alcançar os bancos e o corpo do irmão reverendo Morrison. Olho para o balcão, tentando não deixar meu coração rasgar as costelas e sair do peito.

Theo foi embora de Nova Nazaré por causa de mim.

Ele ainda me ama.

"Merda", xinga Salvador.

Há duas crianças entre os cadáveres. Uma delas não deve nem ter idade para andar desacompanhada, a outra já devia estar passando da idade de estar no coral. Cormac arranca as orelhas delas também. Não quero olhar, mas olho mesmo assim, tentando identificar as pessoas, dar nome aos corpos que conheço. Em algum momento eu paro de enxergar rostos e começo a ver uma confusão de olhos, bocas e narizes que meu cérebro não me deixa juntar em uma pessoa. Pequenas misericórdias.

Em silêncio, rezo pelas pessoas mortas. Não sei se adianta, não sei se significa *alguma coisa*, mas rezar alivia o mal-estar em meu peito, então deve valer alguma coisa.

Nick se senta ao meu lado nos degraus. Seu dedo indicador direito e o polegar batem um no outro sem parar, uma batida do coração em um tempo duplo ansioso.

Sua mão esquerda me entrega o revólver.

Meu rosto queima. Entre a visão e Theo, não percebi que tinha perdido o revólver.

"Achei embaixo do balcão", diz Nick. Nenhuma acusação de descuido. Só a simples declaração de um fato.

"Desculpa", respondo. "Devo ter deixado cair. Não vai acontecer de novo."

Não pego o revólver. Ele não o afasta de mim.

Continuo falando: "Eu não quero".

"Certo." Nick guarda o revólver no casaco.

"Quantos Anjos...?"

"Catorze."

Catorze. O dobro do que levamos para a Vanguarda antes. Dessa vez, não tem como tirarem os suprimentos da gente.

Nos reunimos o melhor que podemos. Tiro Salvador de seu silêncio enquanto Nick tenta tirar Fé do estado catatônico dela. Tentamos trazer Aisha para dentro, para falar sobre a volta para o CLA, mas ela cai no choro assim que vê os bancos, então, nos reunimos no pátio da igreja.

A massa de pessoas quase mortas grita quando saímos, e eu sussurro por cima do ombro: *Já volto*.

Prometi para Theo que voltaria.

* * *

No meio do caminho para o CLA, Aisha fica atordoada. "Eram crianças", chora ela. "Eram *crianças*."

"Foda-se que eram crianças", diz Cormac com rispidez, e Aisha dá um soco na barriga dele. Ninguém o socorre quando ele se dobra e vomita na calçada.

CAPÍTULO 13

Suba em qualquer telhado, muro ou colina hoje e veja o mundo desacelerar. Veja o mundo vazio. Veja o mundo retornando ao paraíso desejado pelo nosso Senhor. É uma experiência única na vida. Não é lindo?
— **Diário da irmã Kimberly Jones**

Três pessoas nos recebem no CLA: Alex, Sadaf e Erin. Ninguém mais.

Erin quase desmaia de alívio quando abraça Salvador, que é a primeira pessoa ao seu alcance. Alex nos conta duas vezes, confere o quadro no salão e conta de novo. Quando se certificam de que todo mundo voltou, Alex, Sadaf e Erin se vão. Sadaf acompanha Aisha, prometendo para Fé que cuidará dela. Todas as outras pessoas no CLA, se têm o azar de passar pelo salão naquele exato momento, abaixam a cabeça e seguem em frente.

Nos revezamos para tirar os uniformes pretos na lavanderia e trocar de roupa, menos Nick, que desapareceu lá em cima. Umas pessoas demoram mais, outras menos. Eu saio em um minuto, enfiando as roupas em um cesto, enquanto Erin ajuda Salvador a tirar um braço de uma das mangas por causa de um arranhão bem feio. Erin diz que vai avisar Sadaf, pois alguém devia dar uma olhada no machucado. Salvador insiste em afirmar que está bem, ile está bem, não tem nada com que se preocupar, por favor, não tira ela de perto de Aisha.

Então pegamos água o bastante para gente se lavar e tiramos a ordem no canudinho. Acabo tirando o menor, e Fé tenta protestar, mas eu o escondo antes que ela consiga pegá-lo. Quando chega a minha vez, a água está fria e turva. Eu molho o cabelo, esfrego uma toalhinha velha nos braços e não me demoro muito nisso, senão acabaria esfregando até arrancar minha pele.

Pelo resto do dia, me esforço para segurar a comida no estômago e tirar uns cochilos. As pessoas me evitam na cozinha e nos corredores. Eu me olho no espelho para ver se Serafim não tinha se entranhado ainda mais em meu corpo, mas não vejo nada que não tinha visto antes.

Eu fiz o bem. Fiz eles sofrerem. Eu fiz.

Theo ainda me ama.

Mas *que merda aconteceu?* Por que fui parar em Nova Nazaré? Por que vi aquele corpo pendurado na árvore? Por que eu vi o monstro? Queria abrir minha cabeça e procurar no cérebro a podridão que se esgueira pelo lobo central. Quero pedir para o Theo fazer isso por mim. Ele me abriria se eu pedisse, certo? Ele sabe que nunca pedi isso. Dessa vez, ele não vai me machucar.

Estou com medo daquela besta entre as árvores, o menor vislumbre que Serafim já me concedeu: presas, penas e pele. Porque acho que aquela besta — *seis asas, a Morte em seu cavalo pálido, o monstro do mar e a blasfêmia, a ira do Cordeiro* — sou eu.

* * *

Não durmo mais que algumas horas. No dia seguinte, estou tão cansado que meus olhos ardem, e com tanta fome que meu estômago até desistiu de roncar. Meu corpo todo dói, e eu demoro muito para reagir. Minhas mãos tremem. *Isso é fome*, meu pai sempre dizia. Ou talvez seja Serafim. Será que o Dilúvio causa tremores? Não me lembro.

Enfio as mãos entre os joelhos enquanto as pessoas da Vigília ocupam seus lugares na sala de vídeo em meio a um silêncio terrível e prolongado. Não falamos nada. Só nos olhamos.

Salvador finalmente decide falar.

"Desculpa aí, gente", diz ile, batendo no braço do sofá, "mas não consigo fazer isso aqui. Vou voltar pra cama. Até mais!"

Sadaf se desvencilha de Aisha e de Fé para ir atrás dile. "Sal."

"Deixa ile ir", sussurra Erin.

Salvador sai da sala de vídeo enxugando o rosto e deixando a porta bater atrás dile. Nick encara o chão. Cormac cutuca as unhas.

"Eu não dormi bem", fala Fé, com a voz oscilando, quase um sussurro. "Quer dizer, ninguém aqui dorme bem. Mas meu sono foi pior ontem."

"Nem eu", concorda Aisha. "Passei quase a noite toda acordada, só..."

Sadaf aperta a mão dela. "Desculpa. Vocês não precisam saber disso."

"Pesadelos?", pergunta Erin em um tom gentil.

Aisha responde: "É pior quando tô acordada".

Nick encontra meus olhos do outro lado da sala. Ele sabe que eu não tenho nada para dizer. Que estou acostumado, que esse é o meu normal, e tudo que posso fazer é assistir às pessoas desmoronando.

Cormac diz: "Não tô entendendo nada. Não é a primeira vez que a gente mata pessoas. Não tem nada de diferente".

"Eram *crianças!*", protesta Aisha. "Eram crianças, apenas *crianças*."

"Trevor também era criança", retruca Cormac. "Para de agir como se fosse tão terrível assim."

Não aguento ver a expressão de Aisha. "Cormac", falo, "cala essa boca."

Erin diz: "Nick? E você? Quer falar?".

"Eu tô bem", responde ele.

"Você sempre diz isso", sussurra Fé.

"Então para de perguntar. Meu trabalho é cuidar de vocês, e não o contrário."

Ou Erin morde a isca ou deixa escapar, pois ela continua: "A gente merece saber que tem alguém cuidando da gente. Todo mundo merece isso. Sei que a gente passa por coisas que nem todo mundo no CLA entende". Ela se inclina para apoiar a mão no encosto do sofá. "Sadaf, que bom que você tá aqui. Seu apoio é muito importante pra gente."

Eu entendo tudo. Essas palavras não são para mim. Encarar a morte sem piscar mesmo enquanto ela despedaça você é o que os Anjos fazem. Não tem motivo para ter medo quando Deus é tão maior. Temer é pecar; você não confia Nele, você não crê Nele? Tenha *fé*, covarde. Salmos 118:6 — *O senhor está do meu lado, não temerei; o que pode fazer o homem a mim?*

Mais tarde, Sadaf pede para Aisha e Fé irem ver se Salvador está bem. Erin tenta falar com Nick, mas ele a evita, encarando as próprias mãos, tirando o lagarto do bolso, se concentrando em qualquer coisa, menos nela. Então ele resmunga uma desculpa e foge.

"E aí, Benji." Erin suspira, vendo que somos só eu e ela agora. "Tá tudo bem?"

"Parece que estou melhor que todo mundo", digo. "Nick está bem?"

"Ele é... hããã..." Ela busca uma palavra. O esforço que faz para evitar dizer *autista* é admirável, mas não consigo não me perguntar se Nick se sentiria grato ou chateado. "Ele não gosta de falar, eu sei, mas estou preocupada com ele." Ela mexe no cabelo por um segundo, balançando os pés, e então alguma coisa se encaixa. "Será que você consegue falar com ele?"

Fico parado. "Eu?"

"Se não for um problema", continua ela. "Falar com você pode ser bom pra ele. Vocês têm muita coisa em comum."

"Temos?"

O sorriso de Erin — alguma coisa que eu quase posso ver atrás da máscara, se esgueirando nos olhos dela, na linha das bochechas acima do tecido florido — parece desesperado. "Sim. Talvez ele perceba isso."

Muito em comum. Não consigo pensar em nada em comum em relação à gente, a não ser que somos dois caras gays brancos, o que não é um lance especial no CLA. O que mais? Nós dois somos meio baixinhos? Nós dois ficamos confortáveis demais com gente morta?

Erin me olha de um jeito, tão cheia de esperança e de tristeza, que não consigo dizer não.

* * *

Levo uns minutos para localizar Nick. Uma das *snipers* me aponta a direção certa: o telhado. "Ele disse que assumiria por um tempo. Eu não reclamei", diz ela. Subo as escadas — o lugar serve de depósito e tem algumas portas, uma delas tem uma chave que é repassada entre nós para o caso de alguém querer um lugar para transar ou se masturbar em paz — e abro a escotilha que dá acesso ao telhado.

O telhado é plano e está cheio de cascalho, com uns equipamentos de climatização inúteis aqui e ali e outras tralhas de plástico e de metal. Nick está sentado em uma cadeira de praia, olhando a rua, com um rifle apoiado no joelho e binóculos no colo. Faz calor aqui, e o céu está perfeitamente azul.

Eu solto a porta da escotilha.

"Erin te mandou aqui?", pergunta Nick sem se preocupar em virar.

"É tão óbvio assim?"

"Ela se preocupa demais."

"É meio que o trabalho dela, né?"

Eu me aproximo e me sento no murinho de concreto que cerca a beira do telhado. Nick está batendo os dedos da forma como ele fez na Reformada. Sua perna também está balançando.

"Prometi que veria como você está, então, se você quiser que eu vá embora, é só mandar numa boa", falo.

"Numa boa", repete ele.

"Sim. Daí eu posso dizer: *Tivemos uma boa conversa. Ele tá bem*. Ela merece isso."

"Eu tô bem."

Devolvo as palavras que ele me disse naquele mercadinho de esquina: "Muito vago!"

Ele torce o nariz.

"Vai, me diz alguma coisa...", peço.

"Já disse."

"... que não seja *Eu tô bem* porque, cara, ninguém tá bem."

Nick bate os pés no murinho.

"Ou a gente pode apenas ficar um pouco junto aqui", digo. Ele bufa, quase como se tivesse achado engraçado, o que seria uma novidade. "Vai ser legal também."

Theo e eu costumávamos fazer isso. Nova Nazaré nasceu das cinzas de uma universidade que se localizava na parte norte de Acheson, e pensávamos na inveja que os alunos sentiriam de nosso acesso livre às áreas restritas e aos porões antigos. Nosso lugar favorito era o telhado do grêmio estudantil, onde perseguíamos pássaros carniceiros, nos escondíamos das pessoas mais velhas e estudávamos o mundo além dos portões. No início, assistíamos aos fluxos intermináveis de carros e às luzes brilhando na cidade, que nos contavam histórias sobre a vida das pessoas descrentes, tão distantes de nós. Então, depois do Dia do Juízo Final, começamos a encarar um silêncio absoluto, vendo as luzes se apagando devagar, o mundo se encaminhando para um descanso sangrento e mergulhado em pecado.

Olho para a cidade por cima do ombro; para os arranha-céus que estão só começando a mostrar as cicatrizes do abandono, o mato brotando das rachaduras nas calçadas, grandes poças se formando em buracos na rua. Fevereiro é o fim da primavera. Em breve, a cidade vai ser um lugar abafado e quase inabitável. Apocalipse 8:7 — *O primeiro anjo tocou, e em seguida houve granizo e fogo misturados com sangue, e eles foram lançados sobre a terra; e a terceira parte das árvores foi queimada, e toda a grama verde foi queimada.* Em abril, o mundo terá secado. O rio que cerca a cidade se tornará o canto de uma sereia, atraindo os animais para as suas corredeiras e esmagando-os nas rochas. *Feliz será aquele que pegar e arrebentar com os teus pequenos contra as pedras.*

Theo voltou.

Ele ainda me ama.

Se conseguisse chorar, eu choraria. Eu o vi há poucas semanas, mas parece que faz uma eternidade que estamos separados. Tive que sacar uma faca para não cair nos braços dele, implorando que Theo perdoasse a transgressão que o fez levantar a mão para mim. Ele fez aquilo comigo, ele me *machucou*, e eu quis pedir *desculpas*.

Ele veio por mim. E eu vou voltar com ele. Tenho que voltar.

Nós dois mudamos mesmo, não mudamos? Em tão pouco tempo... Eu passo a mão na cabeça e meu cabelo cai sobre os meus olhos. Theo deu as costas para os Anjos, e eu sou mais menino — mais visivelmente um menino, eu acho — do que jamais fui em Nova Nazaré. Sopro o cabelo, que volta a cair.

Espera. Eu ainda tenho os grampos de Nick. Tiro eles do bolso e tento colocá-los no lugar, tento tirar o cabelo todo desgrenhado da cara, mas ele não fica parado. Os fios se soltam e caem.

Nunca aprendi a fazer nada com o cabelo além de pentear e trançá-lo bem mal. Minha mãe quase teve que me amarrar para pôr flores no meu cabelo no dia do meu noivado, como se ela estivesse tentando enfiar a *menina* à força na minha cabeça.

Nick comenta: "Você tá colocando ao contrário".

"Oi?"

"Aqui." Ele pendura os binóculos no pescoço. "Dá os grampos pra mim."

Eu os entrego a ele. Nick cobre as mãos com as mangas do casaco e tira o cabelo do meu rosto. Meus dedos se curvam contra o murinho de concreto e eu encaro meus pés, tentando ficar o mais imóvel possível enquanto Nick passa as mãos pela minha cabeça. Esse tipo de toque entre pessoas não casadas era quase proibido em Nova Nazaré.

Theo voltou. Eu sou prometido, e Theo voltou.

Nick põe um grampo no lugar, joga o meu cabelo para trás e prende o segundo grampo na minha têmpora.

Ele se afasta e deixa as mangas caírem de suas mãos. A direita treme por um segundo, como se ele estivesse tentando tirar alguma coisa dela. "A serrinha fica pra baixo", fala, depois se joga na cadeira.

Quase não me lembro de dizer "Ok. Obrigado!".

"Você mandou bem na igreja", diz Nick.

"Eu não acho."

Não importa o significado que a palavra tinha para o meu pai ou tem para Nick. Sei que, tecnicamente, eu fiz o bem, mas ainda sinto uma dor no peito. Como se eu tivesse feito algo errado.

"Não perdemos ninguém pras abominações. Você fez seu trabalho."

"Elas não queriam machucar a gente."

A garganta dele se mexe. Seu olhar está focado em um esquilo se equilibrando num poste de telefone; a cauda do bichinho balança enquanto ele observa o trânsito enferrujado lá embaixo.

Nick pergunta: "Quanto tempo você tem?".

"Não sei. Algumas semanas, no máximo." A pele embaixo das minhas unhas está muito pálida, quase cinzenta. Não tem nada *tão* errado com isso, mas é errado o suficiente. "Eu vomito toda hora, e só tá piorando." Não comento sobre a visão, ou seja lá o que aconteceu, na Reformada. Nick pode pensar que estou enlouquecendo e me jogar daqui de cima. "Mas tô me sentindo bem agora."

"Tudo bem ter medo", fala ele.

"Tenho medo o tempo todo. Eu tô cansado disso..."

"Então, faz alguma coisa a respeito disso."

Tipo o *quê*? O que mais eu poderia fazer além de abrir o meu crânio, implorar para Theo tirar as partes podres, arrancar Serafim de mim, célula por célula? Tudo o que posso fazer é fugir. Eu fugi de Nova Nazaré, fugi dos Anjos, de Theo e da minha mãe, e estou fugindo disso também, como se fechar os olhos para a situação fosse impedir que Serafim me devorasse.

Talvez eu devesse fugir com um *destino*.

Fugir para encontrar Theo. Para encontrar a besta entre as árvores.

Eu digo: "Era pra *eu* fazer *você* falar".

Nick responde: "Boa sorte!".

Eu dou risada.

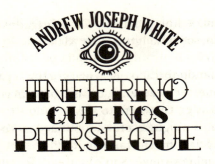

CAPÍTULO 14

> *Os hospitais estão lotados. As pessoas estão deitadas no chão, nos corredores. Estão morrendo lá. E aquelas que não morrem... Olha o que acontece. Meu conselho? Assim que você começar a vomitar uma coisa preta, ou sentir seus órgãos se movimentando dentro de você, a única coisa que eu recomendo é a eutanásia.*
> **— Pessoa anônima da equipe de enfermagem do Centro Médico Oeste de Acheson**

Seis asas. A Morte em seu cavalo pálido. O monstro do mar e a blasfêmia.

A ira do Cordeiro.

Eu estou perseguindo Serafim.

No começo, não entendo bem como. Passo o resto do dia recitando o Apocalipse de cor, e quando chego ao capítulo 22, versículo 20 — *Assim seja: Vem, Senhor Jesus* —, eu volto para o começo. O fim dos tempos, a dimensão do Reino dos Céus, a mulher em dores de parto, o dragão e a noiva do Senhor. Sussurro para o nada, tentando encontrar alguma conexão com a doença que se espalha embaixo da minha pele. Passo a língua nos dentes, roo as unhas, aperto os ossos da mão até doerem. Pego uns trapos embaixo do travesseiro e tusso, cuspindo podridão.

São visões do fim ou será que é o Dilúvio abrindo buracos no meu cérebro? Serafim está queimando dentro de mim, preparando minhas entranhas para a inevitável destruição da minha forma humana, que será transformada em alguma coisa *abençoada*. O vírus alcançou minha matéria cinzenta, se embrenhou entre as dobras do meu cérebro e adentrou nos lobos, nos neurônios, em cada pedacinho meu, e talvez seja por isso que, quando fecho os olhos e rezo, eu receba o dom da visão.

Nova Nazaré morta e o rio cor de sangue. Os corvos. As árvores e o matagal. A besta de presas, penas e pele do outro lado do riacho, iluminada pela luz do sol, salpicada de sombras, mostrando os dentes. O anjo que concedeu a visão a João de Patmos, o anjo que me concedeu a visão: um corpo deformado sob a vontade de Deus, transformado em outra coisa, alado e sagrado.

Isaías 6:2 — *Acima situavam-se os serafins*. Entre as árvores, estava Serafim.

Entro na água e saio na outra margem, me embrenhando nas árvores. Serafim recua e rosna, mas eu sussurro: *"Não tenho medo de você"*. Consigo discerni-lo mais agora — seus olhos brancos flamejantes, o sol brilhando em seus dentes —, mas não muito mais quando ele grita, fazendo as árvores velhas balançarem e lançando uma chuva de galhos e folhas secas, uma sombra enorme e sinuosa se embrenhando ainda mais em Nova Nazaré.

Eu o sigo até onde as árvores terminam e, agora, estamos nos fundos de lá. A velha universidade tinha sido limpa de tudo o que era secular, transformada em um limiar entre o velho mundo e nossa próxima vida no Reino dos Céus. Pela primeira vez, vejo o lugar em silêncio. O soldado que rezava na praça se foi. O sino não toca para convocar as pessoas fiéis à adoração. Não há mulheres caminhando na direção dos estacionamentos transformados em campos, nem uma criança correndo pela grama. Mas ainda vejo as bênçãos pintadas nas janelas enormes, caminhos de concreto serpenteando por entre os edifícios altos, as árvores balançando na brisa. Essa foi minha casa por cinco anos. Conheço Nova Nazaré melhor do que conheço a mim mesmo.

A sombra de Serafim crava as garras na lateral de um prédio e ele sobe para o telhado. Eu o sigo.

Nunca persegui nada assim de verdade. Theo me perseguia, e eu deixei, agora e quando nos apaixonamos. Meu pai perseguiu a liberdade para nós dois no Condado de Acresfield, e tudo o que fiz foi me agarrar à manga dele. Mal fui atrás da ideia de que eu poderia ser um menino. Eu não queria pensar no *motivo* de não me sentir em casa na minha própria pele, de sempre ter estranhado o meu nome, de sempre ter sido tão apático em relação a tudo o que os Anjos diziam que uma menina devia ser. Achei que estava cansado da forma como os Anjos viam a feminilidade, cansado da lealdade e da pureza, de todas as coisas terríveis que eles tentaram enfiar na nossa cabeça. Mas isso nunca foi suficiente, nenhuma desculpa nunca foi *suficiente*, e a disforia teve de agarrar o meu pescoço e me segurar, como no batismo por afogamento, antes de eu encarar o fato de que viver como uma menina teria me matado muito antes de os Anjos fazerem isso.

Minha existência como menino ameaçou me destruir se eu não a olhasse nos olhos. Não vou deixar Serafim fazer isso comigo também.

Sigo Serafim até o coração do *campus*, onde prédios enormes cercam o grêmio estudantil. Abro as portas de vidro e atravesso o mar de cadeiras na antiga praça de alimentação, subo a escada caracol até o quarto andar e, depois, uma escada oculta até o telhado.

Aqui em cima, Serafim está sentado do outro lado da claraboia, feito uma sombra enorme iluminada pelo sol. Uma criatura imensa, angulosa e alada. Carne doente e músculos expostos.

O quanto preciso me aproximar? O que tenho que fazer para *encarar* Serafim? Sussurrar, segurar seu rosto deformado, olhar nos olhos dele e mostrar meus dentes?

Eu paro e fico observando. Uma cauda longa feita de tendões e ossos se enrola ao redor de seu corpo curvado. A luz do sol bate em meu rosto, e eu cerro os olhos, mas não consigo discernir muito bem os traços dele, só o barulho de sua respiração e o bater de todas aquelas asas.

Eu digo: "Tô aqui, seu filho da puta. O que você quer?".

Serafim se joga contra a claraboia. O vidro quebra e nós dois caímos.

* * *

Acordo com um pedaço de vidro na boca.

Rolo para fora do colchão e caio no chão encerado e frio, chutando os lençóis e tentando cuspir o sangue na minha boca. Nada sai. Nada? Olho para o chão, mas já anoiteceu, está escuro, e eu não consigo ver nada.

Tem um pedaço de vidro preso na minha boca.

Passo a língua nos dentes, e ela fica presa no meu canino superior esquerdo, que nunca foi tão grande. Agora ele está raspando no meu lábio. Não pensei que outro dente meu, menor, se quebraria para abrir espaço para o canino, nem pensei que o canino poderia ser tão afiado quanto...

Quanto um caco de vidro.

Porque a palavra de Deus... é mais aguda do que qualquer espada de dois gumes, penetrando até à divisão da alma e do espírito, e das juntas e medulas.

Saio às pressas do meu quarto. Tropeço nos lençóis e saio correndo para longe dos pequenos apartamentos e quase dou de cara com as portas do ginásio, tentando abri-las. Pego uma sacola de ferramentas no armário de suprimentos. Vou precisar de ferramentas para isso, e o único lugar onde posso me esconder é o banheiro nos fundos do prédio. Ninguém o usa porque está sem água. Estarei seguro lá.

Empurro a porta, a fecho e tranco. A única luz que entra vem de uma janelinha lá de cima, o brilho tranquilo da lua. Bom. Sento-me no chão e aperto bem os olhos, tentando enxergar.

É Serafim. É o Dilúvio querendo sair. Um dente, como minhas unhas e minhas gengivas, os círculos vermelhos ao redor dos meus olhos. Como aquele que Nick arrancou da Graça.

Que toda a terra tema ao Senhor. Abro a sacola de ferramentas e despejo tudo de dentro dela. *Que todos os habitantes do mundo fiquem perplexos com Ele.*

Achei. Um alicate.

Respire. Ok. Joelho para cima, o cotovelo apoiado nele, o alicate encostado nessa presa de Graça que rasgou a minha gengiva, destruindo meus lábios e minha boca. As pessoas arrancavam dentes o tempo todo antes da invenção da anestesia. Não pode ser tão difícil, certo? Prendo o dente com o alicate. Não seja um covarde, acabe logo com isso, enterre o dente no pátio, lide com isso de uma vez. Respire. Vá.

Eu puxo. O alicate raspa o dente todo e bate no meu joelho. Encaro o metal vazio na minha mão atordoado. Não funcionou.

É claro que não seria tão fácil assim. E esse é só o primeiro de muitos. O que vou fazer? Arrancar todos os meus dentes quando eles crescerem? Um por um?

Solto um gemido histérico e encosto a cabeça na parede. Talvez eu consiga arrancar o dente se empurrar para fora em vez de puxar pra baixo. Ouço um barulho baixo e estranho no fundo da minha garganta, parecido com os guinchos de Graça que eu soltei enquanto segurava Alex no chão.

No três. Um, dois...

Teme ao Senhor, e afasta-te do mal.

O som é parecido com o barulho de ossos se quebrando. Com o barulho de Trevor sendo esmagado no asfalto. Sinto uma pontada de dor no crânio. O sangue jorra da minha boca e escorre pelo queixo. Meu dente desliza pelo chão.

Merda. *Merda.* Pego um monte de papel higiênico velho e enfio na boca. O sangue se acumula na minha garganta, encharcando o papel assim que o coloco na boca, e eu pego mais papel, tentando não sufocar de dor quando ele prende nos nervos expostos.

Mas tem alguma coisa errada.

Minhas mãos estão dormentes. Ainda sinto a boca muito pesada, muito cheia. Na luz fraca do banheiro, eu me lanço para a frente e vou tateando pelo chão. O dente sai deslizando e se aninha na argamassa entre dois azulejos quebrados.

Ah.

Tema a ira do Cordeiro. Tema a ira do Cordeiro.

O dente no chão é pequeno e redondo, nem um pouco afiado.

Em que mundo meu Deus já foi um deus benevolente?

Inclino a cabeça para a frente para não me engasgar com o sangue da forma como me engasguei com as palavras da minha mãe, com os machucados que Theo deixou nos meus pulsos. O dente da Graça ainda está na minha boca, escarnecendo de mim.

TEMA A IRA DO CORDEIRO.

Serafim está aqui, dentro de mim, e — como a disforia segurando a minha cabeça debaixo d'água, exigindo ser reconhecida, ameaçando me afogar — só está piorando.

Não há nada que eu possa fazer.

CAPÍTULO 15

Esposas, lembrem-se: o caminho para um casamento duradouro é a fé e a lealdade. A fé que vocês devem ter em seus maridos é a mesma fé que devotam a Deus. Quando seus maridos se afastarem, será o dever de vocês rogar a Deus: Senhor, como posso mudar?
— **Irmã Kimberly Jones,** *Um Amor Bíblico*

Roubei algumas coisas para o Theo: duas garrafas de água, um pote quase vazio de manteiga de amendoim, uma lata de atum, um pacote de biscoitos de água e sal velhos e outras coisinhas das quais ninguém iria dar falta. Um par de meias com um buraco no calcanhar. Uma máscara que estava pendurada para secar. Tudo isso em uma mochila com a alça rasgada.

Morro de culpa só de olhar para tudo isso. Mal me alimentei desde que cheguei aqui; comi só o suficiente para me manter em pé. E tudo isso é o que eu *teria* comido se de fato tivesse me alimentado. Metade disso, um quarto. Eu acho. E ainda por cima vamos encontrar a Vanguarda no Wagner Commons amanhã. Alex deu a notícia hoje mais cedo. Com catorze orelhas, vamos conseguir bastante comida. Ninguém vai dar falta de nada. Está tudo bem.

Faço umas contas rápidas: Nick leva só três pessoas com ele quando vai encontrar a Vanguarda — tem alguma coisa a ver com o ego sensível das pessoas, que precisam sentir que estão em maior número, sei lá —, o que significa que eu tenho 33% de chance de *não* ser escolhido para ir. Os números não parecem bons. Não posso esconder o dente de Graça dele, não de alguém que sabe o que procurar. Não de alguém para quem quero contar o que aconteceu.

Não de alguém para quem *preciso* contar o que aconteceu.

Eu me olho no espelho assim que o sol nasce e confirmo as suspeitas. Arranquei meu canino de verdade com o alicate. Meu dente, não a presa de Graça. Não sei como cometi esse erro, como Serafim *me fez* cometer esse erro.

Pelo menos, no momento posso esconder o dente. Tento falar comigo mesmo e as palavras saem bem esquisitas. Mas outras coisas vão acontecer, e dói muito e...

Estou fazendo a coisa certa. Estou sendo bom. Só não estou contando para ninguém.

Quando escurece, na noite antes de a Vigília ser convocada para ir aonde está a Vanguarda, eu vou de fininho até os fundos do CLA. Dessa vez, me certifico de que Nick não está me seguindo.

* * *

O irmão Hutch e o irmão reverendo Morrison não foram os únicos que discursaram na minha cerimônia de noivado. Minha mãe também. Ela leu um trecho do livro de Kimberly Jones sobre casamento, *Um Amor Bíblico*. Eu me lembro disso porque vi minha mãe virando as páginas do livro durante horas com uma caneta na mão, tentando encontrar um trecho que cravaria o meu lugar como esposa. Como se *isso* fosse expulsar o menino de mim.

Kimberly Jones foi uma escritora do primeiro Movimento Angelical — acho que ela ainda está viva, em algum assentamento na Califórnia — que ficou muito popular alguns anos antes do Dia do Juízo Final. Ela era amada especialmente por mulheres brancas de 30 anos ou mais, e foi uma das melhores máquinas de propaganda que o culto evangélico fascista poderia produzir. É incrível como conquistar um grupo demográfico padrão, pessoas brancas de países ricos, significa que você pode botar as garras no mundo todo e dilacerar tudo ao seu redor.

Esse é o melhor caminho para você, dissera minha mãe. Era isso ou ser humilhado por ter entregado meu corpo antes do casamento. Como se não tivesse sido forçado a entregar o meu corpo para uma coisa muito, muito pior.

Pelo menos eu pude escolher Theo. Pude escolher quando e como. Nunca tinha feito uma escolha na vida.

Quando chego à Igreja Evangélica da Fé Reformada, já é tarde. A lua está alta no céu, cercada pela Via Láctea e por milhares de estrelas. Talvez minha mãe esteja olhando para esse mesmo céu agora, pensando que tudo ficaria bem se ela conseguisse me levar de volta para casa.

Eu, com uma faca na garganta de Theo. *Não vou voltar com você.*

Entro pela porta dos fundos e não encontro nada. Nenhuma emboscada dos esquadrões da morte, nenhum Anjo à espreita. Odeio o fato de estar pensando nisso, mas estou sempre pensando nisso.

De todo modo, a Reformada fede. Fede a cadáveres e a Dilúvio. O ninho uiva, anunciando a minha chegada, sacudindo todas as pessoas mortas no Dia do Juízo Final. *Desculpa*, eu sussurro. *Não quis incomodar.* O ninho se acalma aos poucos, murmurando e se arrastando pelas vigas.

Tiro os grampos do cabelo como uma dona de casa tira a aliança de casamento antes de encontrar o namorado.

"Theo?" Começo a atravessar os corredores escuros, adentrando o estômago da igreja. "Você ainda tá aqui?"

"Estou nos fundos."

Ele está em uma das salas de aula da escola dominical, sentado numa cadeira na frente da sala e lendo uma Bíblia infantil ilustrada. A gente não tinha essas Bíblias em Nova Nazaré. As crianças não precisavam *entender* as escrituras. Ninguém esperava que entendessem, só que obedecessem. Ele pegou umas peças da caixa de doações, e é a primeira vez que vejo Theo vestido com roupas que não fossem as vestes brancas dos Anjos. Shorts grandes com um comprimento nada charmoso, um pouco abaixo dos joelhos. Uma camiseta lisa, grande demais para ele. E seu cabelo, que cresceu desde que fora expulso dos esquadrões da morte, já formou uns cachinhos claros que caem na testa.

Meu estômago revira. Quero beijá-lo. Quero vomitar. Quero segurar o rosto dele e sentir o calor de seu corpo em minha pele. Quero fingir que Theo nunca me machucou, que está tudo bem, que a gente pode superar tudo o que aconteceu. Estou com medo; não quero que ele encoste um dedo em mim, não quero que *respire* perto de mim; quero apenas pôr os braços ao redor dele e ficar ali pra sempre.

Gostaria que as coisas fossem como eram antes. Seria muito mais fácil assim.

Por que tudo precisa ser tão difícil?

"Ah", diz Theo, olhando para mim. Olhando de verdade. Com tempo para absorver tudo.

Ele se levanta da cadeira, e eu imagino que está prestes a vir para cima de mim e me enrolar em um tapete, da forma como as pessoas faziam nos filmes antigos. Mas ele para no meio do caminho. Hesitante. Sem saber muito bem o que fazer comigo. Theo está com aquele olhar confuso, indeciso entre querer me tocar e querer me afastar. Um erro, e voltamos para o início da nossa relação: crianças que foram jogadas juntas em um lugar e não sabem o que fazer.

"Hã." Eu ergo a mochila na mão. Quero me livrar logo dessa coisa. "Trouxe umas coisas." Eu *roubei* umas coisas. "Achei que você estivesse com fome."

Ele agarra a mochila tal qual um cachorro faminto abocanha um pedaço de carne da mão estendida de alguém. "Valeu. Você tá..."

"Um lixo", concluo a frase para ele.

"Não. Só diferente." Theo aponta para a própria nuca. "Você cortou o cabelo."

Instintivamente, eu passo a mão no lugar onde minha trança deveria estar. Minha cabeça ficou tão leve quando meu pai cortou tudo fora, como se ele tivesse tirado alguma coisa terrível que estava me puxando para baixo durante anos. O que, de certa forma, era verdade.

Theo comenta: "Você tá mesmo com cara de menino".

Meu primeiro instinto é falar que *Eu era um menino antes de cortar o cabelo, antes de parar de usar vestido, e ainda seria um menino se não tivesse feito isso*, mas não falo. Não posso ficar bravo com Theo pelo fato de ele dizer a mesma coisa que pensei quando me olhei no espelho do banheiro. Ele só está sendo legal.

"Eu tô horrível", repito. Forço um sorriso mesmo que ele não possa ver, não de verdade. "E acho que isso é parecer um menino, né? Usei uma bermuda cargo três dias seguidos. Se isso não é horrível, não sei o que é."

Theo solta uma risadinha irônica. "Como é que fui arranjar um cara hétero?"

"Como você *ousa* insinuar que sou hétero? Estou indignado e chocado."

Voltamos a ficar em silêncio, porque chegamos perto da forma como as coisas costumavam ser, e nenhum dos dois sabe o que fazer com isso.

Theo pigarreia. "Você veio sozinho?"

"Claro que sim."

A garganta dele treme. Sinto vontade de cutucar as unhas para tirar de debaixo delas um sangue seco que não está mais lá.

"Benji, eu...", Theo começa a falar. "Me desculpa, mesmo."

Eu tenho me saído muito bem em não pensar no meu pai. De que adiantaria pensar nele, afinal? Não mudaria nada. "Tudo bem."

"Certeza?"

Eu aceno para ele. "Trouxe essas coisas pra você. Vê se estão boas."

"Tá." Ele apoia a mochila na mesa e a abre. "Desculpa." Não consigo olhar Theo tirando a comida, as meias e a água da mochila. Mas, enquanto ele troca a máscara velha e esfarrapada, eu vislumbro sua barba por fazer. Minha disforia queima. Eu nunca vou ter barba. Já me conformei com isso, claro, mas não significa que não machuca.

Ele fica ali parado, com a mão em cima da máscara, como se estivesse sentindo-a.

"Você voltou", diz ele.

"O quê? Você pensou que eu não voltaria?" Me sento abaixo de um quadro de avisos cheio de desenhos coloridos da arca e dos apóstolos. "Não sou tão ruim assim."

"Não acharia estranho se você não aparecesse. Eu ia ficar mal, mas entenderia. Não fui exatamente..."

Theo não precisa terminar a frase. Não, ele não foi.

Ele cruza as pernas magras e desengonçadas e se senta ao meu lado. Nunca ganhou peso como pensou que ganharia, pelo menos não da forma como o pai dele. Theo é que nem uma daquelas molas de porta de garagem que podem arrancar sua cara se você mexer nelas.

Ele está tão perto. Sinto a coxa dele pressionada contra a minha. Tenho que me controlar para não encostar meu corpo nele, como sempre fiz.

"Eu perdi o controle", diz ele, "e estraguei a melhor coisa que já me aconteceu."

Meu Deus, eu odeio desculpas. Theo sabe disso. Por que a gente só não admite que está tudo fodido e segue em frente sem tocar no assunto?

"Eu te machuquei porque não era maduro o suficiente pra lidar com uma decisão sua", conclui ele.

Gente, o que ele é? Um terapeuta?

"Você não precisava ter sido maduro. A gente era criança."

"Não muda de assunto", retruca Theo.

Eu me encolho, pois ele está certo.

"Eu tô falando sério. Eu fiz merda. Tô feliz que você voltou. Me desculpa, desculpa...", repete.

Aí está. *Desculpa*. Eu nunca sei o que responder. Se Theo sabe que o que fez foi errado, ele não precisa dizer isso. Só precisa parar de fazer isso e me falar que aprendeu alguma coisa.

Mas eu deveria exigir que ele se desculpasse sem parar até não ter mais nada para dizer.

Não consigo me segurar. Eu quero que ele saiba.

"Achei que você fosse quebrar meu pulso", digo. "Ou meu braço. Ou alguma coisa."

Theo desvia o olhar.

"Fiquei com medo de você."

"Eu sei. Desculpa."

"*Por favor*, para de pedir desculpa." Quero que Theo peça desculpas várias e várias vezes. E quero calar a boca dele. "Por favor."

"Se isso serve de alguma coisa," — que é uma forma terrível de se iniciar uma frase — "eu estou com medo de você agora."

"Isso não é difícil. Um monte de gente tem medo de mim."

"Bom." Ele encara o teto. Quando sigo seu olhar, vejo anjinhos de papel pendurados no teto com barbantes. Não vejo nada assim desde que eu era bem mais novo: bochechas fofinhas, auréolas, corações pintados de lápis de cera cor-de-rosa nas mãos. Mas as vestes celestiais brancas e as asas emplumadas me deixam nervoso. "Acho que *medo* não é a palavra certa. Temor talvez seja melhor. Teme a Deus, e guarda os seus mandamentos" — eu pisco, surpreso por ouvir Eclesiastes saindo da boca logo de Theo, que sempre foi ruim na recitação — "porque isto é o dever do homem."

Ele me olha. Seu sorriso brilha nas dobras das bochechas, na luz dos olhos dele.

"O dever que aceitei quando concordei em me casar com você", diz Theo, "é temer você, mas te guardar. Eu devia ter me lembrado disso. E não vou mais me esquecer. Então, se os Anjos quiserem te machucar, vou estar aqui pra cumprir minha promessa."

Meu rosto e o dele estão muito próximos. O corpo de Theo é tão quente, e eu sinto tanto a falta dele... Sinto a falta dele. Sinto a falta dele. Não importa o que ele fez. Estou revoltado comigo mesmo.

Eu acredito nele.

"Não sou contagioso", digo e tiro a máscara.

Tiro a de Theo também e dou um beijo nele.

Beijá-lo é como beber água depois de uma seca, é como sentir a carne de veado na minha barriga depois de dias me recusando a comer.

Quando nossos lábios se tocam, ele para por um segundo da forma como fazia antigamente, antes de ele ceder, estendendo as mãos ávidas e enroscando os dedos no meu cabelo. Eu me pergunto se ainda pareço a mesma pessoa sem a minha trança, a que ele aprendeu a arrumar para que ninguém soubesse que a gente esteve junto.

Theo para e se afasta. Seu olhar se concentra nos meus lábios entreabertos.

Sem falar nada, abro bem a boca para ele poder ver a presa, as gengivas pálidas e retraídas. A curva cruel no meu lábio com a qual eu venho me acostumando tão bem.

"Você tá se transformando", sussurra ele. É claro que Theo tem nojo de mim. Por que não teria? Eu cuspo podridão, minha pele está ficando cinzenta, se não corto as unhas, elas ficam parecendo garras. Já falei para ele sobre as pessoas mártires. Ele sabe o que Serafim vai fazer.

Em vez de me dizer o quanto estou nojento, Theo diz: "Eu guardei a aliança".

Eu me afasto tão rápido de Theo quanto havia me aproximado. O ar da noite passa por nós, esfriando as partes dos meus braços e do meu peito que estavam tão quentes em contato com a pele dele. Theo abaixa a cabeça.

"Theo", aviso, "eu acho que não é um bom momento."

"Não, não, eu entendo." Ele engole em seco. "Não devia ter dito isso."

"Não quero falar sobre isso." É muito cedo. Eu cravo a unha no dedo em que a aliança deveria estar. Eu a tirei antes de meu pai e eu partirmos, botei em uma caixinha e a deixei na frente do dormitório de Theo. Isso significa que eu usei a aliança no intervalo de horas entre Theo me jogar na parede e meu pai finalmente dizer que era hora de partir. Nem acredito que tudo isso aconteceu no mesmo dia. Nem acredito que isso aconteceu há apenas umas semanas. Parece que se passaram meses. Parece que se passou uma eternidade. "Por favor, não quero falar sobre isso."

"Não, eu entendo. Eu entendo." Theo segura o meu rosto e me faz olhar para ele. "Ei, a gente não precisa falar disso se você não quiser."

Foi exatamente o que ele disse quando eu caí no choro e a gente era bem mais jovem, quando tínhamos acabado de nos apaixonar tanto, quando eu tinha pavor de ser um menino. Theo não diria isso se não fosse verdade.

"Eu só quero ficar com você."

Eu me odeio pelo tanto que quis ouvir essas palavras.

* * *

Eu digo para o Theo que, se quisermos fazer isso funcionar, então, precisaremos rever algumas coisas. É só isso que me impede de me sentir como uma menina em um filme clássico, uma que se apaixona pelo homem pelo qual foi sequestrada ou presa. Eu olho nos olhos dele e digo que não há desculpas, porque não quero ouvir nada disso, mas precisamos conversar sobre as coisas que os Anjos nunca deixariam a gente falar.

O ninho solta um gemido quando entramos no átrio. Pedaços da porta principal estão espalhados na entrada do santuário, no carpete e no alpendre. O cheiro de podridão não está tão ruim quanto antes. Todos os corpos foram removidos. Olho para Theo franzindo a testa.

"A Graça quis os corpos", explica ele.

Na luz pálida da lua que entra pelos vitrais, tento encontrar partes de corpos que antes não faziam parte da Graça, mas nada antigo ou novo se destaca em particular. Só vejo aquela mesma massa de carne.

"Não sabia que você estava se entendendo com as Graças agora", comento.

"Não tô", responde ele.

Mesmo com a porta principal destruída, não me sinto particularmente exposto aqui. As coisas vivas sabem que não podem chegar muito perto, e eu sei lidar muito bem com as coisas que não estão cem por cento *vivas*. Então, encontramos um lugar nos bancos e nos sentamos, pois somos bem acostumados com o cheiro de podridão e estragos desse tipo.

A carne da Graça cresceu no carpete embaixo dos nossos pés. "*Aqui*", sussurro e estendo a mão. Uma garra de carne se desprende do chão e se move em direção aos meus dedos, envolvendo-os do mesmo modo que uma criança segura firme a mão do pai ou da mãe. A garganta de Theo pulsa. Eu estendo a mão para ele.

"Quer tentar?", pergunto. "Ela não vai te machucar."

"Eu tô bem", diz Theo. "Mesmo."

"Ela não vai te deixar doente desta vez."

"Não quero."

É uma proximidade estranha, essa carne se enrolando nos meus dedos. Uma sensação primitiva, quase paternal.

Nós viemos aqui para conversar, então, vamos conversar.

Eu começo: "Você nunca me disse por que saiu dos esquadrões da morte".

Saiu é a palavra mais segura, sem conotações. Eu a escolhi de propósito; já vi o que pode acontecer quando as pessoas perguntam de qualquer forma sobre isso, ainda mais dizendo coisas tipo *expulsão*, *fracasso*, *exílio*. Fui eu que afastei Theo de tudo quando ele ficou chateado. E, mesmo agora, espero ver uma sombra caindo sobre o rosto dele.

Mas isso não acontece.

"Não, eu não disse."

"Foi uma pergunta."

"Me diz como você conseguiu fugir, e eu te digo por que saí."

"Tá." Eu deixo a Graça subir um pouco mais, pela minha mão, pelo meu braço, onde ela fica presa no meu cabelo e recua, confusa, como uma lagarta assustada. "A gente planejava fugir desde que percebemos que a minha mãe falava sério sobre me colocar no programa Serafim. Nossa ideia era sair de lá antes que a irmã Kipling injetasse o Dilúvio em mim, mas..." Sinto uma pontada nas costas com a lembrança da agulha entrando na minha espinha. "Não deu certo." Theo emite um som triste. Ele sabe muito bem que não deu certo. "A gente conseguiu entrar numa caravana que ia para o complexo em Washington. E tivemos que abandonar o grupo no meio do caminho quando pegaram a gente na cidade."

Não conto que eu sussurrei para a Graça que estava nos escoltando e a fiz destroçar todos os Anjos que botaram os olhos em mim naquele dia. Não conto que Vigília e eu somos os motivos pelos quais Nova Nazaré perdeu tanta gente em tão poucos dias.

"Ficamos presos na cidade depois disso", continuo a dizer. Outra garra de carne vem se enrolar nos meus dedos. "E estávamos quase cruzando a ponte quando um esquadrão da morte encontrou a gente. Então..."

"Mataram o seu pai", completa ele.

"Sim."

"E aquelas pessoas com quem você estava esses dias?"

"Elas me salvaram."

O maxilar de Theo treme por baixo da máscara. Sei o que ele vai dizer.

"Não. Você sabe que não vai dar certo." Ele desvia o olhar. "Aquelas pessoas não sabem quem eu sou. Se soubessem, me matariam." Mas Nick sabe quem eu sou, Erin sabe e, por algum motivo, eu não digo isso. "Elas matam Anjos. É o que elas fazem. Você não pode vir comigo. Se elas virem suas cicatrizes, você tá morto e..."

"Eu não posso te perder de novo."

Ele pega a minha mão que não está entrelaçada com a carne da Graça.

"Obrigado", diz Theo. *Temer e guardar.* Marcos 10:9 — *Portanto, o que Deus juntou, nenhum homem o separe.* Nem nós mesmos. "Não vou mentir. Tô impressionado que você tenha ido tão longe. Como vocês passaram pelo portão?"

Eu solto uma risada abafada. "Com cuidado e de cabeça baixa."

Damos um tempo para assentar as coisas. Para que tudo o que acontece no nosso peito e no nosso estômago se acalme.

Agora é a vez dele.

"Vocês receberam alguma notícia do Esquadrão Calvário?"

Fico um tempo pensando. Não conheço os esquadrões pelo nome. Mas Calvário me soa familiar e, quando faço as contas, sinto um peso no estômago.

"Era o seu esquadrão, não era?", pergunto.

"Sim. Era."

Para a minha surpresa, Theo estende a mão para a carne enrolada nos meus dedos. Atrás do altar, centenas de olhos observam atentamente quando a carne procura a mão dele.

"Um dos membros do esquadrão traiu a gente. Matou todo mundo menos eu e perguntou se eu queria fugir com ele." Ele suspira. "E sabe o que aconteceu? Eu pensei em ir."

Engulo em seco e digo: "Mentira!".

"Sim, pensei. Achei que ele ia me matar se eu recusasse. Achei que ele ia enfiar uma bala na minha cabeça se eu dissesse não, como ele tinha feito com os outros." Toco a bochecha, bem no lugar onde o rosto do meu pai cedeu para a bala. "Mas ele não fez isso. Só foi embora. E, quando eu voltei sozinho, todo mundo disse que fui um covarde, que falhei, e arrancaram as asas das minhas costas."

Eu não tenho nada para dizer.

"O lance era que eu podia ter parado o cara. Ele tinha se ferido no tiroteio e eu podia ter impedido ele se..." Theo afasta do rosto o cabelo que está grudando na testa; é noite, mas o tempo está quente. "Ele deve estar morto. As feridas devem ter infeccionado e o filho da puta deve estar morto."

"Sim", concordo. "É provável."

"Foi por isso que fiquei tão puto quando você disse que não queria o Serafim", sussurra Theo. "Você tinha tudo o que tinham tirado de mim."

Eu completo a frase, para Theo não ter que dizer isso: "E eu recusei".

"Sim", confirma ele. "Sim."

Eu praticamente cuspi em sua cara; cravei as unhas nas feridas em suas costas.

Acho que... não posso culpar Theo por ter ficado bravo. Está todo mundo com raiva.

"Tô feliz que você tá aqui", digo.

Theo coloca o braço ao redor dos meus ombros e me puxa para perto dele; meu rosto descansa em seu pescoço, como sempre fiz. O cheiro dele é exatamente o mesmo.

Theo diz: "Eu também".

Quando começo a passar mal uns segundos depois, ele esfrega as minhas costas enquanto eu cuspo podridão no chão. Ele beija minha testa e tira meu cabelo do rosto porque os grampos não estão mais aqui para prendê-lo. Meu estômago revira e eu sinto que ele se deslocou, que não está no mesmo lugar de sempre. Se alguém me abrisse, essa pessoa veria que meu tronco virou uma massa de gosma e carne. A irmã Kipling equiparou esse processo à forma como uma lagarta se dissolve antes de se transformar em uma borboleta. Eu me engasgo, tusso, e Theo me segura bem perto dele.

Temer e guardar.

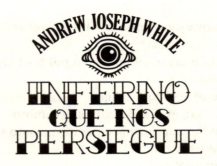

CAPÍTULO 16

Se sentir o Dilúvio dentro de você, não se aflija.
Deus está te chamando de volta pra casa.
— Irmão reverendo Morrison, sermão do Dia do Juízo Final

Cormac me acorda com um chute na manhã seguinte. Seu pé calçado em uma bota de marca acerta a beirada do meu colchão e fica balançando que nem uma minhoca saindo de um buraco.

Merda! Será que ele deu falta dos suprimentos? Será que me viu saindo escondido ontem à noite?

"O que caralhos você quer?", esbravejo.

"Você tá atrasado." Seu pé desaparece um pouco antes de ele afastar minha cortina improvisada. Puxo o cobertor até o nariz. "Estamos de saída, e Nick quer que você vá com a gente. Vamos logo."

Ótimo. Voltei bem tarde da Reformada, e o sol mal acabou de nascer.

"Não vou me trocar com você aqui me olhando. Sai fora."

"Beleza. Não demora." Cormac solta o lençol e se retira.

Pressiono a base das mãos no rosto e me dou três segundos de descanso antes de me forçar a sair da cama.

Dessa vez, somos eu, Nick, Cormac e Fé, o que faz sentido, porque Aisha não está nada bem esses dias e Salvador faltou na última reunião, e isso nunca é bom sinal. Além do mais, considerando o jeito como ficaram encarando Salvador da última vez... Eu não culparia ile por não querer ir.

Ajudo Fé a puxar o carrinho, e acho que ela sorri, mas o sorriso não transparece nos olhos dela.

"Como a Aisha está?", pergunto no caminho, enquanto atravessamos uma rua toda esburacada.

"Tentando ficar bem." Fé suspira. "Sadaf tá com ela. Sei que ela não precisa de uma babá, mas tô preocupada."

"Aisha sabe se virar", intromete-se Cormac. Nick olha para ele. "Ela é adulta", arremata ele.

"Ela tem 18 anos. É mais nova que a gente."

"E a gente ainda tem que carregar a criança aqui."

Eu bufo. "Tenho 16 anos."

"Jesus! Você tem 16 anos?" Cormac olha para Fé e para Nick, como se um deles também pudesse ver o *absurdo* de ter um adolescente um pouco mais jovem em uma milícia formada por adolescentes. "Por isso que você não fez merda nenhuma na igreja."

"Calma aí", avisa Nick.

"Por que a gente traz o cara se ele não faz nada ou só fica se *escondendo*?"

Mostro os dentes embaixo da máscara. Tudo se resolveria se eu explicasse as coisas para Cormac — é por minha causa que a Graça não arrancou a cabeça dele fora na igreja na hora em que ela percebeu que ele estava lá. É por minha causa que ele não está morto como todos aqueles Anjos. Estou me transformando em um monstro e estou usando esse monstro para *ajudá-lo a sobreviver*.

Nick bate com a palma da mão no peito de Cormac e o afasta. "Aisha já deu um jeito em você", fala Nick, "então, não vou repetir o que ela disse. Mas faz um favor pra todo mundo e cala essa boca."

"E você ainda defende o cara." Cormac sorri com desdém na cara de Nick. "Meu Deus."

Ninguém gosta do tom de voz dele. Todo mundo fica bem quieto. Ou talvez a gente só esteja devidamente em silêncio, cruzando uma cidade como esta.

* * *

Encontramos a Vanguarda no mesmo pavilhão no Wagner Commons. O corpo pendurado na árvore demonstra sinais de dias de apodrecimento, a carne cedendo nas cordas, a pele toda manchada e comida pelos pássaros carniceiros. As árvores tristes e os arranha-céus parecem mais opressivos que antes. Todas as coisas têm olhos — tudo está observando, tentando captar um vislumbre de Serafim, o Dilúvio jorrando das minhas veias. Se realmente *andamos por fé, não por vista* — 2 Coríntios 5:7 —, então, eu tenho fé de que cada maldita coisa nesta cidade sabe o que tem de errado comigo e que está conseguindo se enfiar na minha cabeça como todo o resto.

"Bom dia, crianças!", cumprimenta Joey, ajudando seus camaradas a colocar o carrinho em cima da mesa. As outras pessoas da Vanguarda, com seus distintivos e coletes à prova de balas, fazem um semicírculo ao nosso redor como se fôssemos pular em cima dos suprimentos. "O que vocês têm aprontado? Chamaram a gente muito rápido."

Ele não está feliz por ter voltado aqui, não importa o que o tom de voz dele indique. Isso fica evidente na postura dos ombros das pessoas da Vanguarda, na forma como estão nos analisando.

É claro que não estão felizes. A Vanguarda não gosta de se embrenhar tanto na cidade. Não querem estar tão perto da gente. Não querem entregar seus suprimentos para um bando de crianças, mas um acordo foi feito, e agora a Vanguarda tem que viver com isso.

Nick diz: "Deixa a gente ver".

"Estou vendo que está indo direto ao assunto." Joey e outro cara — aquele que segura a arma perto da virilha — tiram a lona do carrinho.

Ali está: água, comida e meias; máscaras, absorventes e analgésicos. Uma reposição daquilo que eu roubei para o Theo.

"Certo", diz Joey. "Nosso pagamento."

Cormac entrega a sacola para a mulher, que a segura com a mão e apoia um rifle no peito com a outra. Ela e Cormac estão frente a frente e, no momento em que a mulher e ele estão segurando as orelhas, parece que ambos vão dar um pulo, se agarrar e sair rolando pelo concreto.

Mas isso não acontece. Ela pega as orelhas, coisas mortas que parecem feitas de plástico, e as conta. A mulher segura todas contra o sol entre os arranha-céus, confere se todas são orelhas esquerdas. Fé encara as rachaduras no chão, a grama entre as botas dela. Cormac observa Joey, e Nick aprecia as vigas. Eu olho para a cidade.

É por isso que sou o primeiro a ver a menina.

A princípio, não sei muito bem o que estou vendo. Talvez outro corpo além da lagoa que eu não tinha notado na primeira vez que estive aqui, suas roupas mexendo com a brisa que sopra na grama. Talvez um cervo apoiado nas patas traseiras tentando alcançar os galhos mais novos de uma árvore.

No entanto, eu vejo o cabelo dela preso para trás com uma presilha, jeans rasgados e uma camiseta toda manchada de podridão.

"Nick." Mexo os lábios, mas não tenho certeza de que emiti algum som. "Nick."

O tempo que ele leva para olhar para mim, entender que tem alguma coisa errada e seguir meu olhar para além da lagoa não dura mais que dois segundos, talvez, mas me parece uma eternidade. E quando Nick respira fundo, é o que basta — é quando todo mundo percebe ao mesmo tempo. Tem alguma coisa muito, muito errada.

Tem uma menina no outro lado da lagoa.

Ela deve ter uns 11, 12 anos, a mesma idade que um dos meninos que morreram no chão da Igreja Evangélica da Fé Reformada e cuja orelha está ali naquela sacola. A idade dos pequenos esqueletos que meu pai e eu encontramos quando cruzamos Acheson, encolhidos na cama quando o pai e a mãe perceberam que o mundo estava em chamas e que uma morte rápida seria melhor para as crianças.

A menina se move devagar, muito devagar, arrastando um pé.

"Ah, merda", murmura Joey, empunhando o rifle. "Temos uma doente."

Não. Não, não, ele vai atirar nela. Cormac destrava a própria arma, abrindo caminho pelas pessoas e indo até a beirada do pavilhão. Serafim queima na minha garganta, bem no lugar por onde sinto o Dilúvio subindo.

Eles não podem fazer isso. Ela é uma criança. Ela está indefesa.

Assim como os meninos do coral estavam indefesos.

Eles estavam armados. Nós fizemos o que tinha de ser feito.

"Cormac", chama Fé, a voz dela oscila. "O que você tá fazendo?"

Cormac nem olha para ela. "Não se faz de besta."

Ele vai atirar na menina. O pé dela fica preso em uma pedra, ela tropeça, e uma gosma jorra de sua boca e cai na grama. A menina solta um guincho horrível, quase não humano. Nick recua. Os dedos de sua mão direita se esticam tanto que é capaz de ele quebrar alguma coisa.

Eu sussurro, tão baixo que mal parece que estou falando: "Vai embora, por favor".

Vai. Eles vão machucar você.

Lembro de quando a Graça ficou entre mim e uma pilha de Anjos mortos. Quando, no café, a Graça me olhou nos olhos e me reconheceu pelo que sou. Quando, no abrigo, a Graça jogou Nick no chão para me proteger. Quando a Graça arrombou a porta para fugir dos Anjos, quando o ninho de pessoas quase mortas gritou por mim na Reformada. *Eu vou ser bom, eu vou ser bom, eu prometo.*

Não quero que eles te machuquem. Por favor, *vá embora.*

Nada acontece. A menina cai sobre o cascalho. As rachaduras no corpo dela são visíveis agora, abertas feito a pele de um cadáver inchado.

"Meu Deus", sussurra a mulher da Vanguarda. "O que é aquilo?"

"Vou precisar que vocês se afastem", grita Cormac, ríspido e em tom de comando, tudo o que Joey está tentando e falhando em fazer. Os membros da Vanguarda se olham, apreensivos. O olhar de Cormac não hesita. "A gente *vai* atirar."

VÁ EMBORA.

Nada acontece. Não está funcionando. Os olhos dela brilham muito, ela ainda está viva demais, o Dilúvio está devorando a menina, mas não devorou o *suficiente*. Minhas palavras não significam nada. Ela não é uma Graça; é só uma garotinha assustada. A mesma que eu era quando minha mãe me levou para Nova Nazaré, quando ela se tornou um monstro pior que as pessoas pagãs, perdidas para o Diabo, que seriam oferecidas em sacrifício para o Senhor, para salvar nossa alma e a delas também. Ou talvez ela sempre tenha sido assim. Não consigo me lembrar daqueles dias.

"Eu disse *pra trás!*", repete Cormac.

"Não," digo; não consigo me conter e agarro a manga dele. "Abaixe a arma."

"O quê?"

"Confia em mim."

Cormac tosse, meio indignado. "*Confiar em você?*"

Joey pergunta: "O que você acha que tá fazendo?".

"Ela não é um monstro", respondo. "É uma criança." Eu poderia ter dito o mesmo sobre os meninos do coral. E poderia dizer o mesmo sobre uma outra coisa. "Se vocês não vão lá falar com ela, eu vou."

Joey exclama: "*Falar* com ela?".

Fé pede: "Benji, não".

Cormac avisa: "Ah, não mesmo".

Nick não diz nada.

A única opinião que importa para mim aqui é a de Nick.

Dou um passo adiante, saindo da fundação de concreto, e piso na grama. O sol penetra nas minhas roupas pretas, transforma o que deveria ser o inverno em um quase verão, queimando a terra feito a ira de Deus incendiando a grama e as árvores.

Nos encontramos entre o pavilhão e a lagoa, na beira do caminho. A cabeça dela oscila e os olhos giram como os de um animal assustado. Sua respiração é úmida e curta, seus pulmões estão cheios de fluido. Ela está se dissolvendo por dentro, se transformando em outra coisa, que nem está acontecendo comigo.

Ah, meu Deus, ela sou eu. Ela sou eu.

"Ei", sussurro. Qualquer bobagem, qualquer coisa para acalmá-la, para impedir que ela grite. *Ela sou eu, ela sou eu.* "Ei, tudo bem?"

A menina fala, e eu sinto o enjoo que ela sente borbulhando em cada palavra: "Tá doendo".

Ela sou eu. Se Nick não tivesse me encontrado, eu teria me transformado em uma criança meio morta vagando pela cidade, tropeçando na primeira pessoa que visse, implorando uma ajuda que ninguém poderia dar. Minha pele estaria rachando, uma gosma preta subiria pela minha garganta, meus órgãos seriam devorados.

Ainda vou ser assim, de qualquer forma. Só que estarei dentro de quatro paredes com algumas pessoas que não vão me matar, eu acho. *Acho.*

"Sei que dói", continuo falando em voz baixa, "mas você precisa ir embora. Vai doer mais ainda se você continuar andando em nossa direção." Ela me encara, mas seu olhar não está focado em mim. Ela não tem muito tempo. "Você precisa ir embora."

Vá embora.

É quase como se isso pudesse compensar os meninos mortos na Reformada, as orelhas na sacola, tudo aquilo que a Vigília tem de fazer para manter as pessoas em segurança, vivas e *bem.*

Em vez de sentir o calor de Serafim, ouço um som agudo e áspero. O som de dentes rangendo.

De ossos se quebrando.

O rosto dela explode, se despedaçando em várias partes unidas por tendões e Dilúvio — olhos, dentes, língua. A podridão jorra sobre minha máscara e em meu cabelo. Os dedos dela se curvam para trás, os ossos se transformam em garras. A menina grita tão alto que seria capaz de trazer abaixo o mundo ao nosso redor, e ela me puxa para perto dela pela gola do meu casaco, tão perto que seus dentes enormes, pingando gosma, ficam a centímetros do meu rosto.

Eu exclamo: "*Para*".

Ela para. Tremendo. Enquanto seu corpo se desmorona e se desfaz ao seu redor, a menina para.

Ouço um estalo alto como um trovão, e então o corpo dela estremece um pouco e volta a rachar. Um sangue bem escuro escorre pela camiseta da garota enquanto ela tenta se segurar em mim, mas não consegue, e ela cai morta sobre a grama.

Seu corpo, que parece estar gritando tão alto, não faz quase nenhum barulho.

Êxodo 21:23-25 — *E se houver qualquer dano, então, darás vida por vida, olho por olho, dente por dente, mão por mão, pé por pé, queimadura por queimadura, ferida por ferida, golpe por golpe.* Aqueles meninos morreram na Reformada, e ela também vai morrer, porque é assim que o mundo funciona. Em que mundo meu Deus foi um deus benevolente? Nem tentei salvar aqueles meninos, então, que direito eu tenho de salvar essa menina só para me sentir melhor? Como *ouso* dizer que sou bom? Como ouso sequer tentar ser bom?

Ela tem uma convulsão. Suas entranhas vazam sobre a terra como as entranhas do meu pai vazaram, seu rosto se despedaça como o rosto do meu pai se despedaçou. Sinto a bile subindo pela garganta e eu engulo, porque não posso vomitar aqui, não na frente da Vanguarda e de todo mundo. Meus olhos lacrimejam com o esforço, e é o mais perto que chego de chorar em muito tempo. Eu odeio isso.

Um galho estala atrás de mim. Eu me viro, tentando respirar e falhando. Nick está saindo do pavilhão. Todas os membros da Vanguarda apontam as armas para mim.

Nick me entrega uma máscara nova, que ele pegou do carrinho da Vanguarda, ainda no plástico.

"Toma", diz ele.

Ele joga a máscara para mim. Eu me atrapalho, a máscara cai na grama, e Nick se afasta para me deixar pegá-la. Fizemos a mesma dança com um trapo que ele pegou no estoque da Vanguarda, umedecido com água da garrafa de Fé. Eu me limpo e mostro o trapo todo manchado de sangue, meus dedos abertos. O trapo cai no chão também.

Todo mundo espera. Ficamos esperando por um bom tempo, o suficiente para um bando de pássaros pousar nas árvores e o suor escorrer pelas minhas costas, se acumulando nas dobras do meu top. O suficiente para os meus pés começarem a doer, parados por tanto tempo. O corpo fede, mas estou acostumado com o cheiro. Fico ali embaixo do sol com a menina morta e finalmente consigo dizer: "Não caiu nada na minha boca".

"E nos olhos?", pergunta Joey.

"Também não." Acho que sim, mas não importa. "Eu tô bem."

"Ela te mordeu? Te arranhou?"

"Eu tô *bem*."

"Abre o casaco."

Faço o que Joey pede, ainda que assim ele possa ver a curva do meu peito. Até abaixo a gola da minha camiseta para mostrar a pele que as garras dela tocaram. Não tem nenhuma marca.

Joey finalmente se acalma. Ele assente, e eu começo a voltar para o pavilhão, tentando não notar a atenção extrema com que os outros membros da Vanguarda me observam, segurando as armas com força.

A mulher não se ocupa em contar as outras orelhas. Ela as coloca de lado, dá uma boa olhada nelas e diz: "Peguem os suprimentos e vão embora!".

Pegamos todas as caixas e todos os engradados, mas sinto que tudo foi tão em vão que parece um fracasso.

* * *

No meio do caminho de volta para o CLÃ, Fé sente câimbras nas pernas e pede para pararmos um pouco; então, Cormac aproveita a oportunidade para me arrastar para trás de uma carreta. Venho pensando na menina o caminho todo, e nem percebo que Cormac está bem na minha frente até ele me empurrar. Sou jogada na lateral do caminhão e minhas entranhas queimam, mas devagar. Um fogo moribundo, exaurido e sufocado.

Eu mando um: "*Que foi?*".

Cormac, muito irritado, leva um segundo para articular as palavras — o rosto dele ficou quase tão vermelho quanto seu cabelo meio grudado na testa — e, quando consegue, ele diz: "Cê tem ideia do quanto fodeu a gente?".

O rosto destruído da menina me engole inteiro quando pisco. Sinto vontade de enfiar o dedo na garganta e deixar tudo sair. "Eu fiz merda. Agora, me deixa em paz."

"E se a Vanguarda não responder a gente na próxima vez?" Ele mete o dedo no meu peito, bem no espaço vazio do meu top. Eu adoraria agarrar a mão de Cormac e virá-la com muita força até torcer seu pulso, mas não faço isso. "Vai ser culpa sua. E, se Nick não falar nada, eu vou falar. Quando a gente ficar sem comida, vou dizer pra todo mundo que é culpa sua."

"Nick não vai deixar", retruco.

"Foda-se. Ele vai se ligar. E vai admitir isso. Porque... Você quer saber de uma coisa? Quer saber de uma coisa, Ben?"

Cormac se aproxima de mim. Ele chega perto demais, perto o suficiente para o cabelo dele bater no meu rosto, perto o suficiente para eu sentir todo o calor dele. Se não fosse pela máscara, poderia sentir o gosto dele.

Cormac diz: "Eu ouvi Nick chamando você de *coisa*".

CAPÍTULO 17

*A violência que gera o mal sempre será pior que a
violência que elimina o mal. O senhor guiará nossas
mãos. Travaremos uma batalha de sangue com os infiéis,
e eles entenderão o mal do qual vieram. Eles entenderão
a verdade da salvação e virão arrependidos até nós.*
— **A Verdade** segundo o alto reverendo
padre Ian Clevenger

Para de falar merda.
 Não acredita em mim? Pergunta pra ele. Vê o que acontece.
 E eu disse: *Beleza. Vou perguntar mesmo.*
 O CLA entra em erupção quando chegamos com os suprimentos. Eu me limpo e troco de roupa, apressado por Sadaf; depois, vou ajudar com o inventário para ficar na mesma sala que Nick. As pessoas circulam ao meu redor, abrindo caixas, pegando pacotes de meias, segurando analgésicos como se fossem joias preciosas.
 "Você tá bem?", pergunta Aisha, empilhando latas na despensa.
 "Quê?" Ela está me encarando. Fico feliz de vê-la por aí, ainda que ela esteja com uma cara de quem não dorme há dias. "Ah. Sim, tô bem. Só esperando Nick pra terminar aqui. Desculpa, não vou mais te atrapalhar."
 Aisha pega algumas latas de carne. "Foi uma viagem difícil?"
 "Tipo isso."

Quando Cormac disse que ouviu Nick me chamando de *coisa*, meu primeiro pensamento foi horrível: e se Nick só for supertransfóbico? Mas isso não faz sentido. Nick e Erin são tão próximos que poderiam ser irmão e irmã. Ele não desgruda dela, parece um cão de guarda, e não deixa ninguém passar dos limites com ela. Não ousaria dizer uma coisa dessas, não adorando Erin como ele adora.

E não tem como ele achar que eu sou só uma Graça. Uma *abominação*. Não, não faz sentido. Isso não é uma opção.

A única explicação é que Cormac mentiu. Fez pouco-caso de mim na sala de vídeo, falou mal de mim, e quer que eu vá *embora*. E, agora, ele quer que eu me vire contra Nick. Quer que eu faça uma cena. Quer me ver expulso da Vigília e até do CLA.

Vou tirar a limpo o que ele disse.

Assim que terminamos de guardar os suprimentos e depois que todo mundo já pegou uma guloseima na despensa — uma lata de peras e uma caixa de suco que são divididas entre um monte de gente, um punhado de batatas fritas velhas para o restante —, eu vejo o casaco de Nick pela porta entreaberta da cozinha e vou atrás dele. Erin dá um gritinho quando passo correndo por ela.

"Nick!", chamo por ele. "Nick, a gente pode se falar um instante?"

Alcanço Nick no pé das escadas que levam ao segundo andar, encostado numa porta que tem uma placa que diz: PORTA DE INCÊNDIO — MANTENHA FECHADA, NÃO BLOQUEIE. Ele se vira, sobressaltado, e pergunta:

"Sobre o quê?"

Não sei como explicar sem dizer tudo de uma vez aqui mesmo.

"A gente pode conversar em um lugar mais reservado?"

Ele assente com a cabeça, pedindo para eu segui-lo, já subindo as escadas. Vou atrás dele.

Só tenho que falar sobre o que Cormac disse, e vai ficar tudo bem, vai ficar tudo *bem*, mas meu queixo está tremendo de nervoso.

Nick me leva para uma sala no segundo andar que tem uma placa ao lado da porta: *Coordenadoria Voluntária*. Outro escritório. O lugar foi convertido em um quarto pequeno; tem um colchão num canto e sapatos perto da porta. Vejo uns livros sobre guerra, supremacia branca, religião, sobre a história do ambientalismo e pilhas de jornais velhos, todos com as bordas meio enrugadas. Em uma mesa no canto, vejo potes de contas coloridas e meia dúzia de lagartos não finalizados. E, é claro, as janelas foram vedadas com tábuas por dentro.

Não imaginava que Nick tinha um quarto só dele, mas faz sentido. Quando desaparece, deve ser para cá que ele vem. Eu o imagino trancando a porta, apoiando a cabeça nas mãos, respirando fundo, se preparando para ficar de cabeça erguida na próxima vez que precisarmos dele. Nick me leva para dentro.

"Então", diz ele, indo até a mesa e pegando uma conta rosa. "Fala."

Eu começo com: "Primeiro, quero dizer que não estou te acusando de nada". Ter sido criado como uma boa menina cristã te leva a fazer coisas, tipo evitar conflitos e amenizar as situações, não importa o quanto de Serafim você carregue dentro de si. Mas acho que isso só piorou as coisas, porque Nick estreita os olhos. "Olha, eu não acredito nisso. Só queria falar com você e..."

"Fala logo."

Certo. Sem enrolação. "Cormac disse que ouviu você me chamando de coisa."

A conta para de se mexer entre os dedos dele. Sinto um nó se formando na minha garganta, mas continuo.

"É sobre isso que quero falar. Ele está agindo assim desde que eu apareci aqui e, olha, consigo aguentar muita coisa, sério, mas o cara tá o tempo todo tentando me colocar contra você, e isso *não* é certo. E eu quis falar disso com você antes de as coisas piorarem. Faz sentido?"

Nick não diz nada. O silêncio me deixa ansioso.

"Faz sentido, certo?"

"Eu...", fala Nick e, então, para, como se a palavra tivesse ficado presa em algo. Ele leva um segundo para continuar. "Não posso falar disso agora."

Hã?

"Eu não..." Meu olho treme. "Não tô entendendo."

Ele repete, mais devagar, como se eu não tivesse ouvido antes: "Não posso falar disso agora".

"Certo. Beleza." Gesticulo na direção da porta. "Se você quiser que eu saia agora e te dê um espaço, vou entender totalmente. Vou te dar todo o espaço do mundo. Eu só queria que você, sei lá, aliviasse as coisas. Queria que você me dissesse que Cormac é um mentiroso. Daí eu vou embora, tá? Só me diz que ele tá mentindo."

Nick não faz isso. Ele não diz nada. Meu coração bate na garganta como se estivesse tentando subir por ela.

"Você pode escrever, se não conseguir falar", digo. "Ou... ou você pode dizer que ele falou a verdade. Não acho que ele falou a verdade, mas, se ele falou, você pode me dizer. Porque, se Cormac falou a verdade, acho que a gente deveria falar sobre isso. Olha... Seja lá o que for, só me diz sim ou não, não me importa como, e eu te deixo em paz. Juro."

E se Cormac estiver certo? Se Cormac estiver certo...

"Benji?", fala Nick. O maxilar dele mal se mexe. Está se esforçando muito mesmo para fazer as palavras saírem. "Eu não vou falar sobre isso."

Nick leu a carta. Ele sabe o que eu sou. Ele sabe o que eu *fui*. Ele conheceu a menina que eu fui, o vigésimo hospedeiro do vírus, o monstro dos Anjos. Ele sabia de tudo isso muito antes de me conhecer.

Ah, meu Deus, e se isso for tudo o que Nick consegue ver?

Agora, também estou lutando para fazer as palavras saírem. "Beleza. Então, vou ficar bem aqui até você falar."

Uma respiração longa e pesada faz o peito dele tremer. Nick solta a conta, deixando os dedos livres para se curvarem de maneira dolorosa; os nós dos dedos dele ficaram brancos.

Eu quase me sinto mal. Quase.

Finalmente, ele consegue dizer: "Sei o que você tá pensando". Este não é o Nick se colocando à frente da Vigília. Este é o Nick desmoronando na frente da Vanguarda. Este é o Nick *fraco*. "Sei o que você tá pensando, e não é isso...".

"Ah, merda nenhuma que não é." Dou um passo adiante, e um lapso de medo passa atrás dos olhos dele; é a primeira vez que eu vejo esse medo desde que a Graça jogou Nick no chão do abrigo. Gosto disso. *É bom*. Abaixo a máscara com tudo e mostro os dentes para ele ver a presa despontando das minhas gengivas. "Então, você me chamou de coisa? E é covarde demais pra admitir?"

Foi como apertar um botão.

Nick rosna: "Sai do meu quarto *agora*!".

Eu hesito. Sinto isso por meio segundo, mas é o suficiente. O suficiente para eu me lembrar do modo como Theo gritou antes de me machucar, do modo como me acovardei, do modo como implorei para ele parar. Eu era muito fraco naquela época. Indefeso.

Mas não sou mais. O vírus queima tanto que as bordas dos meus olhos ficam brancas. As vestes dos Anjos, o cavalo branco, uma das partes mais perigosas da chama.

Nick deveria entender. Entre todo mundo, era ele quem deveria entender que eu não sou aquilo em que os Anjos me transformaram. Era ele quem deveria *entender*. E aqui está ele, me chamando de coisa. *Coisa*. Como se eu não fosse nem um animal, apenas um objeto, um pedaço de carne, um receptáculo para alguma coisa. As mesmas coisas que os Anjos pensavam que eu fosse.

Odeio o fato de não poder chorar. Quero soluçar, quero fazer alguma coisa, qualquer coisa, para tirar toda essa pressão da minha cabeça, botar pra fora essa coisa horrível que cresce por trás dos meus olhos, eu odeio *tanto* isso... e, se eu não posso fazer Nick em pedacinhos, preciso tirar isso de mim.

"Não, me ouve", falo num tom horrível, estridente e doloroso. "*Me ouve*. Meu nome é Benjamin Woodside. Sou trans e gay pra cacete, sou um menino, meus pronomes são ele/dele e eu sou uma pessoa! Porra! Eu sou uma *pessoa*." Tudo o que os Anjos nunca me deixaram ser. Tudo o que eu sou. "Comecei a fazer parte da Vigília porque achei que você entendia isso. Se soubesse que você agiria que nem a merda da minha mãe, eu não teria ficado aqui. Achei que você fosse *melhor* que aquelas pessoas!"

Sinto como se tivesse arrancado um espinho, uma lança das minhas costelas, abrindo uma ferida com a qual eu não sei o que fazer. Só me sobrou o alívio de ter *tirado* isso de mim.

Nick arregala os olhos. Suas pupilas estão tão escuras que devoraram todo o resto. Os brancos dos olhos dele brilham de terror. Que bom. Espero que ele esteja com medo. Espero que isso o machuque tanto quanto está me machucando agora, tanto quanto machuca Serafim queimando nas minhas bochechas e enfiando suas presas no meu maxilar. Eu espero...

Eu espero...

Pop.

Escuto um barulho perto dos meus pés. Tão baixo que quase não ouço.

Pop.

Olho pra baixo.

Uma gota vermelho-escura cai no piso de cerâmica. E se espalha com o impacto.

Outra gota cai do meu queixo e vai até o chão. *Pop.* Suave, mas nítida.

Alguma coisa quente e molhada desce pela minha bochecha e se prende na ponta do meu maxilar, entrando na minha máscara antes de cair. De novo. *Pop.*

Abro a boca — provavelmente, para dizer: *O que tá acontecendo?* — e metade do meu rosto se solta. Sinto o ar em partes minhas que não deveriam sentir nada. Nick não para de me encarar.

Aos poucos, eu toco o meu rosto.

Minha bochecha direita se rasgou inteira até o músculo do maxilar. Uma ferida se abre do canto da boca até quase chegar à orelha, expondo a presa de Graça e todos os dentes, a língua e as gengivas retraídas. Um pedaço de pele frouxa balança.

Pop. Pop-pop-pop — então, todo o pedaço de pele se solta e cai no chão emitindo um som molhado. A pele está podre nas bordas, com marcas de putrefação. Amarela, escura, cinzenta e vermelha.

Eu vi isso acontecendo com as pessoas mártires.

Fico olhando até Nick botar uma camiseta velha no meu rosto. O branco na minha visão engole quase tudo, e eu caio de joelhos no chão. Inclino a cabeça para a frente, para não deixar a podridão tomar minha garganta toda e me sufocar. Deixo tudo cair sobre a camiseta até o tecido ficar empapado e a podridão escorrer pelos meus dedos, quente e gosmenta.

"Só me diz se ele estava mentindo." Quando eu falo, toda a porcaria suja minhas mãos. A gosma desce pelo meu queixo, e não consigo segurar tudo. É muita coisa. "E, eu juro, limpo tudo isso aqui e vou embora."

E vou mesmo. Vou embrulhar o pedaço do meu rosto e enterrar lá atrás com o dente para que ninguém encontre. Vou cobrir a ferida com a máscara e botar um monte de papel para não sangrar. Vou limpar tudo e vou embora.

Em vez de responder, Nick pega um caderno na mesa. Meu cabelo cai no rosto e eu me lembro dos grampos que ele me deu. Por que fui tirar aqueles grampos? Enfio a mão livre no bolso — não quero sujar o cabelo de sangue, só vai ser mais uma coisa para limpar — e, em vez dos grampos, encontro minha faca.

O clique da caneta é quase ensurdecedor. Nick escreve alguma coisa bem rápido e, com muito cuidado, me entrega um bilhete.

Eu leio: *Desculpa.*

Ele disse mesmo.

Cormac não estava mentindo.

Respiro fundo, porque é só o que consigo fazer agora. Inspiro, expiro. Sangue e gosma saem com o ar.

Talvez eu precise começar a me acostumar com isso. Só vai piorar.

"Beleza", digo, soando como se fosse minha última palavra.

Eu devolvo o bilhete e a faca para ele. Quando a tiro do bolso, os grampos caem e se espalham pelo chão. Nick não se move nem para pegar o bilhete nem a faca, então boto tudo no espaço entre nós. Não sei o que isso significa, por isso, deixo para Nick resolver.

Não quero carregar aquela faca no bolso, porque foi ele que me deu.

CAPÍTULO 18

> *Vocês querem saber*
> *por que fazemos isso?*
> *Amor. Sempre foi por amor.*
> — **Reverendo padre Duncan,**
> **de Washington, D.C.**

Não quero pensar no que eu disse para o Nick. Não quero pensar no que ele disse pra mim.

Nós limpamos o chão do quarto dele em silêncio, nos recusando a olhar um para o outro. Então, eu me escondo no meu quarto para tirar o resto das partes podres. Não dói, assim como não dói descascar pele queimada de sol. É só tecido morto. Não tem nenhuma terminação nervosa. Nada capaz de provocar dor. Fico um minuto ou mais olhando para os fragmentos, para todos os meus pedacinhos.

Depois de sair de fininho para enterrar toda aquela bagunça, eu paro na lavanderia e me olho no espelho. Minha bochecha esquerda, ou o que sobrou dela, é uma desordem de carne dilacerada e feridas abertas. Dá para ver a presa de Graça e as gengivas retraídas. Mesmo de boca fechada, minha língua pulsa nos espaços entre os dentes. A saliva brilha na luz fraca. Experimento dizer vogais, consoantes e sílabas, para ter certeza de que minha voz está saindo direito. Estou falando um pouco enrolado, mas nada que eu não possa disfarçar.

Quando não consigo mais me olhar, boto a máscara, uma de tecido grosso que esconde tudo dos olhos para baixo. Assim, só pareço cansado. Faminto. Distante. Não dá para sacar que estou me desfazendo.

Vou dormir cedo e acordo quando a lua está bem alta no céu, para voltar para a Igreja Evangélica da Fé Reformada. Saio escondido pelo portão do pátio e entro na cidade, onde as estrelas ainda brilham, as nuvens ainda se movem pelo céu, e ninguém se importa com o fato de que eu possa estar morrendo. É uma noite bonita. Eu poderia ficar observando-a para sempre.

Mas não posso. Preciso de Theo, preciso dele, como sempre precisei.

No meio do caminho, eu tiro a máscara. Aqui, não preciso me esconder de ninguém. É como tirar o vestido com o qual eu sempre briguei, é como ver todas aquelas mechas de cabelo ruivo-escuro caindo em volta dos meus pés. Sem saber muito bem o que fazer comigo mesmo, tentando desesperadamente entender este novo corpo. Tentando entender: o que tudo isso significa? O que esta carne quer? O que o mundo quer do meu corpo?

Que tipo de monstro eu quero ser?

Pelo menos, com uma cara dessas, as pessoas vão pensar duas vezes antes de fazer julgamentos precipitados sobre aquilo que sou. É mais difícil para uma pessoa me definir como uma menina quando essa pessoa precisa parar para pensar se sou um ser humano.

* * *

Theo está no santuário, rezando. Ali no primeiro banco, com as mãos unidas, a cabeça baixa e os olhos fechados. Ele está tão imóvel que poderia ser uma estátua ou um cadáver.

Não gosto dessa visão. Só consigo pensar nele implorando perdão aos prantos nos pés do altar em Nova Nazaré, com as feridas em suas costas chorando sangue, tão perdido que ele não respondeu nem quando toquei nele e chamei seu nome.

Aqui, agora, eu paro no limiar da entrada e o chamo gentilmente: "Theo?".

Ele não abre os olhos, mas pergunta: "Já voltou? Meus suprimentos vão durar mais uns dias ainda".

Mexo os pés. Não, não vão. Eu odeio o fato de Theo pensar que só voltei para não deixar ele morrer de fome.

"Tive um dia ruim", explico. "Só queria te ver."

Theo dá uns tapinhas no banco, mostrando o lugar ao seu lado. Ele ainda está de olhos fechados. Cada olho do ninho se volta para mim, bocas se abrem e se fecham como se estivessem acenando. Faço o que me pedem, então, vou me sentar ao lado de Theo no banco. Ele põe a mão na minha perna e volta a rezar.

Já consegui encontrar consolo na oração. Já encontrei alívio, mesmo tendo que me forçar a isso. Orando, eu tenho a chance de me afastar de tudo por um tempo, de uma forma que não conseguia fazer nem mesmo quando estava com Theo. Eu podia acompanhar o canto do reverendo, minhas palavras mudas, ou as orações que aprendi de cor, e esquecer de todo o resto. Éramos só eu, as palavras e o ar nos meus pulmões.

O problema é que sempre senti que estava falando comigo mesmo.

Todos os outros Anjos falavam sobre seu relacionamento pessoal com Deus e com Jesus, afirmando que a oração era uma conversa com o salvador. Afirmando que eles acolhiam o espírito em seu interior e sabiam que o Senhor estava ouvindo. Quando eu ainda era bem pequeno, antes de Nova Nazaré e dos Anjos, minha mãe me levava para a igreja e dizia: *Está sentindo, querida? Não é glorioso?*

Eu tentei sentir. De verdade, eu juro. Tentava alcançar esse sentimento, apertava bem os olhos e implorava para sentir. Fingia que estava esticando as mãos na escuridão atrás das minhas pálpebras, com os dedos bem abertos, tentando tocar alguma coisa, qualquer coisa, naquele abismo. Tentando sentir o calor que minha mãe garantia que eu sentiria se aceitasse Deus no meu coração.

E nunca havia nada. Sempre o nada.

Talvez seja assim mesmo. Talvez eu não tenha que sentir esse toque — talvez isso tenha sido sempre uma metáfora. Deus é um parente distante que exige lealdade mesmo que Ele nunca esteja por perto, e eu só tenho que ficar vomitando orações e continuar acreditando que Ele me ouve. Ou talvez eu só seja imperfeito demais para senti-lo.

Então, em vez de ser uma conversa, a oração se transformou em outra coisa. Um tempo para mim mesmo. Um tempo para relaxar, para eu me reequilibrar, para organizar as coisas.

Eu acredito que Ele existe? Acredito no Céu, no Inferno, em tudo isso? Não sei, não sei, não sei.

Então eu me sento ao lado de Theo e rezo também. Rezo por tudo em que consigo pensar. Rezo para que este mundo aguente o quanto puder aguentar. Rezo para os Anjos ficarem longe. Para que todas as pessoas sobreviventes vivam mais um dia. Para as coisas darem certo dessa vez. *Ó Deus, nós precisamos do senhor hoje e todos os dias. Por favor, nos dê Sua força, Senhor, nos guie...*

"Amém", diz Theo em voz alta, me assustando.

"Amém", também digo, embora não tenha terminado de rezar.

Os olhos de Theo se abrem e ele olha para mim, se afasta e pergunta: "O *que* aconteceu?".

Pronto. Eu dou um sorriso, mas Deus sabe como minha cara fica quando sorrio. "Eu te disse. Tive um dia ruim."

"Eu..." Theo gagueja. Sua boca treme inutilmente enquanto ele luta para encontrar as palavras.

"Temer e guardar", lembro a ele.

"Eu sei. Meu Deus, eu sei." Enfim, ele se recompõe. Theo pisca devagar, tentando controlar a respiração. "Dói?"

"Não, não dói mais." Passo a língua nos dentes expostos. "Mas minha escala de dor tá toda estranha, considerando tudo."

Theo me puxa para perto dele, suas mãos se demoram nos meus quadris, em meus ombros, nos meus braços; ele acaricia minhas bochechas, como sempre fez.

"Olha só", diz ele. Seu tom é tão suave que quase me assusta. "Ainda é você."

"Você não precisa dizer isso."

"É sério", insiste ele. "Ainda é você. E eu vou provar."

Theo tira a máscara e me beija.

O quê?

Eu o afasto. "Theo. Theo, o que você tá fazendo?"

"Beijando você?"

Tem uma mancha na bochecha dele. Podridão do Dilúvio. Sangue infectado.

Serafim não é contagioso. A irmã Kipling deixou claro que o vírus não podia ser passado por nenhuma das formas usuais — saliva, sangue, nada. Da forma como minha mãe colocou, Serafim sempre foi destinado a carregar sozinho o peso da salvação. Não seria bom que o dom da força de Deus fosse diluído nas pessoas indignas. Não seria bom, ela disse, ter um exército formado por meios generais. Assim como existe apenas um Deus, um rei, um líder, deve existir apenas um Serafim.

O objetivo de Serafim sempre foi o controle.

"Isso não... Você não pode..."

Ele faz uma cara triste. "Você não quer que eu te beije?"

Não sei se essa ideia me enoja ou me intriga. As duas coisas, talvez. Não quero saber. "Você não precisa fazer isso."

"Mas eu quero. E quero fazer outras coisas também." A forma como Theo desce o tom de voz, como ele aperta as mãos em mim — ah, meu Deus —, ele está falando de fazer sexo. Sinto vontade de esconder minha cara podre nas mãos. "É você, ainda é você, e eu sinto sua falta." Theo segura meu maxilar e, apesar de tudo, me aproximo dele. "Não ligo pra isso. Ainda é você."

Ele não está mentindo. Theo está sendo completamente sincero. Eu quero dizer que é uma ideia horrível, que ele vai se arrepender, que eu sinto muito a falta dele, que vou aceitar tudo o que ele quiser me dar.

Theo diz com cuidado: "Posso beijar uma outra coisa...".

Minha risada envergonhada sai que nem um guincho. "*Theo*! Para com *isso*!"

"Falei assim por um motivo..."

"Pelo amor de Deus!"

"Não traz Ele pra conversa!"

Mas nós dois estamos rindo, e Theo enfia as mãos por baixo da minha camiseta, encontra o elástico do meu top e enfia as mãos por baixo dele também. Ele beija minha bochecha inteira, a dobra do meu maxilar e meu pescoço todo. Ele chega à depressão da minha clavícula; eu abro meu casaco para ele. O som baixo que ele emite quando encontra a pele macia do meu ombro faz eu me segurar no banco.

É como costumava ser.

"Seu...", murmura Theo com a boca em mim, enroscando os dedos no meu cinto.

"Minha bermuda cargo." Solto uma risada enquanto procuro o botão. "Muito sexy da minha parte."

Ele solta uma risada abafada. "O que eu não aguento por gostar de caras."

Caras. Eu sou um homem. Theo me viu como um homem desde o momento em que contei para ele. Sempre fui seu namorado, seu noivo, seu futuro marido. Sempre fui Benjamin. Sempre fui eu mesmo.

E tudo isso se reduz a um elegante "Gayyy".

"É, mais ou menos isso", diz Theo.

Ele se ajoelha sobre o carpete sujo entre os meus joelhos. Eu senti falta disso, eu precisava disso, Jesus, como eu precisava *dele*.

* * *

"Deixa eu fazer alguma coisa por você", insisto depois, ainda que não consiga me mexer nem se tentasse.

Theo puxa um pacote de lenços velhos do bolso, o que significa que ele planejou isso, e eu não tenho energia para ficar chateado. Só subo as calças para cobrir minha bunda e olho para o teto da igreja, onde as costelas arqueadas tocam a coluna.

"Não", responde ele. "Nem pensa nisso." Ele se levanta do chão e se senta do meu lado. "Vai ficar um pouco?"

"Não acredito que você..."

Theo balança o lenço usado feito uma arma. Eu grito e jogo as mãos para cima.

"Ainda é você, lembra?", diz ele.

Ainda sou eu. "É, tanto faz."

A igreja é bonita à noite. A Graça murmura com suavidade, todos os seus olhos estão meio fechados, como se ela estivesse tentando aproveitar ao máximo seu descanso; o vento noturno sopra pelas portas principais destruídas; a luz da lua brilha através dos vitrais.

Não posso ficar muito. Não faço ideia do que vai acontecer amanhã, considerando o que Nick e eu dissemos um para o outro. No mínimo, preciso de algumas horas de sono para enfrentar um inevitável show de horrores.

"Me ajuda a levantar", peço.

Theo me puxa de um modo que, quando fico em pé, estou apoiado no peito dele. Ele não perde a chance de me abraçar e colocar o rosto no meu ombro.

"Quase me sinto mal pelo fato de a Graça ter assistido a tudo", comenta. "Quase." Dou risada com a boca no pescoço de Theo, que, com a minha altura, é onde consigo alcançá-lo. "É uma vingança por ela ter feito eu botar tudo para fora."

Theo não faz ideia de como é *botar tudo para fora*. Não como eu.

"Tá tarde", murmuro com a boca ainda encostada nele. "Tenho que ir."

Ele reclama: "Para! Você vai embora agora?".

Dou um cutucão nele, quase desequilibrando nós dois, mas Theo não me solta.

"Você quer dormir de conchinha?", pergunto. "Olha, eu gostaria muito de ficar, mas tenho que voltar antes que alguém perceba que saí."

"Eles fazem chamada de noite? Que nem num hospital?"

"Bom, não, mas..."

Ele aperta os meus braços e diz: "Sinto sua falta".

Não gosto do jeito como ele está me segurando. Lembro de Theo torcendo meu pulso tão forte que gritei para ele me soltar, ele estava me machucando, ele ia quebrar alguma coisa; seu cuspe descendo pela minha bochecha e secando na gola do meu vestido.

"Também sinto sua falta", respondo, "mas não posso levantar suspeitas. As pessoas lá não perdem tempo." E eu estou fazendo o CLA parecer pior do que é, só porque quero que Theo me deixe ir embora. Ele *precisa* me deixar ir. "Vão me matar se descobrirem que tô saindo escondido."

As mãos de Theo se apertam um pouco mais forte de novo, o suficiente para eu perder o ar, e então ele me solta. Depois dá um passo para trás, mas não se afasta o suficiente.

"Benji", sussurra ele.

"Desculpa." E agora sou *eu* quem está pedindo desculpas. Por que é sempre eu? "Tá tarde, eu tô cansado e..."

"Fica, por favor."

Ele parece tão, tão pequeno. Como pareceu no balcão da igreja quando o encontrei, aquele dia. Como pareceu no chão da capela, sangrando aos pés do pai dele.

Theo diz: "Por favor".

Eu falo: "Tá bom. Tá bom. Só preciso... Tem algum lugar decente onde eu possa fazer xixi aqui?".

"Eu te mostro."

"Você *não* vai me escoltar pra eu fazer xixi. Só me diz onde é."

Theo me aponta a direção. Assim que fico fora de vista, abro a porta dos fundos da Igreja Evangélica da Fé Reformada e vou embora.

Eu não olho para trás, nem uma vez.

E quando chego ao Centro LGBTQIA+ de Acheson, o lugar está em chamas.

CAPÍTULO 19

Aqueles que obedecem a Deus e aos comandos Dele devem ser abençoados, como os homens de fé sempre foram abençoados. Mas, para aqueles que dão as costas para Ele, o Senhor é fúria. O Senhor é fogo. E Ele nos diz onde lançar Suas chamas.
— **Sermão da madre reverenda Woodside**

Gênesis 19:28 — *E ele olhou para Sodoma e Gomorra, e para toda a terra da planície, e eis que viu a fumaça da terra que subia como fumaça de uma fornalha.*
Hebreus 12:29 — *Porque o nosso Deus é um fogo consumidor.*
Lucas 3:16 — *Ele vos batizará com o Espírito Santo e com o fogo.* Ó Senhor, nosso Deus, que merda aconteceu aqui?

As tábuas que selavam as portas principais do Centro LGBTQIA+ de Acheson estão despedaçadas sobre os degraus. As chamas sobem, saindo pelo buraco aberto, e alcançam todas as janelas quebradas, em direção ao céu, produzindo um ronco baixo e demoníaco intercalado pelo estalar agudo das brasas. Como as pontes queimando no Dia do Juízo Final, desabando na água e fazendo colunas de fumaça subirem bem alto sobre Acheson.

Um disparo, outro, um grito e um guincho. Demorado, alto e furioso.

Eu reconheceria o grito de uma Graça em qualquer lugar.

Ponho a máscara e saio correndo em direção às chamas.

O calor me atinge a meia quadra de distância. É um calor seco que suga a umidade dos meus olhos e me faz sufocar. Chamas brancas brilham sobre os cacos de vidro espalhados pela rua, nos carros abandonados e nas vitrines, e me cercam como Deus nos afastando Dele. *Apartai-vos de mim, malditos, para dentro do fogo eterno.*

Sigo adiante e vejo coisas piores.

A cerca do pátio está destruída, em pedaços, assim como a porta da frente. Escalo os escombros cheios de lascas e pregos e arranho a palma da mão em um pedaço pontudo de madeira.

Um Anjo. Ali, abrindo a entrada dos fundos do CLA, erguendo a mão para afastar a fumaça que sai para recebê-lo. E uma Graça. Uma Graça com uma constituição estranha, como se tivesse sido estripada enquanto fazia a posição da ponte, de proporções grotescas, com braços sobressalentes amarrados aos membros, um segundo rosto despontando do pescoço.

Ela me vê.

O Anjo também me vê.

Ele ergue a arma, mas não pode puxar o gatilho. Ele não ousaria *me* matar, mas será que sabe quem eu sou? Com toda essa fumaça, o fogo e a gritaria? O rosto do meu pai, uma flor de sangue, volta com tudo, dentes e língua brilhando em sua cabeça despedaçada; é tudo o que consigo ver, é tudo o que consigo sentir na língua, e então o Anjo abre fogo sobre a Graça.

A Graça uiva, inconsolável e miserável, cambaleando para trás e batendo no muro do pátio. Braços bem longos envolvem a cabeça para proteger o cérebro. O clarão dos tiros e o brilho alaranjado das chamas iluminam as vestes do Anjo com as cores do crepúsculo, e ele parece mais um dos Anjos de Lúcifer do que um de Deus.

Eu mergulho na fumaça e jogo meu corpo contra o dele.

Meu ombro atinge suas costelas. Nós dois caímos sobre a grama. A arma continua atirando até despencar, disparando balas para o céu. O Anjo rosna e rola o corpo em cima de mim, o sangue escorrendo da têmpora que bateu em uma pedra; ele me agarra como se fosse me despedaçar.

De repente, ele não tem mais cabeça. Sua coluna se quebra na hora em que o crânio sai da boca da Graça. O corpo cai sobre o meu peito. A Graça brinca com a cabeça decepada, virando-a e testando cada ângulo com a língua até, enfim, dar uma mordida. Os ossos cedem instantaneamente sob os dentes dela.

Fico deitado na grama, lutando para respirar sob o peso do Anjo, vendo a Graça e as feridas em seu corpo. O Anjo me *reconheceu*. Por que motivo ele teria atirado na Graça? Elas são as guerreiras sagradas de Deus, abençoadas e perfeitas, e os soldados têm ordens para matá-las apenas se elas se tornarem muito perigosas.

Eu torno as Graças muito perigosas.

Os Anjos sabem que estou no CLA.

O CLA está queimando por *minha causa*. É culpa minha, ah, meu Deus, é culpa minha. Enterro os dedos nas vestes nojentas do Anjo, a Graça geme e o pescoço do Anjo jorra sangue. É culpa minha.

Preciso acabar com isso.

Tiro o corpo do Anjo de cima do meu e vou até a Graça. Parte de seu maxilar foi arrancada por uma bala, e a ferida expele uma gosma escura entre os olhos dela. Ela tem tantos membros... alguns tocam o chão, outros não, e muitas mãos tentam agarrar alguma coisa. Deixo as mãos me tocarem. Me inclino para a frente, para a Graça poder agarrar meu cabelo e me puxar para perto. Ela tem cheiro de podridão. Tem o cheiro do cadáver do meu pai.

Eu sussurro: *"Ajuda a gente"*.

Recebo uma resposta suave e perfeita. Os olhos dela se fecham. Um chiado treme no fundo de seu peito dilacerado. É tudo o que preciso ouvir.

Ela pressiona o ombro contra mim para me equilibrar, apoiando o rosto na minha barriga. Deixo uma marca de mão vermelha em seu pescoço.

Eu e ela entramos no prédio.

O fogo ilumina os corredores estreitos com uma luz laranja e rosa sobrenatural; a fumaça abafa todas as coisas com um tom cinza feio. Chamas turbulentas lambem o teto e devoram bandeiras do orgulho e cartazes antigos. Ergo a mão para afastar a névoa, mas tem tão pouco oxigênio aqui que meus pulmões gritam. Está tão quente que as solas dos meus tênis vão derreter no chão. Faz tanto barulho que tudo parece um só rugido, tão alto que dói, todo esse fogo, as batidas do meu coração e minha respiração curta. Fogo, mais disparos, *mais Anjos* e eu rezo: *Ó Deus, a Tua sombra é o que me protege, nossa luta contra a carne e o sangue, contra a maldade nas paragens celestiais.*

A Graça segue adiante, atravessando móveis e portas corta-fogo com barricadas. Ziguezagueamos pelos corredores dos fundos e saímos no saguão, onde as chamas engoliram tudo, até os corpos no chão. Os Anjos ultrapassaram uma linha de defesa aqui. Invólucros de balas brilham nas chamas; dois Anjos queimam no limiar, entre os corpos de pessoas conhecidas. Don, que me ajudou a lavar a roupa uns dias atrás; Lindsey, que riu quando as mangas do meu casaco desenrolaram, cobrindo minhas mãos.

Essas pessoas estão mortas. Pela primeira vez em algum tempo, eu tenho que parar diante da visão de um corpo morto porque Deus, ah, meu Deus, *Ó Deus, Tua sombra é o que nos protege.*

Alguma coisa se move na altura do meu ombro. Eu me viro e vejo Carly me encarando, olhando a Graça, as lágrimas caindo pelo seu rosto. Ela está apoiando alguém com a perna queimada e toda deformada.

Aponto para a porta dos fundos.

"Por ali!"

Carly assente, dá um passo para trás e é engolida pela fumaça.

Ouço um grito vindo do ginásio. Merda! O ginásio. Eu abro as portas.

É um inferno. Os apartamentos estalam e desabam, e tudo é destruído. As camas, os objetos pessoais, as bugigangas e as páginas de livros postas ali como proteções contra o mal. Tudo destruído.

Eu os vejo através da fumaça: dois Anjos varrendo os corredores, checando os apartamentos um por um e ateando fogo neles. Brilhando feito demônios, as cinzas manchando as bainhas de suas vestes.

Irmão Faring. Irmão Heard. É claro que os reconheço. Eu sempre os reconheço.

Cutuco a Graça com o ombro. Ela sai em disparada, arranhando o chão do ginásio, e agarra o irmão Heard pelo tronco para lançá-lo ao fogo. As vestes dele queimam imediatamente. O irmão Faring ergue o rifle, mas...

CRACK. Ele cai. Uma mão toda suja de cinzas afasta um lençol de um apartamento um pouco mais à frente, e Aisha sai engatinhando, toda suja de fuligem e embalando sua arma feito um bebê.

"Benji", diz ela, ofegante. "Benji, você tá bem."

Seguro os braços de Aisha para ela levantar enquanto a Graça enfia uma das mãos no segundo Anjo para checar se ele está realmente morto, arrancando suas entranhas gotejantes. Aisha está tremendo e arquejando.

"Eu tô bem", consigo responder. "Cadê todo mundo?"

"Não sei, Não sei. A gente se separou." Ela está escorada em mim e quase não consegue encontrar forças para sair do apartamento. Sinto que minha cabeça vai explodir com tanto calor e com toda essa pressão. Digo a mim mesmo que tem mais de um caminho até a porta dos fundos, e só porque eu não vejo ninguém no caminho não significa que todas as pessoas que são minhas amigas estão sendo queimadas vivas. "Tem gente lá em cima ainda? Precisamos ir", diz ela.

Aisha olha por cima do meu ombro e congela.

"Que merda é essa?", pergunta ela em um sussurro. "Merda, merda."

Eu olho também. A Graça está encarando a gente, com a cabeça inclinada e cercada de fumaça. A pele dela, perto demais do fogo, borbulha.

Olha pra lá, murmuro, e, quando ela faz isso, eu empurro Aisha para a porta. Aisha tenta me arrastar com ela, mas solto os seus dedos da minha manga, ela soluça, se vira e sai correndo.

Está quente demais aqui. O pé direito alto não está mais dando conta de tanta fumaça, e eu sinto o peito muito apertado, como se minhas costelas estivessem sendo esmagadas. Estou grudando de suor, mas meus olhos estão tão secos que doem quando eu pisco. A Graça se aproxima, fazendo barulho, e me cutuca.

Preciso dar o fora daqui. Sair do fogo e ir procurar ar fresco, onde a fumaça não pode me sufocar.

Mas o CLA está queimando por minha causa. Não posso simplesmente *ir embora*. Eu prometi que seria bom.

A Graça vem ficar ao meu lado, e começamos a correr. Saímos do ginásio, passamos pelo saguão, cruzamos outro corredor. A Graça vira um corredor adiante, eu vou atrás e a encontro espancando um Anjo contra a parede, batendo nele sem parar até não sobrar nada além de uma gosma.

Chegamos na sala de vídeo.

O lugar está branco de tanto fogo, o brilho é tão intenso que tenho que apertar os olhos. Respirar é como engolir podridão. Eu protejo os olhos, e as lágrimas se acumulam nos meus cílios. É difícil enxergar, mas consigo identificar as únicas formas que importam: um Anjo atrás da poltrona de Nick e Cormac atrás do sofá. Ele está encurralado. Desarmado e sem ter como ir até a porta. E as pessoas nunca ficam em suas posições sozinhas.

Não me importo que ele tenha tentado me colocar contra Nick. Eu sussurro para a Graça: "*Vá*".

Ela entra pela porta, guinchando, indo pra cima do Anjo como se fosse uma coisa caída do Céu, e arrasta o soldado para a sua boca aberta. O Anjo grita e é partido ao meio, emitindo um estalo.

Atravesso as chamas aos tropeços e agarro Cormac pelo casaco.

"Vamos!", digo.

"Qual é o seu problema?", grita Cormac.

Os brancos dos olhos de Cormac queimam e ele está encarando a Graça. O rosto dele está todo sujo de fuligem. "Aquela *coisa*..."

Eu sussurro: "*Vá procurar ajuda*". A Graça balança a cabeça e desaparece pelos corredores em chamas. Cormac me encara, e eu sibilo "Levanta daí". Ele vem comigo.

"Por que a coisa não matou a gente?", pergunta depois.

"Sei lá", minto e puxo Cormac na direção da porta.

Tem alguma coisa terrível crescendo no meu estômago, umas marteladas na minha cabeça como se Serafim estivesse tentando abrir caminho com suas garras, mas consigo levar Cormac até o corredor. As chamas queimam, atingindo a altura de uma pessoa, e é impossível respirar sem tossir. Cormac se livra do próprio casaco e o pressiona na minha boca. Eu o devolvo, porque ele precisa mais dele do que eu, mas Cormac pega uma metade para bloquear a fumaça e coloca a outra no meu rosto, e dessa vez eu aceito.

Saímos aos tropeços pela porta dos fundos.

Tem dezenas de pessoas aqui fora. É um caos. Salvador quebra uma janela no outro lado do pátio e empurra alguém por ela, para a segurança de um prédio estranho. Sadaf grita para Sarmat segurar alguém enquanto ela corta a roupa em volta de uma queimadura purulenta.

As pessoas sobreviveram. É minha culpa, mas elas sobreviveram, meu Deus, elas sobreviveram.

Dou dois passos no pátio e vejo que a Graça está morta.

Sinto isso no Dilúvio, dentro do meu crânio. Meus joelhos vacilam. Cormac avança, tentando me segurar, mas é tarde demais. O vômito sobe pela minha garganta. Não posso tirar a máscara para vomitar senão vou mostrar meu rosto, não posso...

"Benji?", pergunta Cormac com um choramingo.

Eu agarro o casaco dele.

"Merda", diz Cormac. "Nick! *Nick!*" Eu seguro o casaco como se fosse um escudo, e mal consigo tirar a máscara para vomitar. Meu maxilar se abre tanto que dói, e o rasgo na minha bochecha tensiona. Alguma coisa enorme sai de mim e cai sobre a grama, pesada, molhada e muito, muito grande. "*Nick, cadê você?*"

Dois pares de mãos me põem em pé, me segurando ao redor da minha cintura e embaixo dos meus braços. Eu me agarro ao casaco; minha visão está borrada. Um ácido queima no fundo da minha língua.

"Tá tudo bem", fala Cormac enquanto eu tento pôr a máscara de volta. "Tá tudo bem."

Tiro o casaco do rosto e o empurro contra o peito de Cormac, e a primeira coisa que vejo é Nick à minha esquerda; a lateral do corpo dele está encostada em mim, me segurando firme. Então, ele me solta. Agora está na minha frente, subindo na janela, estendendo as mãos para mim. Salvador me levanta e diz: "Estou feliz que você conseguiu, cara".

"Senta", pede Nick, com uma das mãos pairando sobre a minha nuca. Como se ele soubesse que, por um segundo, eu pensei em voltar correndo. "Agora."

Bato contra a parede e deslizo até o chão. O prédio — um banco, eu acho — está cheio de crianças de olhos arregalados, avermelhadas pelo fogo, cuidando de pessoas amigas ou deitadas no chão de olhos fechados. Algumas choram e outras estão chocadas demais para isso. Algumas têm marcas de balas, o sangue empapando as roupas e as mãos. Lila, uma menina que usa bengala, encontrou um kit de primeiros socorros lá dentro e está andando por todos os lados com os poucos suprimentos que tem, fazendo o trabalho do qual Sadaf não consegue dar conta.

Nick pergunta: "Você tá bem?".

Pela primeira vez, eu me olho. Minha pele está vermelha por causa do calor, brilhando de suor. As roupas estão cobertas de cinzas. Bolhas se formam nas costas das minhas mãos. Partes das solas dos meus tênis *realmente* derreteram, e parece que as bainhas do meu jeans foram chamuscadas. Tiro um tênis e vejo que a parte de baixo, que tem um buraco, grudou na meia.

Não estou tão mal, considerando tudo. Nem percebi como eu estava, mas não sei dizer se isso é bom ou ruim.

Decido responder: "Tô bem".

O cabelo de Nick se soltou dos grampos. Mechas caem em sua testa toda suada. Ele está tão acabado quanto eu, chamuscado, queimado de calor e exausto.

E não está se mexendo. Meu Deus, será que ele queria me ver agora?

Será que *eu* queria ver Nick?

"Tem certeza?", pergunta ele.

"Hã. Posso beber um pouco de água?"

Nick desaparece e volta com uma garrafa. Eu a enfio por baixo da máscara e bebo o máximo que consigo, com a cabeça inclinada, para impedir que a água vaze pelos meus dentes. Ele espera eu terminar; fica ao meu lado para bloquear a visão do meu rosto rasgado.

"Fica aqui", pede ele quando eu termino, e põe um pedaço de papel nas minhas mãos.

"Espera..."

Mas Nick já foi embora; está subindo pela janela. "Cormac", chama ele, "fica aqui no banco."

"Eu tô bem", a voz de Cormac vem do pátio. "Benji me salvou bem na hora."

"Você tá inalando fumaça faz tempo. Vem pra cá."

"Eu tô bem."

Alex, ao meu lado, se inclina para fora da janela. Elu está com uma aparência horrível. Mãos ensanguentadas, um arranhão no queixo, a máscara manchada de cinzas. O que aconteceu com o rádio? Não me lembro de ter visto no saguão. Tem tanta coisa com o que me preocupar que o rádio é só mais uma coisa na minha lista.

"Vem pra cá", rosna Alex na janela, "ou você vai ver."

"Tá bom", concorda Cormac. "Eu vou."

Salvador ajuda Cormac a pular a janela, e ele cai ao meu lado, com a cabeça entre os joelhos.

Nós dois não fazemos nada por um tempo. Em algum momento, Alex se senta ao lado dele; nós três ficamos enfileirados perto de um vaso de plantas artificiais, uma escrivaninha e algumas cadeiras.

"A abominação *matou* aqueles Anjos", diz Cormac. "Você viu aquilo?"

"Sim." Claro que sim. "Eu vi."

"Que merda foi aquilo?"

"Ela ajudou você."

Ele rosna: "Eu sei".

Ofereço a garrafa para ele. "Água?"

Cormac puxa a máscara para baixo e vira metade da água na boca. Ele derrama um pouco na mão e joga no rosto. Então, ele passa a garrafa para Alex, que dá um gole antes de jogar o resto na cabeça.

Eu desdobro o bilhete na minha mão.

Desculpa.

O mesmo *Desculpa* que Nick escreveu no quarto dele, o mesmo *Desculpa* que eu deixei no chão junto à minha faca, o mesmo *Desculpa* que ele não conseguiu dizer, mas precisava que eu ouvisse mesmo assim.

Pressiono essa *Desculpa* com força contra o meu lábio superior e finjo que as lágrimas de fumaça nas minhas bochechas são reais, lágrimas humanas, lágrimas que não tenho conseguido chorar faz anos.

Desculpa. Eu também sinto muito.

CAPÍTULO 20

> *Existe um mito terrível e antigo de que, depois do fim do mundo, as pessoas se voltariam umas contra as outras. Elas se tornariam odiosas e egoístas. Isso não é verdade; nunca foi.*
> — **"A dura mentira"**, um ensaio de 2031
> por Toni Quaye

Trabalhamos até tarde da noite. Invadindo prédios à procura de extintores de incêndio, recontando as pessoas, tratando de queimaduras e tirando cacos de vidro de feridas. Ajudei Lila, Sadaf e Sarmat, esterilizando agulhas com um isqueiro para as suturas. O ar frio da noite é a única coisa que me impede de vomitar de novo. Minhas bolhas ardem, mas tenho coisas melhores para fazer além de cuidar delas.

"Tá tudo bem?", pergunta Sadaf, com seu vestido rosa-claro espalhado nas cinzas; ela levanta a última paciente com a ajuda de Sarmat. Lila mede um pedaço de atadura. À luz da lua, com o kit de primeiros socorros encontrado e as mãos cheias de sangue, Sadaf parece um anjo, muito mais do que qualquer Anjo jamais pareceu.

"Eu tô bem", respondo, mentindo como menti a noite inteira.

"Quer que eu dê uma olhada em você?"

"Não." Uma onda de enjoo prende a minha garganta, e eu pressiono a língua no céu da boca para não vomitar. Me engasgo e repito: "Eu tô bem".

"Se você diz... Olha, pede pra Aisha fazer uma pausa, por favor, se você a encontrar... Tô preocupada." Nervosa, Sadaf arranca fluidos corporais encrostados debaixo das unhas. "Você também precisa descansar. Meu diagnóstico profissional é que vocês precisam dormir um pouco."

Ela está certa. Posso pelo menos tentar dormir.

O interior do banco é repleto de adornos dourados e mesas de mogno empoeiradas em cima de um carpete felpudo. Micah dorme atrás de uma planta artificial. Uma menina chamada Zarah está abraçada a um cobertor, à espera da namorada. Eu salto a mesa da recepção, levando um tempo para me firmar no outro lado, e abro a porta que dá para o corredor de escritórios.

Erin está ali, em um pequeno sofá abaixo da janela.

Encontrá-la sozinha no escuro não me parece certo. Ela está curvada, escondida nas dobras de um xale chamuscado, suas tranças estão caídas ao redor de seu rosto. Na escola, eu sempre carregava elásticos de cabelo para as meninas que precisassem, e ainda agora procuro um ao redor do meu pulso.

"Ei", sussurro baixinho para não a assustar.

Ela ergue a cabeça com tudo. "Caralho", ela diz. Não sei o que me choca mais — seu olhar acabado ou o fato de ela ter xingado. "Foi mal. Oi, Benji."

Uma lágrima cai do canto do olho dela. Eu me sento no chão ao lado de Erin, e nossos joelhos se tocam.

"Foi mal", repete ela. "Eu devia estar lá fora ajudando, mas não consigo."

"Tô feliz que você tá inteira", digo, batendo os dedos na minha coxa para disfarçar o enjoo.

"Odeio o fato de que ficar *inteira* é o máximo que a gente pode esperar ultimamente."

"Tá precisando de alguma coisa?"

"Eu tô me sentindo que nem criança", responde Erin. "Talvez um abraço? Nick não é bom com essas coisas. Sem ofensa, mas..."

Eu abro os braços e Erin cai contra o meu peito. Ela é... tão pequena. Tem uma personalidade tão forte e uns centímetros a mais que eu, mas, meu Deus, ela é tão frágil e delicada. Erin está tremendo de medo, adrenalina e exaustão, como todo mundo.

"Valeu", agradece ela com um sussurro.

Não. Não, eu é que deveria estar dizendo isso. Eu é que deveria estar agradecendo Erin, Nick e o CLA. Por isso, pelos grampos de cabelo, pelas mãos que me levantaram, pelas pessoas que salvei e que me salvaram. Eu seria capaz de queimar os Anjos por elas.

É o mínimo que posso fazer, considerando o que causei a todo mundo.

Eu me pergunto onde Nick está agora. Me pergunto o que eu poderia dizer para ele. Se, depois de tudo isso, eu encontraria palavras para me desculpar.

Erin se afasta e encosta a cabeça dela na minha. As mãos dela descansam sobre os meus braços expostos. Minhas mangas estão enroladas por causa do calor, mostrando a sujeira das cinzas e as marcas bem vermelhas que ainda não tinham aparecido mais cedo. Marcas que poderiam ter sido causadas pelo fogo, mas eu sei que não foram.

"Dói?", pergunta ela.

Eu balanço a cabeça. Erin não tem que se preocupar comigo.

* * *

Eu me fecho em uma sala das copiadoras no fim do corredor. Ainda há fumaça no ar, entrando pelas rachaduras, pelas portas e janelas. Deito no chão e olho para o forro. No silêncio, não tenho mais nada em que focar além da minha pele queimada e da náusea.

Antes de adormecer, penso que estou vendo penas no canto dos olhos; acho que estou vendo alguma coisa estranha.

* * *

Em algum momento, a porta se abre. Não sei quando. O barulho me desperta, e eu olho, só um pouco, pensando que poderia ser Erin entrando para ver como estou ou mais penas à espreita nas sombras.

Mas é o Nick na porta.

Ele olha para dentro, esquisito e todo rígido, e sai.

Marcas vermelhas sobem pelos meus braços; minha pele está secando feito rios, ao longo daquilo que costumavam ser veias. Bolhas de queimadura incham nas minhas mãos, como se fossem explodir.

Serafim e o Dilúvio estão famintos, querendo sair.

* * *

Mais tarde, a porta abre. Depois fecha.

Meus olhos abrem, só uma fresta. Nick está aqui na sala, hesitante, batendo os dedos — *tip-tip tip-tip* — sem parar, até que não é mais suficiente fazer isso e ele começa a sacudir as mãos com violência. Ele se inclina um pouco para a frente, se inclina um pouco para trás, para frente, para trás, e logo a expressão dele não parece mais tão dolorosa. Ele volta a sacudir as mãos. Depois respira fundo de olhos fechados.

Eu não digo nada. Não só porque estou fingindo que estou dormindo, mas porque sei que o que Nick está fazendo é uma coisa particular dele. Nick se esforçou tanto para esconder esse lado dele — o lado que sacode as mãos e balança o corpo até se recompor — que admitir que sou uma testemunha disso parece errado.

Mas me certifico de que ele está inteiro. É o máximo que a gente pode esperar.

Por fim, Nick se recompõe. A respiração dele acalma. Ele tira o cabelo dos olhos e prende com os grampos. Seus pés estão firmes no chão.

Ele se agacha ao meu lado.

Eu me esforço para ficar parado tanto quanto possível. Sua respiração tranquila faz a máscara se mexer; o tênis de Nick raspa no carpete enquanto ele tenta manter o equilíbrio. Ele cheira a suor e fumaça.

Os dedos dele pairam por um momento sobre o meu braço. Sobre a minha bochecha, sobre o meu cabelo.

"Merda", sussurra ele. "Merda." Ele se levanta e vai até a porta, mas para, estendendo a mão em direção à maçaneta. Incapaz de segurá-la, Nick se vira como se não aguentasse mais ficar pensando nessa ideia.

Ele tira o casaco.

E a camiseta.

Seu peito pálido é atravessado por cicatrizes horríveis. Nick não é tão musculoso quanto pensei, mas há uma força na forma como seus braços se movem. Ele vira a camiseta, dá uma olhada nela. Tem uma cicatriz em seu ombro e algumas na clavícula. E outra na barriga, brilhosa e branca. Ele procura os bolsos e enfia as mãos neles.

O que... o que a gente *é*? Ainda estou bravo com ele? Nick pediu desculpas, e eu acho que aceitei. E também preciso me desculpar. Quero superar deixar as coisas para trás, não quero mais me preocupar com isso; quero me sentar, falar sobre o assunto e seguir em frente. Estou cansado de me preocupar com os meninos, cansado de não saber qual é o meu lugar.

As desculpas dele estão no meu bolso. E agora Nick está aqui comigo.

Ele parece aceitar que o que procura não está nos próprios bolsos e se vira para sacudir o casaco. À luz fraca da lua que entra pela janela estreita, consigo discernir a massa de cicatrizes nas costas dele. São tantas que meu estômago se revira. São cicatrizes escuras que vão dos ombros até a cintura de Nick, um desenho...

Um desenho que eu conheço.

Não são cicatrizes.

São asas tatuadas.

Que PORRA é essa?

Isso não faz sentido. Não pode ser. Não, eu estou vendo coisas, é isso. As sombras estão me enganando. Estou enxergando penas onde elas não deveriam estar. Vi essas penas antes de dormir, é Serafim brincando comigo. Só pode ser.

Mas Nick se mexe e as penas ainda estão ali. Cravadas em suas costas, marcando toda a sua extensão como se tivessem jogado ácido na pele dele, como se um monstro tivesse dilacerado sua carne com as garras.

Nick foi um soldado do esquadrão da morte. Nick foi um Anjo.

Uma faca cai do casaco dele, batendo no carpete e emitindo um som abafado. Seus ombros cedem, como se ele estivesse carregando um peso insuportável. Ele afunda no chão, absolutamente irreconhecível atrás da máscara, e começa a rasgar a camiseta. Seus braços tensionam quando ele puxa o tecido. Olho para os músculos ali, para as pontas das penas nas laterais do corpo dele. Consigo ver várias cicatrizes pequenas na lateral de seu corpo, como se Nick tivesse tentado arrancar as penas com as unhas.

Respire.

Nick me disse para tirar o *Dia do Juízo Final* do meu vocabulário antes de eu sequer dizer isso. Ele também teve que criar as próprias regras. Respire. Ele não chorou quando Trevor morreu, ele não chorou no funeral. Respire. Nick se move e lidera como um soldado treinado, e ele tentou arrancar com as próprias mãos as tatuagens de sua pele.

Ah, meu Deus, eu disse que ele era tão ruim quanto a minha mãe.

Nick rasga a última faixa da camiseta e pega meu braço, que estava embaixo da minha cabeça. Eu solto o peso do corpo e fecho bem os olhos para não ter que fingir.

Ele fugiu dos Anjos. Ele *conseguiu*. Ele escapou dos Anjos, encontrou um lar e *sobreviveu*.

Ele enrola as faixas em um braço, depois no outro, para cobrir as partes podres, as bolhas e as queimaduras, e ajeita meu cabelo com os grampos.

Nick conseguiu. Ele conseguiu fazer exatamente o que eu sempre sonhei; o que meu pai morreu tentando fazer por mim.

Mantenho os olhos fechados enquanto ele vai até o outro lado da sala. Digo para mim mesmo que vou abrir os olhos quando ele for embora, mas Nick não vai. Depois de um tempo em silêncio, dou uma espiada e vejo Nick dormindo encostado na porta.

Fico acordado, mensurando o ar nos meus pulmões. Sinto as ataduras mornas contra a minha pele ainda quente. O tecido tem cheiro de fumaça, tem o cheiro de Nick.

Ele sabe pelo que eu estou passando. Ele entende.

Pressiono o rosto em meu braço, bem onde as ataduras se enrolam na dobra do cotovelo. Ele me chamou de monstro, eu respondi dizendo que ele era um monstro. Nick sofreu como um Anjo, eu conduzi os Anjos até a casa dele, e eles queimaram tudo.

Meu Deus, as coisas não podem ficar desse jeito.

CAPÍTULO 21

O sofrimento é o preço da carne. Sejam gratos por esse dom.
— **Lição da escola dominical da irmã Mackenzie**

A Vigília e algumas outras pessoas — Sadaf, Alex, Erin — vão para o pátio bem cedo, de manhã. Ninguém conseguiu dormir. Os pássaros piam, o sol mal apareceu no horizonte e tudo ainda cheira a fumaça.

Nick está perto da cerca quebrada. Ele encontrou outra camiseta, que mostra as linhas rígidas de seus antebraços. Não paro de pensar nas asas dele, longas, belíssimas e dilaceradas nas laterais de seu corpo. Quando eu abrir a boca, vai sair tudo de uma vez, então mordo o lábio e cutuco as ataduras improvisadas. Pelo menos, não sinto mais vontade de vomitar toda vez que viro a cabeça.

Nick pensou que eu acordaria e *não* notaria as ataduras? Isso é meio fofo da parte dele.

"Olha", diz Salvador, esfregando suas cicatrizes, "eu ia perguntar pro Chris como ele fez aquele ás bordado. Eu queria um!"

Aisha pergunta: "Jura que você tá pensando nisso?".

"É, tá. Eu só queria… abstrair um pouco."

"Chris morreu?", indaga Alex. Erin aperta os olhos como se pudesse fazer isso não ser verdade se ela se esforçasse o suficiente. "Achei que tinha visto ele…"

Cormac interrompe: "Não, você não viu".

Alex suspira. Elu passa a maior parte da noite tentando encontrar um bom lugar para o radioamador, como se estivesse botando um bebê para dormir. Pelo menos, o rádio está em boas condições. Não está aquelas coisas, mas ainda liga, e isso é o que importa. Alex deve ser a pessoa mais controlada entre nós agora, talvez porque somar mais uma coisa ao luto não mude quase nada.

"Você acha que conseguimos consertar a cerca?", pergunta Sadaf, segurando o braço de Aisha. Não dá para saber quem está se apoiando em quem.

"Acho que a cerca não importa muito, né?", comenta Fé. "Se eles voltarem."

Cormac olha para mim. Eu o encaro.

"Vamos discutir isso mais tarde", diz Nick. "Agora, a gente precisa focar no que está à nossa frente." Ele sacode as mãos, quase como se estivesse tirando poeira do casaco. Reconheço o movimento, e tenho certeza de que todo mundo também reconhece, mas ele começa a dar ordens como sempre. Sadaf e Alex ainda têm trabalho a fazer no banco. Erin vai procurar mais pessoas para o posto de *sniper*, já que podemos nos tornar um alvo à noite, com todo o fogo e a fumaça. Salvador fica a cargo de recuperar o que sobrou da cozinha; e Fé fica responsável pelos depósitos. Aisha e Cormac pegam armas pois têm a incumbência de checar as quadras vizinhas, e um mapa de Micah detalha as armadilhas que ele armou, para o caso de Aisha e Cormac conseguirem trazer mais comida para o jantar. Todo mundo vai ficar com fome logo.

Fico com a tarefa de lidar com os cadáveres. Junto de Nick.

Desço as escadas e encontro um cenário caótico, tudo carbonizado. O pó dos extintores cobre o chão, então, deixamos pegadas no piso conforme avançamos. Parte do pó também cobre os corpos, como se uma leve rajada de neve tivesse se assentado nos cabelos e nas dobras de rostos agonizantes que encaram o teto. Um par de olhos abertos está cheio de pó, tão brancos que parecem ser afetados por cataratas. Esse pó faz meu rosto coçar.

Contamos quinze cadáveres. Seis Anjos, oito de nós e a Graça. Conheço todo mundo cujo corpo ainda é reconhecível, e quase metade não é. Meu primeiro pensamento é: nem todas as orelhas dos Anjos mortos vão servir; elas derreteram nas chamas ou foram devoradas pela Graça. O segundo: *o que caralhos tem de errado comigo?*

Encaro toda essa bagunça de corpos queimados no salão; estou bem no meio da porta principal destroçada, e pressiono os lábios nos nós dos dedos. Rezo até Nick vir, tocar no meu ombro e acenar para eu segui-lo.

Apocalipse 21:4 — *E Deus enxugará todas as lágrimas de seus olhos; e não haverá mais morte, nem tristeza, nem choro, nem haverá mais dor; porque as coisas antigas são passadas.*

E as pessoas retornarão à terra, pois dela foram tiradas; pois do pó foram feitas e ao pó retornarão.

* * *

Encontramos a Graça no ginásio, toda enrolada em cima de um corpo derretido; vejo sua forma curvada, abraçada de um jeito agonizante ao redor de si mesma.

Traço a linha do tempo nos cadáveres. A lateral da cabeça da Graça está toda amassada, como a cabeça do meu pai. Entre a sala de vídeo e o ginásio, encontramos um Anjo de quem não me lembro. As peças se encaixam.

"A Graça estava tentando proteger essa pessoa", digo para Nick. Eu o conduzo pela minha linha de pensamento. Não sei o que aconteceu com aquela pessoa — talvez ela tenha levado um tiro, talvez tenha morrido inalando fumaça, talvez tenha sido imolada, só o Senhor sabe, só Deus sabe, *Ó Deus nosso Senhor* — mas a Graça estava gravemente ferida antes de matar o Anjo no corredor e voltar para o ginásio. Talvez a pessoa já estivesse morta quando ela chegou. Talvez não. Mas a Graça se enrolou ao redor dessa pessoa, ou do que tinha sobrado dela, e morreu.

"Pelo menos, é o que eu acho", continuo. "Não sei."

"Não", responde Nick, se agachando ao meu lado. "Faz sentido."

E as pessoas retornarão à terra, pois dela foram tiradas; pois do pó foram feitas e ao pó retornarão.

"Você tá bem?", pergunta ele.

"Tô levando." Eu tenho que dizer. Tenho que tirar isso da minha cabeça. Torço as mãos e firmo a voz. "De que esquadrão você era?"

Nick se engasga. "O quê?"

"De que esquadrão?", sussurro. "Nick? De que esquadrão da morte você era?"

Seu pomo de adão treme na garganta. "Não importa", fala ele, ríspido. "Importa?"

Depois de um segundo, eu digo: "Não, acho que não".

"Como você descobriu?"

"Vi suas tatuagens." O que consigo ver do rosto dele está mais pálido que de costume. Nick está encarando os corpos emaranhados, mexendo o maxilar por baixo da máscara. "Ontem à noite, quando você estava no quarto comigo."

"Você fingiu que estava dormindo", ele me acusa.

"Achou que eu não acordaria com você me enfaixando?" Eu levanto o braço. Ele não olha. "Achou que eu não ficaria meio nervoso depois de *tudo*?" Respiro fundo — não, nada de raiva, nada de Serafim, não agora. Nem acredito que só faz um dia desde que Cormac disse que Nick estava me chamando de *coisa*. E que direito eu tenho de sentir raiva depois de tudo o que fiz?

Então, eu digo, num tom mais suave: "Depois de ontem?".

"Eu..." Seja lá o que ele esteja tentando falar, fica preso em sua garganta. "Desculpa. Eu não devia... Não quis dizer..."

Ele coça a bochecha. Suas mãos tremem um pouco. Sinto vontade de segurar as mãos dele, mas não posso. Em vez disso, enfio a mão no bolso e pego o pedido de desculpas dele. Entrego o bilhete para Nick, mantendo o papel aberto entre os dedos para ele conseguir ver bem o que está escrito.

Também nunca fui bom em pedir desculpas. Não gosto de ouvir nem de pedir, mas esse bilhete ainda significa muita coisa.

Ele pega o papel.

"Eu não devia ter perdido o controle com você", falo. *Não devia ter trazido os Anjos para cá. Nunca devia nem ter vindo aqui. Foi tudo culpa minha.*

"Eu mereço isso", murmura Nick.

"Eu não devia ter te comparado com a minha mãe. Foi golpe baixo." Nick foi criado como um Anjo, ele leu o anúncio para as pessoas fiéis — ele sabe *exatamente* o que a minha mãe é. "Então... é isso."

Olhamos para os corpos em vez de nos olharmos. Os Anjos machucaram tanta gente. Tantas que é quase imensurável. Um número tão grande que nem dá para tentar começar a contar — na casa dos bilhões, reduzindo a humanidade a quase nada, a escombros e pessoas desgarradas. Os Anjos fazem de tudo para machucar você. É o dever deles.

"Você podia ter me contado", continuo falando. "Podia ter me contado como estava se sentindo. Eu ia entender. Eu me sinto da mesma forma, às vezes."

"Não queria pensar nisso", diz Nick. "Eu estava com medo."

"Por quê?"

Ele tira o lagarto do bolso e abaixa a máscara para mastigar as miçangas da cauda. "Por que o quê?"

"Por que você estava com medo? Por que você me chamou de *coisa*? Por que tudo isso?"

"Eu estava com medo de você. Estava com medo do que você significava. E achei que seria mais fácil se você não fosse você."

Se eu não fosse eu?

"Quis fingir que você não era uma pessoa." Nick fala como um menininho, e não como o adolescente que ele deveria ser, menos ainda como o adulto que todo mundo ficou convencido de que ele é. "E aí eu não ficaria pensando no quanto somos *iguais*."

Iguais. Como Erin disse.

A gente é tão parecido assim? A única coisa que temos em comum é que nós dois somos meninos gays que fugiram de casa.

... Que fugiram dos Anjos. Que sofreram nas mãos deles e sobreviveram.

"Você não quer pensar que a gente é igual porque eu sou um monstro", concluo.

"Não."

"Tudo bem. Pode dizer."

Nick faz um som de soluço. Não consigo pôr sentido nisso, nem quero.

"Eu vi o monstro", digo. "Fico vendo ele por aí."

"Você sentiu medo?"

"Sim, meu Deus." Levanto uma parte da atadura. Meus braços estão bem piores que antes. Parece que a pele vai se desfazer toda se eu começar a descascá-la, que nem pele de queimadura de sol, indo fundo, atingindo a gordura e os tendões. As bolhas nas costas das minhas mãos não são nada em comparação. "Não tenho muito tempo. Uma semana ou duas, talvez."

"Eu errei", Nick diz. "Não vou te chamar daquele jeito de novo."

"Também errei." *Mais que você, mas não consigo me forçar a dizer isso.*

Ficamos em silêncio por um instante, e então ele diz: "Fui posicionado em Nova Nazaré".

Meu cérebro entra em curto. Eu conhecia todo mundo em Nova Nazaré. Não faz sentido.

"É mesmo?", digo.

"A gente nunca se cruzou. Minha mãe e meu pai não eram tão importantes, só um pastor batista e sua esposa." Nick tem razão; essa poderia ser a descrição de um monte de gente. "Eu estava um ano na sua frente na escola dominical."

E, do jeito que ele passa a maior parte do tempo sozinho, e ainda mais fazendo parte dos esquadrões da morte... Ok, talvez faça sentido que a gente nunca tenha se cruzado. Eu estava ocupado demais com o Theo para prestar atenção nos meninos bonitos.

"Você teve aulas com a irmã Mackenzie?", pergunto. "Ela era a pior."

"Uma mulher horrível."

"Lembra quando ela levou aquele crucifixo? Aquele com o Jesus pelado e o pau de fora?" Nick faz um barulho de engasgo, o que eu interpreto como uma risada, e isso me faz rir também. "Não acredito que ela fez aquilo. Tipo, o pau dele estava *todo* de fora. Juro que é o único motivo que não me faz querer ter um agora." Faço um movimento flácido com o meu dedo. "Parecia uma minhoca triste."

Ele se engasga de novo. Minhas bochechas doem de tanto rir. Um breve momento de calma neste prédio todo queimado, nós aqui cercado de corpos, doloridos, nervosos, e tão, tão cansados.

Eu deveria me desculpar por ter causado o incêndio no CLA, mas não faço isso. Quero preservar este momento. Queria ficar aqui para sempre, cercado de cinzas, de morte, e ouvindo as risadas de Nick.

* * *

Cormac conta as orelhas que conseguimos recuperar como se elas fossem se multiplicar se ele contasse de novo: três. Três não chega nem perto de compensar o que os Anjos fizeram com a gente. O que eles *tiraram* da gente. Nossa comida, nossa água, nossa casa, nossa segurança.

Alex dá a ideia de arrancarmos as orelhas de outras pessoas mortas, de pessoas amigas. A Vanguarda não vai conseguir notar a diferença. Consideramos essa ideia. Não tem nada nas armadilhas, nosso estoque de comida virou cinzas, e *não podemos* nos arriscar a decepcionar a Vanguarda. Não depois do que eu fiz.

Muita coisa tem sido culpa minha esses dias.

Nick diz: "Vou te encarregar disso, Cormac".

"Jesus." Cormac puxa o cabelo dele. "Não me faça escolher."

"Então, vamos votar. Sem olhar."

Votamos de olhos fechados. Eu voto. Nick sussurra os resultados para Cormac, que engole em seco. "Tudo bem", diz ele, "tudo bem."

Mais tarde, depois de andar muito em meio a toda a bagunça, removendo corpos de Anjos para encontrar qualquer coisa que possa nos ajudar, eu vomito com tanta força que um rastro de cuspe sai junto. Tiro a máscara para limpar o rosto, mas, quando o tecido toca a minha garganta, vomito de novo e acabo com a cabeça encostada na parede, me engasgando, esperando a onda de enjoo passar.

Mas não passa. Arranco uma página do livro de Nick, depois encontro uma caneta e um papel no banco e escrevo: *Estou me sentindo mal, vou me deitar*. Nick me acompanha até a sala das copiadoras, me cobre com um cobertor, e eu fico deitado até ele voltar para me encontrar.

"Erin quer falar com todo mundo", anuncia ele. "Eu digo pra ela não te esperar?"

Fico ereto e sinto um gosto de vômito na boca. "Não, eu..." Fecho a boca para impedir que o ácido do meu estômago suba pela garganta. "Vou ficar bem. Me dá um minuto."

"Você pode descansar."

"Não, eu vou", insisto e fico em pé, cambaleando.

No saguão do banco, Erin está sentada na mesa da recepção. Ela parece um pouco melhor, mas não muito. Todo mundo se reúne ao redor dela como se fosse um bando de patinhos, encarando-a ou olhando para qualquer coisa além dela, dependendo da forma como a pessoa lida com esse tipo de coisa. Alguns, nervosos, folheiam recibos de depósitos antigos, abrem e fecham canetas ou arranham o carpete. Eu me sento perto da mesa e fico olhando para o pátio pela janela. Nick, de braços cruzados, toma o lugar ao lado de Erin.

Suas palavras gentis e hesitantes quebram o silêncio.

"Nós não precisamos falar do que aconteceu", diz ela. "Todo mundo sabe o que aconteceu, todo mundo sabe o que perdemos, não preciso dizer mais nada. Só que decidimos ficar aqui. Mas o Centro LGBTQIA+ de Acheson não é mais um lugar seguro pra gente, pelo menos por enquanto."

Alguns do grupo se lamentam. Tanto da vida dessas pessoas foi perdido nas chamas: os livros no escritório; as fotografias nas paredes; os cartazes, os apartamentos, pessoas amigas cujos corpos foram devorados pelo inferno. É isso o que os Anjos sempre causaram à humanidade — o que a sociedade sempre tentou fazer com a *gente*. Sempre tirando alguma coisa, sempre cravando os dentes. Eu finco os dedos no meu braço e pedaços de pele começam a se desprender. Eu me acalmo mordendo o que restou do interior da minha bochecha até sangrar.

Erin diz: "A gente vai fazer o que pode com o que temos. É o que sempre fizemos".

Calvin levanta a mão. Se eu tiver que ouvir o cara, é capaz de eu vomitar mesmo. Aisha, que está sentada com Sadaf, vira a cara.

"A gente precisa dar o fora daqui", opina Calvin. "Se os Anjos souberem onde estamos, todo mundo aqui tá fodido. Eles vão voltar e acabar com a gente e, de verdade, não quero ficar preso aqui esperando eles chegarem."

Uma outra pessoa, Lux, franze o nariz e diz: "Eu não consigo *andar*, cara". Ela ergue a coxa quase como se quisesse esfregar as ataduras sangrentas na cara de Calvin. "Você vai me carregar pela cidade toda? Vai me arranjar uma cadeira de rodas?"

"Isso é problema seu", responde Calvin.

Fé solta um: "*Ei!*".

"Eu tô certo, e vocês sabem disso!"

Salvador se inclina na direção da orelha de Nick e sussurra alguma coisa. Nick assente, e Salvador desaparece pela porta da sala dos fundos.

"Calvin, por favor", implora Erin. "A gente pode passar por isso junto."

"Não quero passar por nada com um bando de gente frouxa que pensa que a ideia de *ficar aqui* é..."

Salvador sai da sala dos fundos com uma mochila e a arremessa pelo chão na direção de Calvin.

"Se você não quer só permanecer aqui sentado esperando", rosna Salvador, "sinta-se à vontade pra ir embora." Calvin fica mais branco do que ele já é. "Eu tô falando sério. Você acha que as pessoas aqui são *frouxas*? Então, vai, levanta essa bunda daí. Se você odeia tanto a gente, *cai fora!*"

Calvin gagueja por um instante, então, pega a mochila e se levanta. "Beleza."

"Beleza", repete Salvador, e Calvin olha por cima do ombro uma vez antes de sair e bater a porta principal do banco.

Metade das bocas na sala estão abertas. Não consigo ver por trás das máscaras, mas posso sentir o silêncio coletivo de perplexidade. Aisha, a primeira pessoa a emitir um som, começa a rir. Lágrimas escorrem pelo seu rosto enquanto ela pressiona as mãos na cabeça e ofega até perder todo o ar. Sadaf tem que acalmá-la. Fé se agacha ao lado dela.

"Ele vai voltar rastejando", sussurra Cormac. "Dou um dia."

"Nem isso", diz Salvador.

Erin pede: "Nick, por favor, fala com as pessoas. Eu não consigo".

Nick dá um chute na mesa para conseguir a atenção de todo mundo. "Se alguém mais quiser seguir Calvin, a hora é agora."

Aisha solta o ar nas mãos. Eu cruzo os braços sobre os joelhos e apoio a testa nas minhas ataduras.

"Foi o que pensei", conclui Nick. "Ficar aqui é mais seguro do que andar por aí tentando encontrar outro lugar. O acampamento de Anjos local não tem tantos soldados, de acordo com o documento deles. O lugar é um laboratório de pesquisa, não uma base militar. Depois de uma derrota dessas, eles vão ficar longe por um tempo."

Não surpreende que Nick saiba de tudo isso. Quanto ele teve que fingir para evitar suspeitas?

"Então, o que a gente vai fazer?", pergunta Micah.

É quando Alex, do outro lado do banco, diz: "Cala a boca todo mundo!". Elu desconecta o fio dos fones do rádio e, de repente, o ar se enche de ruído de estática e uma lista esquisita de números aleatórios — *cinco, um, oito, cinco, seis* — começa a ser dita sem parar. "É a Vanguarda."

Erin se levanta da mesa e sai correndo. Nick sai em disparada para alcançá-la. Todo mundo se olha e se levanta devagar para seguir atrás. Eu me levanto, apoiado na mesa.

"Você tá bem?", pergunta Salvador, parando ao meu lado. Eu aceno indicando para ile acompanhar as outras pessoas.

Alex pega o rádio e um pedaço de papel com alguma coisa escrita que parece ser um roteiro. É a letra de Nick — parece que existe um tipo de etiqueta da comunicação por rádio. "Victor Romeo Delta, Victor Romeo Delta, aqui é Alpha Lima Charlie na escuta, câmbio." Alex se afasta do microfone. "Eu ainda acho isso estúpido. É só a gente, pra que esses códigos idiotas? É *Lima* tipo a capital do Peru?"

"Shh", faz Nick, pedindo silêncio.

Uma voz rouca no outro lado da linha fala: "Alpha Lima Charlie, aqui é Victor Romeo Delta" — vrd, Vanguarda — "na escuta". Estou maravilhado com essa *coisa* que Alex construiu. Parece estar ligada em uma bateria de carro modificada, transformada em uma besta de fios. Esse é o domínio de Alex; todo mundo sabe que é melhor não mexer com isso. "Você nos contatou pra falar de uma reunião. O pedido ainda é válido? Câmbio."

Alex entrega o microfone para Nick, que endireita as costas como se a Vanguarda pudesse vê-lo de alguma forma. "Afirmativo. O quanto antes, câmbio."

"Na escuta." A voz desincorporada faz o saguão tremer. Eu me aproximo, encostando no balcão do caixa, enterrando as unhas na madeira. "Alto e claro. Mas, diante dos acontecimentos recentes, não voltaremos para o Commons antes de um mês ou caso vocês possam fornecer provas de vinte mortes. Câmbio."

Vinte. A palavra nos atinge feito um tijolo ou uma bala rasgando o peito, da forma como as palavras de Calvin adentraram nosso crânio. *Vinte.*

"Ele disse...", resmunga Fé.

"Filho da puta", rosna Cormac. *"Filho da puta."* Cormac me olha e, por um instante, acho que ele vai vir para cima de mim e bater minha cabeça na mesa até abrir meu crânio. Mas ele enfia as mãos no rosto e se senta no chão sem dizer nada.

Erin encara o rádio como se isso pudesse mudar o que acabou de ouvir.

Nick agarra o microfone. "Repita. Você falou vinte? Câmbio."

"Afirmativo. Vocês têm vinte? Câmbio."

Nick também olha para mim.

Erin diz: "Jesus, Nick. Não. A gente não pode fazer isso. Por favor, não".

Eu sussurro: "Que foi?".

Nick engole em seco.

"Nick, *que foi?*"

"Não", fala Nick. Ele volta a agarrar o microfone. Sua outra mão bate contra a própria perna como se ele estivesse tentando fazer um buraco nela. "Não temos vinte. Câmbio."

"Então, não teremos reunião. Nos contatem quando tiverem vinte ou daqui a um mês. Victor Romeo Delta, câmbio, desligo."

A Vanguarda não vai ajudar a gente.

É o que basta para arrasar o banco. Isso é demais. Tudo o que a gente tinha queimou. Perdemos tanta gente. Não temos água nem comida para uma semana, quem dirá um *mês.* Alguém começa a chorar. Erin faz um som que parece o de um animal ferido. Fé, Aisha e Sadaf estão em silêncio, feito cadáveres; meu estômago revira e eu sinto a bile subindo pela garganta, quente e amarga. Saio tropeçando do salão, pulo a janela que dá para o pátio e caio de joelhos antes de vomitar na grama.

Está pior agora. *Muito pior.* Tem muita coisa saindo de mim, pedaços de carne molhada, uma carne vermelha, preta e gosmenta, deixando rastros no meu queixo e nas minhas mãos quando tiro os pedaços da garganta. Aquilo que Serafim rejeitou das minhas entranhas e substituiu pelo vírus, o que o vírus construiu ao partir do meu corpo, o que o vírus está fazendo aqui dentro, está tudo *saindo* de mim, e eu tenho que cravar os dedos na terra para não arrancar a pele dos meus braços. O vírus está me despedaçando. Nós não temos tempo. Eu não tenho *tempo*.

Está todo mundo fodido, e é culpa minha. Eu atraí os Anjos pra cá. Eles não poderiam ter vindo até aqui por outro motivo além de *mim*.

Nick sobe na janela, pula na grama e fica em pé como se quisesse me esconder do olhar inescrutável da rua além da cerca quebrada. Como se não conseguisse passar mais um minuto naquele maldito prédio, assim como eu não consegui. Jesus, estou tão cansado. *Não consigo mais, desculpa, desculpa. Eu trouxe os Anjos pra cá. Foi culpa minha.*

Nick não diz nada, eu não digo nada. Ele só se agacha e tira o cabelo dos meus olhos. Solto um gemido, tusso e vomito de novo.

É quase como a justiça divina. Roubei do CLA para alimentar Theo e Deus enviou os Anjos para eles acabarem com tudo. Fui visitar Theo e tudo foi para o inferno, como sempre foi, como sempre será. Devia ter aprendido quando ele me machucou. Devia ter *aprendido*. Era para eu ser bom, e eu arruinei tudo porque estava cego de amor e fui *egoísta*.

Mas o tempo foi certinho demais, não foi? Voltei bem quando os Anjos chegaram — por que mais a Graça ainda estaria do lado de fora? Se eu não tivesse deixado Theo naquela hora, acho que não teria visto a Graça. A gente teria perdido muito mais pessoas. E se eu tivesse ficado com o Theo, como ele me pediu? Quantas pessoas teriam morrido? Quantas mais...

Espera.

Theo não queria que eu fosse embora naquela noite. Ele ainda estava rezando. Como poderia ter se juntado à peregrinação se ele ainda estava exilado dos esquadrões da morte, como poderia fugir dos Anjos quando ele passou quase a vida inteira se preparando para morrer por eles, como ele...?

Como...

Theo sabia.

Aquele filho da puta.

Ele sabia. O Dilúvio queima e Serafim grita, ferido, em chamas, furioso. *Ele sabia, ele sabia,* ELE SABIA.

ELE MENTIU.

FOI TUDO CULPA DELE.

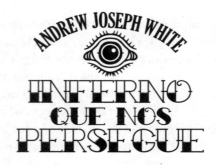

CAPÍTULO 22

*Sobre os perversos fará chover laços,
fogo, enxofre e uma horrível tempestade;
isto será a porção do seu copo.*
— **Salmos 11:6**

Foi para isso que eu fui criado. Romanos 12:19 — *Amados, não vos vingueis a vós mesmos, mas dai lugar à ira, porque está escrito: A vingança é minha; eu recompensarei, diz o Senhor.* Os Anjos foram criados para servir ao Senhor, mas eu sou a *ira*, a *espada flamejante*, a *besta de seis asas*.

A vingança é minha; eu recompensarei, disse o Senhor.

Assim que o sol se põe, eu saio do banco e vou para a rua, envolto em ataduras e em cada peça de roupa preta que consegui tirar das cinzas. Tudo cheira a corpos queimados e fumaça. Quero que Theo sinta esses cheiros em mim.

Minha mão treme como se Serafim fosse uma corrente elétrica enrijecendo os meus músculos, da forma como pessoas cientistas loucas fazem cachorros mortos se mexerem. Uma gosma preta escorre pelo meu nariz e sobre os meus lábios, e eu jogo minha máscara na sarjeta. Por meio segundo, me pergunto que parte de mim essa gosma foi um dia, mas não consigo reter nenhum pensamento além da imagem da cara de Theo toda quebrada.

Eu devia ter imaginado isso. Devia ter desconfiado. Arranco as ataduras e enterro os dedos na carne que derrete nos meus braços. Pedaços de mim caem formando faixas longas e molhadas. A mesma carne escura e cheia de veias do meu rosto, o interior dissolvido da minha garganta, a gosma da minha cavidade estomacal. Theo vai me ver, Theo vai ver meu *verdadeiro* eu, e eu vou acabar com ele. Vou levar para a Vanguarda todas as provas de que precisam. Vou levar o crânio de Theo e quantas cabeças eu conseguir arrancar.

Darei lugar para a ira Dele. *Eu sou Sua ira feita carne.*

Serafim e meus pés conhecem melhor do que eu o caminho para a Igreja Evangélica da Fé Reformada. Um bando de pássaros pousa sobre os fios elétricos, batendo as asas uns para os outros, lutando por um espaço feito os corvos nos campos de abate. Os Anjos pensaram que podiam tirar o CLA de mim. Que, sem o CLA, eu não teria mais para onde fugir, que só me restaria a escolha de voltar para o Theo. Vou dar o que eles querem. Vou voltar para o Theo e vou fazer todos eles se arrependerem.

Meu maxilar dói e se contrai, os músculos se movem por conta própria. Minha próxima respiração sai com um grunhido. Inumano e tão fundo no meu peito, mais profundo do que qualquer outra coisa que já senti na vida. Passo pelo mercadinho e vejo o gato na janela, sua cauda se mexendo ansiosamente. Alguma coisa estala na minha gengiva e eu arranco um dente antigo. Minha boca ganhou dentes novos e irregulares, pontudos feito cacos de vidro.

Vou caçar os Anjos que fizeram aquilo. O CLA vai voltar a ser um lugar seguro.

* * *

Tudo dói. Tenho vontade de agarrar o meu rosto e arrancá-lo. Estou na metade do caminho para a Reformada, eu acho. Só parei uma vez, que foi quando a dor ficou forte demais. Quando não consegui mais manter os olhos abertos. Pressionei a cabeça contra uma parede, tentando parar seja lá o que estivesse me despedaçando por dentro, e gritei. Achei que meu crânio fosse rachar, vomitei mais um monte de gosma preta, e agora sinto uma outra coisa pesando na minha boca. Uma língua, feito uma coisa viva ancorada na minha garganta, ameaçando me preencher todo, caindo e formando outra faixa de carne. Eu tenho tantos dentes. Minha boca abre até a altura das orelhas. E *dói*.

Me sinto como os bilhões de pessoas mortas, despedaçadas pelo Dilúvio. Me sinto como as pessoas que não sobreviveram. Era para eu estar assim, mas Serafim nem terminou comigo ainda. Nick e Erin vão ter que contar para todo mundo quando eu voltar, mas tudo bem. Tudo bem, porque, depois que eu fizer isso, todo mundo vai entender. Todo mundo vai me perdoar. Vai ficar tudo bem. Posso consertar as coisas.

Ouço uma oração no vento.

Não sinto a pontada de pânico no meu peito como deveria sentir. Como eu costumava sentir. Em vez disso, paro, levanto a cabeça e deixo a brisa me tocar.

"Senhor, nós Te louvamos e Te agradecemos nesta gloriosa noite!"

Os esquadrões da morte não costumam trabalhar à noite. Eles estavam caçando; eles perseguiram sua presa por horas. Estão embriagados de morte e se perderam em seu propósito.

"Nós purificamos em Teu abençoado nome, lutamos em Teu abençoado nome, sangramos e morremos em *Teu abençoado nome*." As palavras se misturam. Um coro de soldados bêbados de glória uiva, espumando pela boca embaixo da máscara. Eu me encolho nas sombras, sentindo uma fúria branca e quente, uma dor lancinante subindo pelos meus ossos; parece que meu corpo vai se despedaçar inteiro. "Ó Deus, aceite esta carne como prova do nosso amor!"

Vislumbro um esquadrão da morte no meio do meu caminho até a Reformada, em volta de dois cadáveres maltratados. Os corpos foram espancados, torturados. Não foram mortes rápidas. Foi um jogo.

"Das cinzas às cinzas", recita um dos soldados, "do pó ao pó, do abismo ao abismo."

"Apodreçam no inferno", diz outro. "Hereges de merda. *Ratos de merda.*"

Serafim abre as asas de fogo no vácuo do meu peito, onde minhas entranhas costumavam estar.

Me afastar dos soldados é uma misericórdia que eles não merecem.

A vingança é minha; eu recompensarei, diz o Senhor.

NICHOLAS

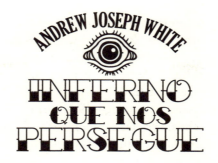

CAPÍTULO 23

Essas penas são uma promessa. Vocês juram que realizarão as obras de Deus e acenderão Suas chamas? Vocês juram que serão as mãos Dele nesta terra, custe o que custar? Guardem bem o seu juramento. Lembrem-se de que essas asas podem ser tiradas de vocês.
— **O general de Nova Nazaré**

Nick acorda e Benji não está lá.

Eles tinham ido deitar algumas horas atrás, juntos. Juntos. Essa era a palavra-chave. Benji estava doente, e Nick ficaria de olho nele. Não iria deixar o amigo sozinho. Benji era seu amigo, eles se magoaram, e agora estavam tentando consertar as coisas. Ainda que ele não conseguisse fazer as palavras saírem como deveriam, ainda que um pedido de desculpas não partisse naturalmente de nenhum deles, Nick sabia que podia fazer alguma coisa.

Mas Benji não está ali. Nick pega o casaco enrolado que Benji usou como travesseiro no outro lado da sala das copiadoras. Ainda está quente. Não faz muito tempo que ele saiu.

Será que passou mal de novo? Nick pega uma garrafa de água e segue para o pátio, ensaiando o que falaria quando encontrasse Benji. Ele não pode perguntar *Você tá passando mal?* porque é muito óbvio. Talvez *Você tá bem?*, mas a resposta tem sido "não" por tanto tempo... De que adianta perguntar isso?

Benji. Então, ele fica repetindo o nome. Não Serafim. Benji. Ele, dele, não *coisa*. O verdadeiro nome de Benji é tão mais fácil de dizer do que qualquer outro nome, e é um alívio chamar as pessoas da forma certa. Isso é uma bênção, porque é a verdade. E, por mais que Nick passe tanto tempo mentindo, a verdade é linda.

Como pôde ter pensado em entregar Benji para a Vanguarda? Quando ele olhou Benji nos olhos e se recusou a fazer isso, quando disse que a Vigília não tinha as orelhas, quando disse que não podiam comprar a ajuda da Vanguarda, Nick sentiu um alívio tão grande quanto beber água benta. Ele não seria obrigado a ser um monstro. Isso foi uma prova de que ele ainda reconhecia o valor da vida humana, não importa o quanto os Anjos tenham tentado tirar isso dele.

Fodam-se os Anjos.

Tem algumas pessoas acordadas no saguão quando Nick passa. Sarmat está de guarda, com o rosto apoiado na mão. Provavelmente esperando Calvin voltar. Nick vai pedir para Salvador e Aisha decidirem se Calvin pode pôr os pés aqui de novo; faz total sentido.

"Você viu o Benji?", pergunta ele para Sarmat.

"Benji?"

Sarmat põe a mão no peito. "Cabelo castanho, mais ou menos desse tamanho?"

"Sim."

"Acho que sim."

Sarmat aponta para a direção de onde Nick acabou de vir. A janela que dá para o pátio, como ele suspeitou. "Não parecia que ele estava com uma cara boa. Tá tudo bem?"

"Tudo bem", mente Nick. "Valeu."

Mas o pátio está vazio. Ele dá uma olhada nas sombras perto da cova, espia dentro do CLA, para ao lado do cadáver da Graça. Benji não está lá.

Foi assim que Nick acabou na calçada além da cerca quebrada, mexendo nas miçangas. Talvez Benji só tenha ido ao banheiro. Não tem nada de mais. Benji não é criança. Bom, ele é pequeno, mas não é uma criança, não. De modo geral, ele já é bem crescidinho. E pode fazer o que quiser.

Meu Deus. Ele mereceu quando Benji gritou daquele jeito. Que tipo de pessoa ele era, afinal, mantendo um menino doente como um possível sacrifício, um plano B vivo? Fingindo que Benji não era uma pessoa quando tanta gente fez a mesma coisa com ele? Erin tinha razão, como *sempre*. Nick não passou anos implorando para ser visto como qualquer coisa além de uma imensa coleção de cagadas? Implorando para reconhecerem que ele não era apenas os erros que cometeu e a pena condescendente de seu pai e de sua mãe e de Deus? *Sou uma pessoa, também sou uma pessoa.*

Nick quase ri. Ele não ri muito porque a risada dele é estranha, mas ri mesmo assim, porque não tem ninguém olhando. Qual é o problema dele? *Qual é o problema dele...*

À distância, no fim da rua, até onde a vista dele alcança, há um movimento.

Nick para. Ele sente uma alfinetada em cada nervo.

Uma forma escura se afasta.

Nick corre até o banco e, às pressas, pega um revólver, uma máscara reserva e uns grampos.

Ele não sabe muito sobre as pessoas, mas sabe muito sobre a raiva. Sabe o que a raiva pode forçar as pessoas a fazerem.

Meu Deus, como ele sabe.

* * *

O monstro que Nick encontra no meio do caminho do CLA até a Igreja da Fé Reformada não se parece nada com Benji.

Conscientemente, Nick — se escondendo na sombra de uma caminhonete e cravando as unhas no canto dos olhos para se acalmar, por favor, ele *precisa se acalmar* — sabe que aquela coisa é Benji. A coisa tem o cabelo de Benji, o corpinho de Benji, as roupas de Benji. Parece que a irmã Kipling tirou todas as entranhas do rapaz e costurou um lobo embaixo da pele dele, e só agora é que Nick está vendo isso pela primeira vez.

Não é ele, mas *é*, e Nick está paralisado.

Os olhos de Benji estão fixados no esquadrão da morte a alguns metros de distância dele; há fantasmas rezando para Deus com as vestes sujas de sangue. As armas deles estão abaixadas. Seus olhos estão fechados na luminosa glória do Senhor, a luz invisível brilha no peito deles na escuridão da noite. Nick conhece o tipo. O trabalho deles é exterminar pessoas sobreviventes como se fossem pragas. São soldados que não podem ser confiados a mais nada, sedentos demais por sangue para escoltar procissões, proteger os portões ou a ponte. Aqueles que Nova Nazaré não pode se dar ao luxo de perder, aqueles que Nova Nazaré solta como cães raivosos para limpar o que o Dilúvio, os tiroteios, as execuções em massa e os ataques suicidas não limparam no Dia do Juízo Final e nos dias que se seguiram.

Por mais desprezíveis que esses Anjos sejam, Benji não pode dar conta de seis homens adultos sozinho, ele *não pode*...

Assim que esse pensamento passa pela cabeça de Nick, Benji salta das sombras e crava os dentes na garganta de um soldado.

Todo o resto se apaga feito uma lâmpada.

Nick aponta o revólver. Pelos menos os Anjos ensinaram alguma coisa a ele.

CRACK. Ele derruba o Anjo mais próximo — mirando entre os ombros, no ponto logo acima, onde a coluna desponta do colete à prova de balas embaixo das vestes. A cápsula é cuspida pela arma e cai tilintando no chão. *Tlim.*

Nick conta as balas. Uma.

Com dentes cravados em sua garganta, o homem gorgoleja, e Benji se afasta dele com a boca cheia de carne, lançando um jato vermelho que se pronuncia formando um arco no espaço entre os dois.

Essa é a parte fácil. Nick é bom nisso.

CRACK. *Tlim.* Duas. A bala acerta uma coxa e distrai o soldado por tempo suficiente para Benji agarrar o rosto dele e lançar o homem contra a fachada de tijolos de uma loja. Nick conta os cartuchos, e não os corpos, pois foi assim que o general o ensinou, dizendo que as quantidades deviam ser iguais.

Nick também conta os "cartuchos" de Benji. Três, quatro. Benji não é alto o bastante para alcançar alguma veia importante no pescoço seguinte, então, ele dilacera um braço, bem onde a artéria braquial se divide. A quantidade de sangue é impressionante. Cinco. Uma bala na lateral da cabeça. Seis. Uma mão enfiada dentro de uma boca e um maxilar estalando que nem um galho quebrando. O Anjo grita e se engasga, e Benji rasga o rosto dele inteiro. O Anjo tropeça uma vez, duas, tateando o rosto, antes de finalmente cair. Ele tosse e se contorce. Benji só observa.

Então o Anjo dá seu último suspiro e há um silêncio abençoado.

O mundo aos poucos volta ao normal. Os sentidos de Nick se desbloqueiam, a adrenalina diminui. O murmúrio dos escombros, o esvoaçar das vestes, sua própria respiração.

Há apenas ele e Benji agora.

Benji não é mais o mesmo. Ele olha para os corpos no chão como se estivesse tentando descobrir de onde vieram aqueles buracos de bala naquela névoa de fúria. Entranhas diaceradas escorrem da boca dele. O sangue em seu rosto reflete a luz das estrelas.

O que Nick deve dizer? Que palavras cabem aqui? Será que Benji vai entender?

Benji mexe os ombros e seu corpo estala como se o lobo estivesse tentando sair, abrindo caminho com as garras. Um dos Anjos chia; seu peso está forçando o ar para fora de seus pulmões mortos. O ar tem cheiro de cobre, pólvora e merda.

Nick segue adiante, se afastando pela rua. Passa entre os carros, vira a esquina.

Ele estende a mão e sussurra: "Benji".

Benji se vira para olhá-lo, bem devagar. Lentamente, mostrando todos os dentes afiados em sua boca aberta feito uma ferida. Como se ele soubesse que Nick estava ali o tempo todo e só estivesse esperando ele se aproximar. Sua língua — do tamanho de um antebraço, mais longa até — sai de sua boca como se fosse uma cobra, sentindo o gosto do ar, o maxilar torto e o brilho da lua viajando por toda a extensão de suas presas serrilhadas. Parece que ele mergulhou metade do rosto em ácido. Quando um pedaço de carne se desprende, Nick não sabe dizer se é a boca dele ou um pedaço de carne que estava dentro dela.

Nick diz: "Sou eu".

Benji responde com um guincho estridente.

Nick é jogado na calçada, em cima dos corpos úmidos e rígidos dos Anjos mortos, e Benji está em cima dele agora. A arma dele está travada, e aqueles dentes estão a *centímetros* de seu rosto. A língua de Benji escorre saliva, com sangue coagulado entre as presas, os dedos dele cravados nos ombros de Nick, machucando, rompendo a pele.

Nick não faz nada. Ele não respira. Ele não pisca. Se mexer um músculo sequer, Benji vai rasgar sua jugular. Aqueles dentes vão entrar na pele dele feito facas, e Nick vai morrer sangrando naquela calçada antes de conseguir pensar em estancar a ferida — a perda irrestrita de sangue de uma veia principal causa inconsciência em segundos e leva à morte em questão de minutos. O peso de Benji pressiona Nick contra as costelas de um cadáver, gerando uma confusão terrível de entranhas diaceradas, vestes com cheiro de alvejante, suor e sangue.

O próximo barulho que Benji faz não é um guincho. É um lamento que sobe da garganta dele como uma coisa moribunda.

Aqueles ainda são os olhos de Benji. Serafim não tocou neles. Estão um pouco vermelhos, cansados, mas ainda são os olhos dele.

Nick está prestes a fazer uma coisa estúpida.

Ele sussurra: "Seu cabelo tá caindo no rosto".

Benji não o mata.

Tudo o que ele faz é piscar.

Nick ergue o braço e o pressiona contra o peito de Benji, fazendo força suficiente só para afastá-lo. Benji recua, com os olhos arregalados, e Nick consegue se sentar. Os dedos de Benji deixam marcas vermelhas no concreto. Ele é tão pequeno. Tão leve. Um líquido preto escorre do nariz dele, e Nick nem imagina que Benji já não tem mais entranhas para perder.

"Sou eu", repete Nick. "Eu tô aqui, tá tudo bem." Não é mentira. Ele faz uma lista mental de tudo o que eles vão ter de fazer para Benji entrar no banco sem levantar suspeitas. Limpar o sangue do rosto dele. Arranjar umas roupas limpas e uma máscara. Acalmar a tremedeira das mãos dele. Cobrir os braços.

Nick só quer levá-lo para casa.

Se encostarem em Benji, é capaz de ele cair no chão. Nick pega os últimos grampos do bolso, escolhe dois, e prende uma mecha rebelde do cabelo de Benji, tirando-o da testa. É como tentar consertar uma represa com fita adesiva, mas os ombros de Benji despencam e outro ruído triste sobe pela garganta dele. Seus olhos finalmente entram em foco.

"Nick?", pergunta ele em um sussurro.

O CLA perdeu a Vanguarda, mas Nick não perdeu Benji. De forma alguma Nick poderia ter se permitido desistir de Benji. Como pôde sequer ter pensado que seria capaz disso? Meu Deus, qual é o problema dele? Como pôde fazer isso?

"Ei, você", fala Nick. "Pensei que eu tinha te perdido." Mas ainda assim ele sente vontade de chorar. *Obrigado, meu Deus. Obrigado, meu Deus. Obrigado, meu Deus.* Nick não agradecia a Deus por nada havia anos.

BENJAMIN

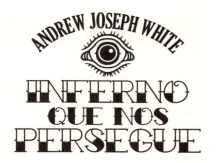

CAPÍTULO 24

> *Pessoas jovens lésbicas, gays, bissexuais, trans, queers e que estejam se questionando costumam enfrentar dificuldades para encontrar uma comunidade. Se é seu desejo construir uma família acolhedora em sua casa ou se você está em busca do apoio de uma família, o Centro LGBTQIA+ de Acheson está aqui para você.*
> — Site oficial do Centro LGBTQIA+ de Acheson

Nick me leva de volta para o banco. É tudo de que eu me lembro.

Ele me dá uma garrafa de água e me faz beber o máximo que consigo. Nick limpa o meu rosto, cobre a minha boca com uma máscara nova e me entrega uma muda de roupas. Estou muito cansado para registrar o constrangimento de ficar só de top e cueca, com a barriga e as coxas cheias de feridas abertas. Nick não fica me olhando. Lembro-me de Jesus e do leproso, e Nick ajuda quando não vira o rosto demonstrando repulsa.

Quando finalmente estou apresentável, com meu corpo dilacerado escondido embaixo das roupas limpas e das ataduras, Nick me ajuda a pular a janela do banco e me senta no chão da sala das copiadoras. Estou tão tonto que acho que vou desmaiar. Preciso dizer alguma coisa, mas por onde começar? *Tomei um monte de decisões muito, muito erradas, e é tudo culpa minha, por favor, não fica bravo? Sou um castigo divino, mas também sou um menino assustado e, meu Deus, por que você me chamaria de amigo?* Cerro o maxilar e tento respirar com a minha língua enorme. Não estou sorvendo ar suficiente. Ou talvez só esteja hiperventilando.

Nick agacha ao meu lado e diz "O que aconteceu...". Não é uma pergunta, porque não precisa ser.

Abro a boca para falar, mas não consigo.

Nick olha em volta por um instante, então, coça aquela pintinha que ele tem embaixo do olho. "Tá tudo bem", garante ele. "Também tenho dificuldade para falar, às vezes." Ele tira o casaco e o coloca ao redor dos meus ombros. "Já volto."

Não quero que vá. Eu estendo a mão para ele, mas Nick a afasta.

"Não vou demorar", repete antes de sair.

O casaco tem o cheiro dele. Tem os cheiros de todo mundo aqui, suor, mofo e fumaça, mas tem o cheiro *dele*. Como se Nick tivesse passado muito tempo em um lugar cheio de naftalina e jornais velhos. Enfio o rosto na manga.

Nick volta com uma sacola de mercado que faz barulho quando ele se mexe.

"Sei que é imaturo da minha parte", diz, sentando-se na minha frente e abrindo a sacola. Está cheia de miçangas de plástico brilhantes de todas as cores do arco-íris e muitas outras. Ele coloca uma caixa grande entre a gente e a abre. "Mas, quando surto, eu faço isso. Ajuda." Da caixa, ele tira um rolo de linha de náilon. "Fiquei feliz que isso não queimou."

Nick tira do bolso o lagarto de miçangas. Aquele com as miçangas amarelas feias e azuis, com marcas de mordida nos dedos.

"Eu te mostro como faz. Se você quiser."

Ele não precisa fazer isso. Nick não precisa fazer nada por mim, não depois do que eu fiz. Nós perdemos a Vanguarda, perdemos tanta gente, o CLA está *arruinado*. Mas Nick pega um pedaço de linha e a corta com os dentes.

"Pega umas miçangas."

Desanimado, escolho algumas miçangas aleatórias — verdes, vermelhas, tanto faz —, mas acabo encontrando algumas que formam as cores da bandeira trans.

Nick balança a cabeça. "Não, escolhe outras cores", pede ele.

Vejo ele cerrando os olhos. Nick pega um lagarto semipronto na sacola, feito de miçangas em tons pastel cor-de-rosa, azul e branco.

"Já tô trabalhando nisso", explica.

Então, escolho umas miçangas com as cores do arco-íris. Ele segura o lagarto para mostrar o que está fazendo.

"Você põe uma miçanga", fala Nick, enfiando uma miçanga vermelha, "e passa a linha assim." Ele me entrega um emaranhado de contas e linha. "Faz mais duas. E não se esquece dos olhos."

Minhas mãos tremem, mas, depois de algumas tentativas, passo para a próxima fileira. No entanto, quando chego aos dedos, fico frustrado, pois não consigo fazê-los direito. Nick me diz para não esticar tanto a linha. Eu não consigo. Sinto uma raiva aninhada no meu peito vazio, porém não é a raiva de Serafim; não é aquela raiva branca e quente que me fez rasgar todas aquelas gargantas e jogar Nick em cima dos cadáveres. É... uma impotência. Nunca desejei isso. Nunca quis ser um Anjo, nunca quis ser o mártir deles. Eu sou um *adolescente*, e tudo o que faço é *estragar tudo*.

O CLÃ estaria melhor se não tivessem me aceitado.

Puxo a linha com tanta força que ela arrebenta. As miçangas caem no chão. Nick suspira. Não consigo olhar para ele. Eu me concentro no carpete cheio de pontinhos coloridos, tonto de calor exausto e desidratado, desesperado para pensar em qualquer outra coisa que não seja ele e o que fiz.

Logo depois, Nick pega a linha arrebentada da minha mão e me dá outra.

"Quer que eu comece de novo pra você?", pergunta.

Balanço a cabeça e recolho as miçangas do chão.

Não importa o que eu pedi ou não. Não tem nada que a gente possa fazer a respeito do que já aconteceu. Fui criado por Anjos. O mundo acabou. Os Anjos entraram na minha cabeça e me transformaram *nisto*. Pode não ser culpa minha, mas é minha responsabilidade. Vou assumir as consequências do que cometi e fazer o que puder para consertar o que não fiz. Se for possível consertar, eu tenho que fazer isso. Se consigo encontrar uma forma de deixar as pessoas em segurança, eu vou fazer isso.

É isso o que significa ser bom.

Dessa vez, quando chego aos dedos do lagarto, já peguei o jeito. Nick termina o lagarto trans e dá um nó na ponta.

"Aqui", fala, me mostrando o lagarto. "Eu te dou se você me disser pra onde estava indo."

"Você sabe negociar." Minhas palavras saem molhadas e roucas, mas ainda dá para reconhecer que são palavras. Tipo como se eu estivesse com uma dor de garganta horrível ou tivesse perdido a voz de tanto gritar.

"Pra onde você estava indo?"

Não posso contar. Deveria, eu *sei*, mas... "Eu saí..."

"Por quê?"

"E isso importa?"

"Sim."

Preciso contar para ele. Preciso contar para todo mundo.

Não posso fazer isso sozinho.

"A gente pode chamar a Erin?", pergunto. "Preciso muito, *muito* contar uma coisa pra vocês."

* * *

O único lugar em que podemos conversar é o telhado do CLA, onde ninguém além dos pássaros pode testemunhar quando eu inevitavelmente começar a pirar. As laterais do prédio estão cheias de cinzas. A pessoa de guarda no turno da noite foi liberada para descansar. Nossas pegadas deixam marcas de fuligem no cascalho. A lua está alta no céu. Erin está com o cabelo preso no alto da cabeça, com um lenço de seda, e eu ainda estou vestindo o casaco de Nick.

A cidade é bonita. Olho para ela em vez de encarar Erin e Nick na minha frente, bem próximos e me observando.

Já estive aqui em cima com Nick, mas a situação é bem diferente agora. A cidade está vazia, imóvel. Totalmente silenciosa, completamente morta. Vão se passar décadas até este mundo começar a desmoronar, vai demorar séculos para cair, eras para que a Terra comece a engolir cada pedacinho dele, apagando qualquer vestígio nosso do universo.

"Você tá bem?", pergunta Erin. "Eu não..." Ela gesticula, apontando para o meu rosto. "Porque eu sabia que não... Eu não..."

Eu digo: "Fodi tudo".

Erin dá uma risadinha. "O quê?" Ela olha para Nick, que não diz nada, e volta a olhar para mim. "Se você tá falando do Dilúvio, a gente pode pensar no que fazer. Se você quiser contar pra todo mundo, nós podemos contar. As pessoas vão aceitar, eu prometo. Não vai acontecer nada ruim."

Meu Deus, eu preciso *contar para todo mundo*. "Não é isso. Andei mentindo pra vocês."

Tudo sai de uma vez.

Minha voz é alta e desesperada. As palavras saem de mim aos tropeços, como orações, como se eu estivesse implorando, ou talvez rezar e implorar sejam a mesma coisa. Não deixo nada de fora. Conto que encontrei Theo na Reformada e que fiquei muito feliz por ver meu noivo de novo. Falo da comida e das máscaras que roubei para ele. Digo que voltei para ele. Que senti muito medo quando ele me pediu para ficar. Falo de quando me dei conta de que Theo levou os Anjos até o CLA, e que foi culpa minha.

Minha culpa. Tudo aconteceu por minha culpa.

Eu paro, com os olhos queimando. Erin segura a barriga como se fosse vomitar. Nick só olha. Ele não faz mais nada, só olha. Eu odeio isso. O silêncio dói como uma ferida aberta tomada por tudo o que esta cidade comporta: os murmúrios baixos no banco; o uivo de cães selvagens; um disparo a distância, bem longe. Todos os menores sinais que nos deixam cientes de que não somos as únicas pessoas sobreviventes.

Erin e Nick deviam estar fazendo alguma coisa, *qualquer coisa*. Podiam ir embora, gritar comigo, me arrastar até a lateral do prédio e me jogar daqui de cima. Podiam fazer qualquer coisa e eu entenderia. Qualquer coisa além de ficar aqui sem reação.

Um choro horrível sobe pela minha garganta, baixo e patético, feito o ganido de um cão que levou um chute.

"Sei que deveria pedir desculpas", digo, triste, "mas isso não vai consertar as coisas. Não tem nada que eu possa fazer pra resolver, mas quero *fazer* alguma coisa. E é por isso que queria falar com vocês. Porque confio em vocês e, se alguém pode me dizer o que fazer, são vocês."

Nada. Ah, meu Deus, Erin e Nick não estão dizendo nada. James 5:16 — *Confessai as vossas culpas uns aos outros, e orai uns pelos outros, para que possais ser curados.* Não me sinto curado. Não sinto nada, só um vazio.

Erin começa a falar.

"Ah, meu Deus", diz ela. "Benji."

Eu sussurro: "Eu sei".

"Tipo, você tá certo", continua ela. "Pedir desculpas não vai mudar nada. Mas ainda preciso ouvir isso de você, entende?"

O pedido não quer sair. Enterro os pés no cascalho do telhado e forço o pedido de desculpas a sair como forcei aquele pedaço de carne para fora da garganta. "Desculpa."

"Valeu." Erin não diz que está tudo bem, porque não está. Quero virar o rosto, mas preciso encarar o que fiz. "Eu não... não sei mais o que dizer. É..."

"É muita coisa", concluo por ela.

"Sim."

Nick pega o caderno dele, o mesmo da sala de reuniões, e tira uma caneta do bolso.

Ele começa a escrever.

"Como você sabe que foi o Theodore?", pergunta, sem erguer os olhos.

"Eu tinha saído pra falar com ele. Tinha quase certeza, mas..." Como se eu não tivesse saído daqui para fazer Theo em pedacinhos. "Por quê?"

"Porque *eu* tenho certeza que foi ele." Nick amassa uma folha e a atira ao chão. "Aquele filho da puta."

"Você o conhece?"

"Muito bem." É claro que sim. É impossível que soldados da mesma idade não se conheçam. "Eu tenho uma ideia, mas preciso que você confie em mim. Você confia?"

"Sim." Não preciso parar para pensar nisso nem por um segundo. "Só me diz o que fazer."

"Se Nova Nazaré te quer tanto", fala Nick, "a ponto de virem até aqui e arriscar um esquadrão inteiro pra te levar de volta, então, nós vamos dar para Nova Nazaré o que Nova Nazaré quer." Ele apoia a caneta no papel. "E vamos fazer eles se arrependerem."

Erin olha para o caderno por cima do ombro de Nick. Os olhos dela brilham. "*Seu filho da mãe.*"

No meio da noite, sob a luz da lua e das estrelas, nós bolamos o plano.

Vou me jogar nos braços dos Anjos. Vou me redimir, vou persuadir os Anjos e virar as Graças contra eles, com tudo. Vou arrancar a salvação das mãos deles porque, para os Anjos, é isso o que significa sofrer. O *bem* de que o mundo precisa agora é feito de dentes, garras e sede de sangue.

Vou acabar com eles, e *eu serei* a vingança de Deus, eu serei a vingança de Deus, *eu serei.*

E a Vigília vai me tirar disso vivo. São as únicas pessoas em quem posso confiar para fazer isso.

Acheson, Pensilvânia, vai ser livre. A gente não vai precisar da Vanguarda. Não teremos mais do que fugir. A cidade vai ser nossa, e vamos sobreviver ao verão quando não tivermos mais que nos esconder feito ratos.

"A redenção vai ser feita na beira do rio", digo, apontando para a parte oeste do mapa tosco que Nick desenhou de Nova Nazaré, bem nos limites do território dos Anjos. "Deve acontecer no segundo dia, porque, com certeza, vou ser preso na primeira oportunidade." Conheço a minha mãe. Sei o que vão fazer comigo — mas preciso passar por isso para o plano dar certo. "Dá pra fazer alguma coisa com isso?"

Nick aperta os olhos. "Acho que sim. Fica bem perto da rua. Podemos nos posicionar ali e tirar você de lá o mais rápido possível."

Eu vou fazer dar certo. Vou consertar as coisas. O CLA vai ficar em segurança, e os Anjos nunca mais vão machucar a gente.

Tudo o que preciso fazer é entrar direto na boca do Inferno.

CAPÍTULO 25

> *Não temam. Tenham fé.*
> *O bem será feito.*
> — *A Verdade* segundo o alto reverendo
> padre Ian Clevenger

"Você tá ocupando todo esse espaço na mochila com uma garrafa de..." Fé aperta os olhos. "Que é isso?"

"Brunello", responde Cormac, como se estivesse ofendido pelo fato de Fé não ter reconhecido a garrafa. "Um clássico vintage, de 2019."

"Isso aí é só um *vinho velho de merda*, seu nerd", diz Aisha. "Deixa eu ver."

"Não mesmo. Isso aqui custou 400 dólares."

Salvador, sentade no carpete, levanta a mão.

"Eu acho que estamos numa situação em que comer gente rica não é apenas permitido, mas aceitável, um lance recomendado mesmo, como parte de uma dieta completa. Vitaminas e minerais essenciais, vocês sabem."

"Minha família não era rica", diz Cormac.

"Você tem uma garrafa de suco de uva de 400 dólares. Dá vontade de te matar."

Cormac torce o nariz.

"Eu odeio vocês. Vão querer beber ou não?"

Todas as pessoas da Vigília, menos Nick, se reúnem em um canto nos fundos do banco no fim da tarde. A luz do sol entra pelas janelas altas e empoeiradas, tingindo o carpete de dourado e deixando tudo meio quente demais. Nossa exaustão penetra nas paredes, pesa em nossos olhos quando tentamos rir, fingindo que não temos medo dos Anjos, da fome e do verão. Fingindo que não temos medo de tudo agora.

Quero contar para as pessoas que existe um plano. Que elas vão ficar bem, que todo mundo vai ficar bem. Quero tirar os olhares sofridos do rosto delas, os olhares que estão ali por trás das máscaras mesmo quando as pessoas fingem que estão sorrindo. Os olhares das pessoas que estão se dando conta de que, em um mês, talvez, vai estar todo mundo morto e que não tem muito o que a gente possa fazer a respeito disso.

Mas ainda preciso passar um tempo com a Vigília antes de tudo mudar.

"Achei que você estivesse guardando pra uma ocasião especial", comenta Aisha.

Cormac olha para a garrafa, para o vidro escuro tão bonito com um rótulo em letras douradas. "Eu estava. Mas a garrafa quase queimou com o resto das minhas coisas, e o vinho vira vinagre se a gente esquenta." Cormac pega a faca e a usa para arrancar a rolha. "E, vocês sabem, tá todo mundo fodido! Então, é melhor encher a cara. Vocês deviam me agradecer."

Ele bebe no gargalo e, relutante, passa a garrafa para Fé, que dá uma golada. Aisha e Salvador tiram sarro dela. Cormac resmunga, dizendo que a gente tem que degustar uma bebida como essa, mesmo que o vinho não esteja tão bom. Aisha faz um showzinho dando um gole de um jeito todo fresco com o dedinho levantado e Salvador dá um jeito de beber sem tirar a cabeça do chão.

Ile bate a garrafa na minha perna. "Ei, coisinha. Vai um gole?"

Eu balanço a cabeça. Teria que baixar a máscara e, além disso, nunca tomei bebida alcoólica antes. E esse não parece um bom momento para começar. "Eu tô bem."

Cormac torce o nariz.

"Cara, sua voz tá horrível."

"Realmente", concorda Aisha. "Tá tudo bem mesmo?"

Tento forçar um sorriso, mas, quando ele alcança os meus olhos, percebo que não estou fingindo. Essas pessoas são minhas amigas. Não preciso fingir na frente delas.

"Eu tô bem", repito. "Só tentando não pensar em tudo."

"Nem me fale", diz Aisha. Ela pega minha mão e a vira. Por sorte, as bolhas de queimadura disfarçam a descoloração crescente dos meus dedos, e meus braços estão *bem* escondidos. "Se você quiser se distrair um pouco, faz tempo que eu ando querendo fazer as unhas de alguém. Não precisa ser muito feminino, se você não quiser. Só preciso de uma cobaia."

"Eu quero fazer as unhas", resmunga Salvador.

"O convite só vale pro Benji. *Ele* não roubou minha saia favorita no verão passado." Encosto a cabeça no ombro de Aisha e lanço um olhar provocativo para Salvador. Ile faz bico. "E Benji não toma café, então, ele precisa de alguma coisa boa na vida dele."

"É, como se um cara fosse querer fazer a unha", diz Cormac, me livrando de ter que recusar a oferta de Aisha. Logo, eu não vou ter mais unhas. "Aprende a fazer *handpoke*. Tatuagem é bem mais legal."

Salvador pega uma garrafa de água vazia na mochila e põe um pouco de vinho dentro dela. Cormac zomba dele. "Aqui", fala ile, colocando a garrafa na minha mão. "Pra mais tarde. Se é que você vai beber, né, seu fresco."

Pego a garrafa com cuidado. Quando ela balança, o vinho deixa marcas roxas no plástico fino.

Ah, a amizade.

"Valeu", respondo.

"Tranquilo. E vai dormir um pouco, descansar, sei lá."

"Acho que tenho algumas pastilhas pra garganta", comenta Fé. "Se não estiverem vencidas ainda."

Eu choraria se conseguisse, então, meu corpo chega o mais perto possível disso, meus olhos ardem e meu peito está apertado. Dou risada, como se eu pudesse esconder a vontade de chorar. "Eu tô bem. De verdade. Ei, sua boca tá manchada de vinho... não, ali, espera... deixa eu limpar."

Fico sentado com a garrafa entre os joelhos enquanto o restante das pessoas conversa, se provocando e rindo, tão próximas em um lugar como este. Alex aparece e pega a garrafa da mão de Cormac, fazendo cara feia quando sente o gosto do vinho na língua. Sadaf aparece e dá um beijo no topo da cabeça de Aisha. Salvador oferece um gole para ela e começa a gaguejar de um modo estranho quando Sadaf o lembra de que ela é muçulmana.

"Além disso", diz ela, encostando a bochecha na têmpora de Aisha, "isso é nojento."

Ouvimos uma batida na parede atrás da gente. Todo mundo olha, sentindo meio que uma culpa, como se tivessem nos pegado fugindo do trabalho. Mas é só o Nick, calmo e quieto como sempre. Não sei como ele consegue fazer isso... ficar tão tranquilo quando o mundo desaba ao seu redor.

"Ei", cumprimenta Salvador, erguendo a garrafa. "Quer um gole?"

"Não", diz Nick. "Benji, a gente pode conversar?"

Certo. Está acontecendo. Talvez eu possa convencer Nick a esperar — a me deixar ficar um pouco mais aqui —, mas isso seria egoísta da minha parte. Todo mundo me olha, com expressões confusas por trás das máscaras.

"Foi mal, gente", digo. "Tenho que ir."

"Espera." Cormac pega a garrafa da minha mão e depois pega o vinho que está na mão de Salvador. Ele enche um pouco mais a minha garrafa e a joga para mim, murmurando alguma coisa que entendo como um *ieba* bem baixinho. "Se você não for beber, pelo menos, dá pra alguém que vai."

Depois que — se — eu sobreviver a isso, se essas pessoas ainda estiverem aqui, nunca mais vou ficar longe delas.

* * *

Nos encontramos na sala de copiadoras. Apoio a garrafa de plástico cheia de vinho em cima do fax porque minhas mãos estão tremendo e não quero fazer bagunça.

Nick diz: "Erin já vem. Ela está com Micah".

"Tá. Beleza." Eu tiro a máscara e a guardo no bolso de trás. Minha língua se contorce na garganta, e eu limpo a podridão do queixo. "Erin e Micah são uma graça juntos."

Nick pega o vinho, cheira e bebe um gole, cauteloso. Ele está com a máscara no queixo, expondo as bochechas fofinhas de adolescente e o nariz fino, os olhos cansados e o maxilar forte. As coisas que sempre me fazem dizer para mim mesmo que fui prometido e sempre serei.

Mas isso não importa mais, né? Depois do que Theo fez!

Engraçado como pensei em voltar com o Theo depois de ele ter me machucado, mas, como agora ele machucou pessoas de quem gosto, o cara está morto para mim. Se ao menos eu tivesse visto isso antes...

"Você bebeu isso?", pergunta Nick, segurando a garrafa contra a luz.

"Não", respondo. "Pode beber se quiser."

"Beleza. Vamos trocar."

Em troca, Nick me dá o lagarto de miçangas trans que ele terminou ontem à noite. Eu o seguro, admirando o rosa-claro, o azul-bebê e o branco. Tudo o que consigo dizer é um "valeu", embora quisesse ter dito: *É a primeira vez que eu seguro uma coisa com as minhas cores.*

Por algum motivo, uma risada sobe pelo meu peito. Com a minha boca arruinada, não se parece muito com uma risada, mas Nick parece entender que sim, porque ele franze a testa e pergunta: "Que foi?".

"Nada, eu só..."

Vou falar. Vou falar em voz alta. Foda-se o meu noivado, foda-se o Theo, foda-se tudo.

"Eu estava pensando em te dar um beijo."

Nick diz devagar: "Por quê?".

Por quê? Porque ele é lindo, porque nós passamos por coisas que me fazem sentir como se eu o conhecesse desde sempre, porque ele é a coisa mais estável na minha vida agora. Porque, pela primeira vez na minha vida, eu quero uma coisa *boa*. Porque a ideia de deixar Nick me dá muito mais medo do que senti quando pensei em deixar o Theo, e isso deve significar alguma coisa, certo?

"Porque eu quero", respondo.

A garganta de Nick treme. "Não acho que..."

"Mas sei que não daria certo porque... olha pra mim, né? E você não gosta de ser tocado. Eu respeito isso. E beijar é um lance bem estranho se a gente parar pra pensar nisso. Só achei que você deveria saber como me sentia antes de tudo acontecer. Caso a gente não se veja de novo."

Ele não me olha nos olhos.

Eu devia ter ficado de boca fechada.

"Deixei o clima esquisito, né?", digo.

"Não gosto de beijar", explica Nick.

Eu parti do ângulo errado. Nick está focando o beijo, e não todo o resto. Não aquilo que eu realmente precisava dizer. "Nick, eu usei o beijo pra dizer outra coisa. Quis dizer que gosto de você."

"Ah", diz Nick. E então: "*Oh*". E então: "Não sei por que você..." e alguns outros comentários hesitantes e pouco convincentes que fazem uma dor crescer no meu peito até ele finalmente dizer: "Não sei como isso funciona".

Eu balanço a cabeça. "Tudo bem. A gente não precisa falar disso."

"Não." Ele dá um passo para trás e põe a mão na nuca como se estivesse tentando libertar seus pensamentos. Então, ele diz: "Não sei dizer se gosto de alguém. Não sei como isso funciona, e não quero fazer merda. Não sei por que você gosta de mim, não entendo. Não tem regras pra isso. Fico com medo".

Nunca pensei que Nick pudesse ter medo de alguma coisa.

"Sério?", pergunto.

"Não quero fazer merda. As pessoas ficam magoadas quando eu faço merda."

"Nick, isso não..."

"Salvador quase morreu por minha causa", interrompe ele. "Porque eu cometi um erro. Porque estava errado a respeito de uma coisa." Eu me lembro das cicatrizes dile — no rosto todo, a pele deformada, dolorida —, e a tristeza na voz de Nick é suficiente para responder a qualquer pergunta que eu poderia fazer sobre as feridas antigas de Salvador. "Então, não. Não diz isso."

Eu engulo em seco. "Sou forte o suficiente pra lidar com isso. Prometo."

"Mas e se eu perder você?"

Agora estou entendendo o lado dele. Ah. *Ah*. Se ele me perder. Se eu perder Nick. E se tudo der muito errado e a gente acabar com balas metidas na cabeça, os Anjos pisando nos nossos corpos? E se tudo der *certo*, mas eu me transformar em um monstro que não merece receber amor? E se a gente estiver fazendo tudo isso para nada?

"Olha, se eu voltar, a gente vê o que faz", digo. "Quando a gente não precisar se preocupar com tudo isso mais."

"Certo", concorda ele. "Certo!" Então, Nick me puxa para perto dele. Tão perto que nossas testas se tocam. Tão perto que nossos narizes se tocam e a respiração dele esquenta minha bochecha. Meu Deus, ele é tão *quente*.

Esta é a última vez que estarei seguro, mas eu poderia ficar aqui para sempre. Estou morrendo de medo. Eu poderia ficar aqui por toda a eternidade se o mundo me deixasse.

"Quando", fala Nick. "Quando você voltar."

Quando eu voltar, nós poderemos falar sobre a gente. Poderemos encarar seja lá o que isso for. Poderemos ver o que fazer.

Quando eu voltar.

"Certo."

"Você tá pronto?", pergunta ele.

"Porra, não."

"Ninguém em sã consciência estaria. Aqui." Nick tira um pedaço de papel do bolso dele e o coloca no meu. "Promete que só vai ler depois."

Eu me pergunto se são as desculpas dele de novo. "Prometo."

A porta se abre, e nós nos afastamos. O ar parado circula no espaço entre a gente. Tenho que evitar a vontade de puxar Nick para perto de mim, porque tudo parece muito vazio sem ele.

Erin entra na sala, com as bochechas ruborizadas e os olhos arregalados. "Beleza", diz ela. "É agora ou nunca."

Nick me mostra um sorriso envergonhado e perfeito antes de colocar a máscara. Eu sorrio de volta, da melhor forma que posso, e saio para o corredor.

Nós três vamos na direção do saguão. O corredor parece infinito. Minha máscara está abaixada. As mangas estão enroladas. O que sobrou do meu coração bate na garganta. *Santo, santo, santo.*

Chegamos ao saguão.

João 8:32.

A verdade vos libertará.

"Hã", gaguejo. "E aí, gente." As pessoas se viram, meio confusas quando ouvem alguém elevando a voz no silêncio. Então, elas percebem o que estão vendo, todas ao mesmo tempo, e o silêncio é arrebatador. "Oi de novo."

* * *

Não é suficiente. Todo o planejamento do mundo, toda a segurança de Erin e o controle de Nick não são suficientes.

O silêncio se prolonga muito. As pessoas estão me encarando. O terror se alojou em meus pulmões. O silêncio dura tempo suficiente para eu me perguntar se Serafim não está me pregando alguma peça além das penas na minha visão periférica e do dente enterrado no pátio. O silêncio congelou este momento e está me forçando a absorver tudo, a reconhecer o medo nos olhos dessas pessoas, minhas amigas. Cormac estende a mão para pegar uma arma que não está mais ao lado dele. Aisha está com as costas pressionadas contra a parede, tremendo.

Eu prometi que seria bom. Devia ter imaginado que isso não seria suficiente.

Só quando Carly solta um gemido alto é que me dou conta de que não é Serafim. É só a gente, ou o que sobrou de nós, só pessoas morrendo de medo umas das outras. Nick põe a mão no meu ombro e aperta. Consigo sentir a tensão dos dedos dele, como se ele estivesse apostando todas as fichas nesse toque.

"Calma", pede Nick. Não sei se ele está falando comigo ou com as outras pessoas. "Tá tudo bem, Benji, vai em frente."

Não sei o que dizer. O que tenho para dizer, afinal?

"Eu, hã..." Sou um monstro que caminha entre as pessoas vivas, um menino feito de carne crua e podre. "Bom, esse sou eu."

Sadaf me salva.

Ela se levanta do chão e corre em minha direção, a saia ondula formando uma nuvem de tom pastel. Aisha tenta agarrá-la, e então Fé, mas Sadaf escorrega entre os dedos delas e para a centímetros de distância de mim. Entre as suas mãos macias, ela segura o que sobrou das minhas bochechas. Os olhos dela *brilham*.

"Eu sabia!", grita Sadaf em triunfo. "Sabia que tinha alguma coisa rolando! Não achei que podia ser o Dilúvio, já que o vírus estava devagar demais, mas sabia que tinha alguma coisa... Ah, você é contagioso?" Eu balanço a cabeça. "Não achei que fosse. Você não iria colocar todo mundo em risco assim." Meu peito treme e dói. Ela nem faz ideia. "Sarmat, Aisha, venham ver!"

E isso quebra o encantamento do medo. As pessoas vêm até mim, uma por uma, aos poucos. Fé sussurra: "Dói?". Salvador me abraça e me ergue do chão dizendo: "Seu filho da mãe!". Erin encosta na parede, suspirando de alívio. Nick sorri olhando para os tênis. Os dedos dele ainda estão batendo, *tip tip tip*, mas vejo uma felicidade nisso que nunca vi antes.

"Então", fala Alex, me observando desconfiade ao lado do rádio. "Por que você tá contando pra gente só agora? O que aconteceu?"

"Eu... hã." Sadaf se inclina para ver como a minha boca funciona quando falo. "Tô me transformando em uma abominação. Em uma Graça. Eu... cresci em Nova Nazaré. Eu era um Anjo." Os olhos de Cormac se voltam para Nick, mas ele não faz nada. Algumas pessoas viram o rosto, como se não suportassem olhar para mim enquanto falo. Como se eu fosse algo com o que elas têm de se reconciliar agora. "Eu fugi, mas, antes, os Anjos me infectaram com uma cepa especial do Dilúvio chamada Serafim. Daí, hã, eu consigo controlar outras Graças, falar com elas, pedir ajuda pra elas. Então, Serafim é muito, muito importante pros Anjos. E eles vão destruir a cidade inteira pra me pegar."

Dou um suspiro profundo. Um suspiro demorado e lento.

"Então, vou voltar pra Nova Nazaré", explico, "e, se vocês me aceitarem, se vocês me ajudarem, vou queimar aquele lugar todinho."

Silêncio.

Olha para essas pessoas, o silêncio diz, *elas não vão te aceitar. Você estava errado.*

Mas o sorriso de Sadaf ainda brilha nos olhos dela. Aisha fica em pé, cambaleando, e põe as duas mãos na própria máscara. Salvador começa a rir, e isso, sim, é contagioso. Cormac põe a mão no meu ombro e Fé me puxa para me dar um abraço. Eu não estou sozinho, eu não estou sozinho.

"Parece que a gente não consegue se livrar de você assim tão fácil", diz Alex, suspirando.

Eu vou ser bom. Vou fazer aqueles malditos Anjos sofrerem.

THEODORE

CAPÍTULO 26

Você acredita em Deus?
— Acredito, para, por favor, eu tô sangrando muito.

Theo reza aos pés do ninho, e as palavras saem apodrecidas dele; são menos *palavras* e mais ácido estomacal, ou seja, é lá que a coisa terrível está tentando subir à força. O vírus criou raízes em seus órgãos, enchendo-os de vermes e comendo Theo vivo. Não importa o quanto force, Theo simplesmente não consegue *expelir* suas partes podres.

Ele estragou tudo. Como sempre.

Muitas pessoas foram sacrificadas para os Anjos conseguirem Benji de volta. O Esquadrão Arrebatamento, eliminado pelos hereges dias atrás; o Esquadrão Domínio, que não voltou de sua caçada e provavelmente nunca voltará; o Esquadrão Crucifixo, que a irmã Kipling diz que pode estar por aí, mas não faz sentido ter esperanças. As crianças, o clero e todo mundo naquele dia na Reformada. E tudo para quê? Para Theo *falhar*? Como *sempre*?

Theo pressiona o rosto nas palmas de suas mãos sujas e rasgadas. Ele vai ter sorte se a punição for apenas uma execução nos campos de abate. Ele vai ser pendurado no portão. Vai sufocar com os próprios intestinos. Ou talvez seu pai o afogue no rio como se ele fosse uma criança recém-nascida indesejada, segurando a cabeça dele embaixo da água até seus pulmões inundarem e ele lentamente, lentamente, parar de resistir.

Era para ter sido maravilhoso. Não, mais que maravilhoso. Perfeito. Ele passou tanto tempo rezando por isso — por uma chance de ter Benji, seu pai, sua dignidade de volta — e suas preces foram atendidas, a chance finalmente estava nas mãos dele, brilhando feito uma estrela arrancada do Céu só para ele. Nas próprias palavras da irmã Kipling: *Precisamos da sua ajuda.*

E ele estragou tudo.

Ele tem que fazer dar certo. Não há outra escolha. A madre reverenda Woodside garantiu que ele soubesse disso, seu pai garantiu, todos os membros dos esquadrões da morte garantiram que ele *soubesse* disso.

Cumpra a ordem ou morra.

"Ó Senhor", começa ele de novo, porque tem que conseguir, ele tem que conseguir, "meu coração apodrece em pecado. O pecado está em todas as minhas células, e nenhuma parte minha é boa. Mas o Senhor ainda me ama." Theo tem que continuar dizendo isso para não se esquecer. É tão fácil esquecer-se. "Fui indigno de Sua glória infinita, mas o Senhor ainda está aqui. Lavo minha alma com o sangue do Cordeiro e Te peço, ó Deus, que me preencha com o Teu espírito e me conduza no caminho certo. Por Jesus Cristo, eu rogo."

Quando as orações começam a se esvair, os últimos resquícios de bile nos lábios de um homem doente, finalmente, *finalmente*, Theo limpa o queixo e encara a Igreja Evangélica da Fé Reformada.

O Esquadrão Redenção está destruído. Com dois esquadrões desaparecidos em tão poucos dias, eles chegaram ontem à noite por ordem da madre reverenda Woodside, e agora os soldados andam por aí feito animais encurralados. Eles se atacam, retribuindo insultos imaginários. Algumas horas atrás, alguém sacou uma faca por causa de um cigarro roubado. As vestes brancas de todos refletem em tons suaves a luz colorida que atravessa os vitrais, e a beleza dessa imagem faz Theo prender a respiração por um segundo — os Anjos e suas vestes, a glória de Deus e tudo o mais —, mas um dos soldados percebe que Theo terminou de rezar e o empurra contra o altar. O ninho de Graças atrás deles solta um som agudo, dezenas de bocas lamentando em uníssono.

"Não olha pra mim, seu *merda*", sibila o soldado. O irmão Husock tem quase duas vezes o tamanho de Theo e quase o dobro de sua idade dele; ele é um motorista de caminhão que encontrou Deus algumas semanas antes do Dia do Juízo Final.

"Eu não estava olhando", resmunga Theo, mas para, pois, se Deus acha correto puni-lo dessa forma, então, ele tem que ficar de boca fechada e aceitar. Foi ele quem deixou Benji sair da igreja. É por causa dele que o Paraíso se afasta cada vez mais.

Perdoe minhas ofensas imperdoáveis. Purifica-me da injustiça.

Benji poderia salvar os Anjos. Benji poderia fazer o mundo voltar a ser perfeito. Só então os Anjos poderiam voltar para casa, para os braços de Deus. Sem Benji, não há nada além de uma existência longa e sofrida neste mundo — e o inferno no próximo.

Cumpra a ordem ou morra. Ele vai ter que enfrentar as chamas. Todos os Anjos vão queimar. A ira de Deus virá para acabar com tudo agora e para sempre.

"Irmão Husock. Por favor."

A gentileza da voz perturba Theo por um instante. Todos os membros do Redenção se viram para ver a irmã Kipling emergindo dos fundos da igreja, a faixa dourada das vestes dela brilha ao sol. Todas as bocas se calam, todas as cabeças se curvam em reverência, pois há uma santa entre eles.

A criadora do Dilúvio. A madrinha de Serafim. A ferreira da espada de Deus.

"Não precisamos disso", diz ela.

"Claro, irmã", concorda o irmão Husock, com os olhos baixos. Com o mais gentil dos sorrisos, a irmã Kipling estende a mão, que tem uma cruz entalhada nas costas. Theo se aproxima dela o mais rápido que pode. É patético, mas ele não consegue se conter.

A irmã Kipling faz Theo sentar-se em um dos bancos mais afastados e desaba ao lado dele, observando o Esquadrão Redenção voltar para a sua rotina, marchando de um lado a outro, conferindo as armas e olhando, hesitantes, para a porta destruída da igreja.

"Você precisa dar um tempo para eles", aconselha a irmã Kipling. A voz dela não é mais alta que um suspiro; seus olhos não focam nada em particular, mirando milhares de metros ao longe. "A vontade de Deus encontra um caminho."

A irmã Kipling faz Theo se lembrar da própria mãe. Os mesmos cabelos dourados, a mesma expressão inteligente. A única diferença é que, olhando para ela, Theo se pergunta se a irmã Kipling evita a luz do sol de propósito ou se sua pele, cinzenta como a de um carniceiro, é uma coincidência.

"Eu sei", responde Theo. Ele sempre soube. Viu a mãe abandonar a família para consertar o mundo, sabendo que ela não voltaria nunca mais. Ela e o padre Clevenger foram até o coração das pessoas descrentes, espalharam o Dilúvio e aceitaram a morte para fazer o que precisava ser feito. Theo também sempre aceitou a morte — mas ele tinha muito o que fazer *antes* desse dia. E Benji sempre fez parte dos planos dele.

O ponto é que Benji tem as prioridades erradas. Ele põe as pessoas em primeiro lugar. É fofo, mas isso o enfraquece. Theo põe os Anjos, a retidão, *Deus* em primeiro lugar. Ele sempre fez isso. Ele sempre...

Theo enterra os dedos na cabeça. Nem isso conseguiu fazer direito. Ele ama Benji. Eles foram destinados a salvar o mundo juntos. E, de alguma forma, os dois conseguiram estragar tudo.

Theo diz: "É meu trabalho cumprir a ordem".

"Theodore", murmura a irmã Kipling.

"É meu trabalho." É *dever* dele consertar as coisas. E ele vai fazer isso. E, quando fizer, vai ter Benji de volta ao seu lado, seu pai vai olhá-lo nos olhos, e os esquadrões da morte vão perceber o erro que cometeram quando o expulsaram. Vai dar certo. Tem que dar certo. Deus é bom. "Ele vai voltar. Ele disse que voltaria. Posso falar com ele, tentar mostrar que é perigoso demais aqui fora, que é melhor voltar pra casa..."

Outro soldado, irmão Rowland, levanta a cabeça. "Não temos mais tempo."

"Nós sempre temos tempo", retruca Theo, pois é algo que a mãe dele sempre disse.

"Foda-se." O irmão Rowland coloca um cigarro entre os lábios e risca um fósforo. "A gente devia cortar as pernas dela fora e acabar logo com isso. Quero ver ela tentar correr *assim*."

Como ele ousa? Esse linguajar em um lugar sagrado. "Não é assim que se trata um guerreiro de Deus!"

"Aquela putinha fodeu com tudo!" A voz do irmão Rowland ecoa pelo átrio. A irmã Kipling olha para o nada e não diz uma palavra. "Não vou morrer queimado porque você não consegue pôr uma herege no lugar dela!"

BAM.

Alguma coisa atinge o que sobrou da porta da frente.

O irmão Rowland deixa o cigarro cair. Theo quase se engasga com o coração subindo pela garganta. O som ecoa, *bam-bam-bam*, batendo nas vigas e penetrando fundo na cavidade do peito dele.

Uma pessoa entra no santuário. Emoldurada pela luz do sol. Os cabelos cor de cobre, uma auréola.

Theo o reconhece de imediato e, quando o nome dele o atinge feito uma oração, é a primeira vez que ele sente a doçura desse nome em dias.

Ele sussurra: "Benji?".

Benji desaba no chão.

Theo se levanta aos tropeços, esbarrando nos outros bancos. *Benji.* O que aconteceu com ele? Parece que seu rosto foi passado em um triturador. Suas roupas estão rasgadas, seus braços, cobertos de bolhas.

Theo cai de joelhos diante dele. "Benji", repete. "Benji, olha pra mim." Ele pega aquele menino tão pequeno no colo, abraçando-o em seu peito, pressionando o rosto contra a carne dilacerada da bochecha dele. "Eu tô aqui. O que aconteceu? Você tá bem?"

"As pessoas..." Benji se engasga. A voz dele está horrível. Theo nem pode acreditar no que o Dilúvio e Serafim fizeram com ele. A irmã Kipling vai ficar tão orgulhosa, a madre Woodside vai ficar tão orgulhosa, seu pai vai ficar tão *orgulhoso*.

Benji voltou para ele.

"As pessoas descobriram." Benji está soluçando sem derramar nenhuma lágrima; as palavras saem dele em um nó dolorido. O ninho uiva. "Descobriram Serafim. Elas me odeiam."

"Ah, Ben", murmura Theo. Ele sabia que isso ia acontecer em algum momento, mas não diz nada. Em uma boa relação, não é necessário dizer coisas mesquinhas como *Eu sabia*. Benji perceberia que Theo tinha razão por si mesmo e, então, os dois poderiam conversar a respeito.

Fraco, com a voz tão baixa que Theo mal consegue ouvir, Benji diz: "Eu quero ir pra casa".

Theo ficaria ali abraçando Benji para sempre se pudesse. Os Anjos estão salvos, e todo mundo na Igreja Evangélica da Fé Reformada pode sentir isso.

"Eu também", diz Theo. *Graças a Deus, graças a Deus, graças a Deus.* "Vamos pra casa."

CAPÍTULO 27

*E assim adentrarei à presença do rei...
e se eu perecer, pereço eu.*
— **Ester 4:16**

Antes de eu ir para a Igreja Evangélica da Fé Reformada, Nick me disse que 99% de uma mentira depende de você saber o que a outra pessoa quer ouvir. Ele disse que os Anjos sempre fizeram isso, e eu ri, porque, de outra forma, seria doloroso demais reconhecer. O 1% restante depende de manter a sua história, e, se você já leu a Bíblia de cabo a rabo, fica claro que os Anjos não se importam nem um pouco com isso, então, é só enfiar neles um monte de besteiras goela abaixo e deixar que se engasguem com elas.

Se Theo quer ouvir de mim que eu fui expulso do CLÃ, então, é isso o que eu vou dizer. Vou dizer que quero voltar para Nova Nazaré. Vou dizer qualquer coisa para ele.

Mas eu não consigo mais chamar este lugar de casa.

Faz um mês desde a última vez que vi Nova Nazaré, e o lugar é a boca do inferno. Soldados dos esquadrões da morte estão a postos no portão, suas Graças, arfando e tossindo. Alguns *snipers* estão à espreita por trás de rolos de arame farpado em cima do muro, outros ficam de olho na rua, escondidos nas sombras das escadas. Corpos de pessoas descrentes estão pendurados no portão em vários estágios de decomposição. Entre os corpos, letras gigantes gritam DEUS É AMOR. ARREPENDAM-SE, PECADORES. CHEGOU A HORA. CREIAM EM DEUS E VOCÊS SERÃO SALVOS. Moscas zunem em uma nuvem incessante, e, quando o vento bate, eu sinto o cheiro.

E ouço também; a multidão no outro lado do portão. Deve ter se espalhado a notícia de que o salvador delas estava voltando para casa. Um oceano de corpos se debate nas ripas estreitas do portão, pessoas desesperadas por uma visão, um toque, um sussurro, qualquer coisa. Um reverendo do outro lado ora: "Todos os nossos problemas são justificados. Nossas dores, nossos fardos, fazem parte do plano Dele". As pessoas erguem os braços, batem o punho no peito. "Nossas aflições nos moldam para enxergarmos a verdade Dele. Para que possamos trabalhar, lutar — e nós trabalhamos e lutamos, e hoje, hoje, nosso sofrimento dará frutos."

Minha carne é um figo único e perfeito presenteado por Deus, destinado a alimentar todas as pessoas famintas. Sou o seu salvador em vestes de Anjo e pele descolando dos ossos.

"Tá pronto?", pergunta Theo.

Não consigo responder.

A irmã Kipling olha para nós e não diz nada. Ela é dourada como uma santa, e eu tenho vontade de acabar com ela. Quero destruir a irmã Kipling, quero machucá-la da mesma forma que ela me machucou. *A vingança é minha; eu recompensarei, diz o Senhor.*

Um soldado que guarda o portão grita "Tudo limpo!" e é respondido com o rugido de motores e o barulho de correntes.

Os portões começam a se abrir. As Graças balançam o corpo e batem os pés. Eu me dirijo a todas elas, sussurrando que está tudo bem, para me aliviar um pouco, já que eu estou prestes a explodir com a força de suas emoções. A oração se transforma em gritos: "Nós plantamos a semente do nosso sofrimento, e é chegada a hora de colher o que nos é devido!".

Eu posso fazer isso. E sei que o CLÃ também pode.

CLANG.

Os portões param e a boca do inferno se abre por completo.

Tem tanta gente ali esperando. Um mar de vestes brancas e de rostos brancos, sujos de grama, de terra, do ouro e do cinza dos sacerdotes; soldados, crianças e todo mundo que eu já conheci. A oração cessa, e o silêncio é uma coisa física, se abatendo sobre todos, um vácuo deixado no rastro de uma respiração profunda e simultânea de centenas de pessoas. Falta oxigênio. Ou talvez sejam só os meus pulmões se liquefazendo entre as costelas, tirando todo o ar do meu peito.

Tudo isso é para mim. Porque eu voltei. Porque salvei essas pessoas.

O esquadrão da morte que está nos escoltando começa a ir em direção à multidão, que avança para nos encontrar. Uma onda, milhares de preces se erguendo da terra. Os soldados nos cercam, seus corpos são como um muro, mas várias mãos despontam desse muro. Alguém puxa o meu casaco. Uma unha enrosca nas vestes da irmã Kipling.

"Serafim!", grita uma mulher, aninhando um bebê no peito. "Deus te abençoe! Deus te abençoe!"

Reconheço em cada rosto uma pessoa que deixei para trás. A irmã Faring, uma jovem mãe que trabalha na escola dominical e sorri quando a irmã Mackenzie descreve o que uma pessoa sente quando é queimada no inferno. O irmão Gailey, um velho que passa os dias no átrio da capela, rosnando e criticando as pessoas que aprendem a ser reverendas. A irmã Clare, que tem quase a minha idade, agarrando a roupa da mãe dela. Não éramos amigues, mas, às vezes, dividíamos nosso lanche, e isso era suficiente para nós.

Sinto um choro no fundo da garganta, animalesco e aterrorizado, como o do ninho na Reformada. Theo me puxa para perto dele, seu corpo quente e sólido contra o meu. Uma Graça se agita, tentando escapar de seu treinador, perturbada pelo barulho. As pessoas se afastam dela. Eu sussurro para ela, pedindo para que fique quieta, para não piorar as coisas. *Tô com medo, também tô com medo, eu sei.*

Alcançamos o fim da aglomeração de pessoas, um esquadrão de soldados abrindo caminho pela multidão enquanto outros gritam, dispersando toda aquela gente. Estamos no meio do caminho até Nova Nazaré, o cadáver dissecado da Universidade Cristã da Pensilvânia, cercado de estacionamentos transformados em terras de cultivo, banhado pela luz do sol, que reflete na Capela Kincaid. O rio, o mesmo rio que tentei cruzar para chegar ao Condado de Acresfield, corre ao redor do *campus*, encurralando Acheson entre suas águas e esta colônia terrível.

"Para onde vamos, irmã?", pergunta o comandante a mim.

"Para os dormitórios." Não posso mais ficar aqui fora. "Para os dormitórios, por favor."

Mas, antes que possamos seguir em frente, um monstro emerge da multidão como o sol surgindo entre as nuvens. Ela está envolta em branco e dourado, uma cruz marcada a fogo em seu pescoço, uma aliança de casamento brilhando em seu dedo, como se não tivesse mandado um esquadrão da morte enfiar uma bala na testa de seu marido. Tatuagens sobem pelos braços e pelo maxilar — demônios, anjos, Gênesis e Armagedom, e muitas outras coisas belas e terríveis.

Eu me encolho, me aninhando em Theo, e me odeio por isso, como sempre me odiei quando ainda estávamos juntos. Ele me abraça como se nada tivesse mudado.

O comandante curva a cabeça em sinal de cumprimento. "Madre reverenda Woodside."

Minha mãe está deslumbrante. Ela me dá nojo.

"Bem-vindo ao lar, irmão Millward", diz ela. "Bem-vindos todos vocês."

Os olhos dela encontram os meus — e ela dá um sorriso suave e gentil.

Uma mãe não deveria ser gentil quando reencontra sua criança que se perdeu há semanas. Ela deveria chorar de alívio, segurar as bochechas da criança para se certificar de que é ela mesma, de que ela está bem, de que está tudo bem agora.

Isaías 49:15 — *Pode uma mulher esquecer sua criança que mama, que não teria compaixão do filho de seu útero?* Não me lembro se ela já teve compaixão por mim. Ela não me abraça. Não me toca. Só *sorri*. Como se soubesse que algum dia eu voltaria rastejando para ela. Como se tudo estivesse esculpido em pedra muito antes de eu chegar nesta terra e ela estivesse só esperando as coisas acontecerem.

"E bem-vinda à casa", fala ela, "Ester."

Não.

As Graças *guincham*, formando um coro de gritos alto o bastante para abafar o zumbido nos meus ouvidos. Um bando de patos sai voando da lagoa da Capela Kincaid, suas asas batem em meio a uma confusão de penas. Um fio de saliva escorre no canto da minha boca destruída.

ESTER.

Eu não sabia quanto odiava essa palavra até passar tanto tempo livre dela. Assim que contei para o meu pai que eu era um menino, ele nunca mais deixou aquele nome escapar dos lábios dele. Nick e Erin leram a palavra no documento, mas, para Nick e para Erin, meu nome é e sempre será Benjamin. A Vigília e o CLA nunca me conheceram por nenhum outro nome. Não Ester. Não Serafim. Nada nem ninguém além de *Benji*.

Tem alguma outra coisa gritando também, e percebo que sou eu.

Deveria matar minha mãe. Deveria dilacerar as artérias delicadas do pescoço dela, e o gosto seria doce, o sangue mancharia suas vestes brancas e a palidez ofuscante de sua pele. Sinto Serafim me queimando vivo, a fúria, a raiva, é isso *o que eu sou*. É isso o que preciso fazer. O inferno é aqui, eu vou acabar com os Anjos, e ficaria mais que feliz de começar com essa pessoa na minha frente.

Mas não posso fazer isso. Porque, se eu matar minha mãe agora, Nova Nazaré vai mergulhar no caos, e eu posso deixar isso acontecer.

Ainda não.

Preciso ganhar tempo para Nick organizar tudo e deixar o CLA a postos amanhã. Preciso conquistar a confiança dos Anjos. Preciso fazer Nova Nazaré baixar a guarda. Tem armas apontadas para mim de novo — para as minhas pernas, meus joelhos, para os pontos mais fáceis de me incapacitar. Os Anjos ainda podem atirar em mim para me conter. Theo abraça meus ombros, sussurrando no meu pescoço, implorando para que eu me acalme, o mesmo pedido que fiz para as Graças.

Afasto o monstro, mas ainda vejo as penas se mexendo nos cantos dos olhos, ainda sinto o gosto do sangue dela. Não agora. Ainda não.

Minha mãe fala: "Você chegou a tempo para a cerimônia de quarta, querida. Que tal você ir se limpar?".

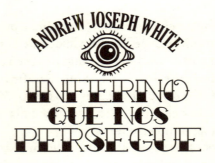

CAPÍTULO 28

*É CHEGADO O MOMENTO DE OS FIÉIS SE UNIREM.
TRAGA APENAS O QUE PUDER CARREGAR. TRAGA
APENAS AQUELES QUE VOCÊ QUER SALVAR.*
— A Ordem do Claustro

"Eu posso falar com ela, dizer que você só vai usar as vestes", diz Theo. Mal consigo ouvi-lo por cima do barulho do sangue correndo em meus ouvidos, a estática ameaça me engolir inteiro. Theo está na porta do que costumava ser, e agora é de novo, o meu quarto — ele está cauteloso, como se eu fosse quebrar se ele chegasse muito perto. "Posso te livrar dessa."

"Para de falar, por favor."

"Não é certo. Você não tem que fazer isso."

"Para."

Minha voz falha. Acho que isso finalmente faz Theo entender. Ele encara o carpete áspero do dormitório para não ter que olhar para mim. Eu também queria não ter que olhar para mim. Queria não ter que olhar para nada. Tem um espelho na minha mesa, e eu vou acabar quebrando-o se tiver que ficar aqui mais um segundo.

Era para eu ter me livrado deste quarto — das persianas que nunca fecham por completo, dos desenhos que fiz com uma caneta roubada na parede em cima da minha cama, da mesa de aglomerado, de uma cadeira bem ruim, da cruz pendurada ao lado da porta. Eu sabia que doeria voltar, mas minha vontade é socar aquele espelho até acabar com as mãos cheias de cacos de vidro. Prefiro me despedaçar inteiro a ter de olhar pra mim desse jeito.

Respire.

Meu pai disse que eu sou um homem, e ninguém pode tirar isso de mim. Não importa o que a minha mãe me faça usar, eu continuo sendo um homem. Além disso, os caras no CLA usam saias e vestidos, às vezes, e continuam sendo homens. *Isso não me torna uma menina.* E ninguém usa máscara no interior dos muros de Nova Nazaré, então, todo mundo vai ver meu rosto, essa mistura de dentes afiados e carne podre. Eu poderia arrancar uma unha e não sentir nada. Quando as pessoas olharem para mim, a primeira coisa que elas vão pensar *monstro, Serafim,* e não *menina.*

Mas estou usando o vestido branco do meu noivado, da minha apresentação como hospedeiro de Serafim. O vestido aperta minha cintura, e os bordados no peito *atraem* o olhar alheio. Meu cabelo está grande demais, até a nuca, e meu nome é Ester de novo. No interior dos muros de Nova Nazaré eu sou uma menina e, meu Deus... meu Deus... não sei se consigo fazer isso.

É isso que eu mereço. Tenho que me redimir pelos erros que cometi. Minha vontade é destruir tudo o que encontrar pela frente, mas é melhor não revidar. Preciso poupar forças para a Redenção, e isso é isso que eu mereço, não é? Se está acontecendo, então, eu devo merecer, certo?

Arrependei-vos, portanto, para que os vossos pecados sejam apagados...

"Só não diz nada pra minha mãe."

"Isso não é certo", sussurra Theo. "Eu te amo."

Não, ele não me ama. Ele queimou o CLA. Ele matou minha turma. Ele fez isso comigo. Minha vontade é bater a cabeça dele nas paredes de concreto até o crânio se quebrar nas minhas mãos, até que restem apenas miolos e pedaços de osso escorrendo pelos meus dedos.

Preciso fingir que quero estar em casa.

Eu digo: "Também te amo".

Como a minha mãe é uma das pessoas mais importantes de Nova Nazaré, o dormitório estilo apartamento da nossa família é decente. Estamos em um dos maiores dormitórios, mais perto do coração do *campus*, que tem vista para o pátio aninhado no meio do nosso prédio em forma de U. Até tenho meu próprio quarto, o que é uma bênção. Se eu dividisse o quarto com a minha mãe e o meu pai, não teria aguentado. Eu continuaria vendo meu pai por cima do ombro. Continuaria gritando por ele.

Isso é redenção.

Theo pressiona o rosto na dobra do meu pescoço e fica comigo até minha mãe me chamar lá da sala. É hora de ir.

"Sua mãe pode não ter sido muito receptiva", me lembra Theo, "mas ela se preocupa com você."

Concordo com um aceno de cabeça como se acreditasse nele.

"Todo mundo aqui te ama", continua Theo, estendendo a mão para mim. Aceito a mão dele, e minha outra mão toca o bolso do vestido, onde escondi o bilhete de Nick.

* * *

A irmã Nelson toca piano desde que a irmã Shoemaker, que costumava ser a pianista da igreja, lesionou um tendão do pulso enquanto eu estive fora. Todas as notas sobem para o teto alto da Capela Kincaid, cintilando feito estrelas invisíveis. Eu não esperava entrar em pânico ouvindo uma versão instrumental de "When We All Get to Heaven",* mas aqui estamos. Theo aperta a minha mão, eu me esforço para respirar, e minha mãe sorri como se assim ela pudesse compensar a confusão sangrenta que meu corpo se tornou.

Como se assim pudesse compensar os resquícios do menino que ela tentou apagar de mim.

A Capela Kincaid é o ponto central de Nova Nazaré, e o lugar continua perfeito mesmo depois do fim do mundo. A área de recepção é cheia de cartazes e murais, o sol brilha através das paredes de vidro, e há tantas pessoas esperando a gente que é como se eu tivesse voltado para os portões. Um reverendo aprendiz deixou uma bacia com água para lavarmos as mãos quando entrarmos.

A irmã May, uma amiga da minha mãe, sussurra "abençoado Serafim" quando passamos. O sussurro desperta uma onda: *abençoado Serafim, abençoado Serafim*. Minha mãe sorri diante da perfeição de tudo. O sorriso é tão aberto que revela todos os dentes dela, até aqueles mais no

---

* "Quando todas as pessoas chegarem aos céus", hino religioso
composto por Eliza Edmunds Hewitt em 1898. [NT]

fundo da boca, como se seus lábios estivessem se abrindo de um jeito pouco natural. Depois de passar tanto tempo no CLA, é perturbador ver todo mundo sem máscara, mostrando as emoções para o mundo, sem nada para escondê-las. O sorriso dessas pessoas não parece mais correto. Talvez nunca tenha sido.

"Isso tudo é para você, Ester", murmura minha mãe, colocando a mão na minha nuca. A vontade que tenho é de agarrar a mão dela e quebrá-la. Isso ou arrancar o que sobrou da minha pele.

O irmão Hutch nos recebe no santuário.

Eu paro no meio do salão, empurrando o braço de Theo sem querer. As notas da irmã Nelson suavizaram, mas cada uma delas ainda lateja na parte de trás da minha cabeça.

Não, esse não é o irmão Hutch que eu vi morrer na rua. É um parente dele — seu irmão mais novo.

"Madre reverenda Woodside", cumprimenta o irmão Hutch, vivo e mais jovem. "Irmão Clairborne." Esse é Theo. "Ah, irmã Woodside. Fico muito feliz em vê-la de volta. Rezamos todos os dias por um retorno seguro."

Eu não respondo, então, minha mãe belisca minha nuca, e o irmão Hutch continua mesmo assim.

"Por favor, me perdoem. Deixem-me conduzi-los para os seus lugares."

O santuário é enorme, outro estômago me engolindo, como na Reformada. O irmão reverendo Ward, um dos amigos mais próximos da minha mãe entre o clero, está lá no púlpito, cercado de cortinas vermelhas feito sangue fresco. Todo o restante é branco — as vestes, as mãos, os rostos. Isso é *errado*. Minha vontade é consertar isso sujando tudo de terra.

O irmão Hutch nos leva até a primeira fileira, onde a irmã Nelson está tocando tão alto que nem consigo ouvir os meus próprios pensamentos. Talvez seja melhor assim. Não quero pensar em nada.

Só preciso aguentar até amanhã. Tudo isso vai acabar, e eu vou poder ver as pessoas do CLA de novo. É isso. Esse é o plano. Foi o que Nick prometeu. Só até amanhã.

Todas as pessoas de Nova Nazaré se amontoam na capela. Até os soldados de guarda ficam espiando perto da entrada, com as armas descansando nas costas. O irmão Hutch conduz a irmã Kipling para o lugar ao lado da minha mãe, mas o profeta se recusa a fazer contato visual, por mais que a minha mãe tente. A irmã Nelson começa a tocar uma versão suave de "There Is a Fountain Filled with Blood"** — *e os peca-dores, mergulhados nesse Dilúvio, lavam todas as suas máculas de pecado.* Theo acompanha a música, cantarolando.

"Querida", murmura minha mãe, inclinando a cabeça na minha direção. Ela não tira os olhos do púlpito. "Espero que você esteja preparada para amanhã."

Confirmo balançando a cabeça. Ela faz uma cara feia. Eu digo: "Sim, mãe".

"Hoje, estamos demonstrando nossa felicidade pela sua volta", diz ela, "mas amanhã é quando acertaremos as coisas. Espero que você entenda."

Eu me lembro da minha primeira Redenção, no dia em que colocamos os pés em Nova Nazaré. Minhas pernas começam a tremer. Fiquei tempo demais perdido no mundo de pecados. Theo foi para esse mundo como um servo de Deus, mas eu? Ela sabe que eu aproveitaria qualquer oportunidade para me virar contra a minha fé, que tem de ser enfiada dentro da minha cabeça de novo. Tenho de ser purificado mais uma vez.

Eu repito: "Sim, mãe".

"Ótimo", fala ela.

A última nota da música se esvai lentamente. As portas do santuário se fecham. A única luz que entra vem das janelas grandes e altas, das luzes no palco e das velas tremeluzentes no púlpito. Sem eletricidade, no interior da Capela Kincaid, parece que estamos no crepúsculo, mesmo no auge do dia. Theo endireita as costas e ergue o queixo, como todo mundo aqui foi ensinado a fazer.

"Bom dia a todos!", cacareja o irmão reverendo Ward. "Que dia maravilhoso e glorioso é hoje. Ah, que bênção!"

Gritos em resposta reverberam pela congregação. Seguro a saia do vestido para evitar que grude nas minhas coxas. Tenho que me controlar para não rasgar o tecido. Preciso sentir o tecido rasgando. Odeio esse vestido, odeio.

"Gostaria de começar a cerimônia de adoração oferecendo uma oração ao nosso salvador, a Deus, nosso Senhor, pois Ele atendeu as nossas preces."

"*Sim!*", grita alguém. Sinto vontade de me enfiar em um buraco no chão e nunca mais sair de lá.

**   "Há uma fonte cheia de sangue", hino religioso composto por William Cowper em 1772. [NT]

"Ele nos trouxe nosso abençoado Serafim de volta! Fechemos os olhos e ergamos as mãos." Aperto os olhos o mais forte que consigo e deixo as mãos no colo. Tento bloquear minha mãe, o irmão reverendo Ward, Theo e o restante das pessoas. "Glorifiquemos Deus, nosso Senhor, em agradecimento! Somos gratos, Deus, por aquilo que o Senhor fez por nós! Primeiro, o senhor nos mandou Seu Filho para nos salvar, e agora, essa filha para nos guiar! Somos honrados por continuar a lutar essa batalha ordenada pelo Senhor."

De olhos fechados, juro que sinto que conseguiria estender a mão e tocar o rio vermelho que corre pelos campos de abate. Consigo sentir o cheiro das pessoas fracas e dos experimentos falhos pendurados nas árvores. Consigo ouvir o farfalhar de asas, o ranger de dentes, a respiração molhada e pesada de Serafim entre os gritos de Ward.

Não sinto Deus. Nem a paz que eu costumava conseguir arrancar da boca dos monstros.

Só o campo de abate e a besta.

"Continuaremos a cumprir Suas obrigações sagradas, seguiremos o Senhor em Sua infinita majestade, em Sua bondade, em Sua misericórdia destinada a nós, pecadores — para aqueles que lutam pelo Senhor e até para aqueles que viraram as costas. De todas as formas, Deus, nosso Senhor, é glorioso e perfeito. Em nome de Jesus, amém! Ergamos os olhos, fiéis, e miremos aquela que nos guiará em nossa batalha!" Meus olhos abrem de repente. "Irmã Woodside, abençoado Serafim, se puder nos dar a honra..."

Não. Não, não, não.

Minha mãe volta seu sorriso perfeito para mim. Theo está radiante feito as estrelas.

"Vai", encoraja ele com um sussurro. "Você consegue."

"Eu..."

"Vai", diz minha mãe.

Mais um dia. Só mais um dia.

Com as pernas tremendo, meu corpo todo apodrecendo, eu levanto e subo os degraus do púlpito. O irmão reverendo Ward segura minhas mãos entre as dele.

"Obrigado", murmura Ward, aproximando o rosto dele do meu. "Deus trouxe você de volta para nós, irmã. Quero agradecê-la por sua valentia, por sua coragem, por seu sacrifício. Você está fazendo mais por este mundo do que pensa."

Eu aceno com a cabeça, incapaz de dizer uma palavra, e o irmão Ward sorri porque ele acha que estou sendo modesta, quando, na verdade, estou oscilando entre um medo terrível e uma vontade de rasgar a maldita garganta dele.

O irmão reverendo Ward se volta para a congregação, ainda segurando uma das minhas mãos.

"Quando iniciamos nossa missão, havia quase nove bilhões de pessoas nesta Terra. Vocês conseguem acreditar? A Terra cedia com o peso de nove bilhões de almas. E, enquanto víamos esse número crescendo, as pragas varrendo o nosso povo, os verões ficando mais quentes, a instabilidade destruindo sociedades, nosso líder, o alto reverendo padre Ian Clevenger, recebeu uma mensagem de Deus!" *Sim!*, a capela grita em resposta. "Porque a Terra precisa se ver livre de nós, e de uma vez por todas, para que o mundo seja salvo, para que nossas almas sejam salvas, para que possamos alcançar o Reino dos Céus."

Olho para a congregação, para todas aquelas pessoas que acreditam em cada palavra que ele diz, que acreditam que o único caminho a seguir é a matança. Que querem arrancar cada sopro de vida do mundo e ver todas as pessoas sofrendo. Que rezaram pela *minha* criação.

"Nosso caminho foi devolvido", diz Ward. "Seremos lavados no sangue. Lavaremos o *mundo* no sangue. Purificaremos o mundo para a chegada de Cristo, e ajudaremos o Senhor a conduzir Seu rebanho para a libertação. E você, Serafim... *você*, irmã Woodside! Você é quem vai nos conduzir! Você vai conduzir o Dilúvio! Vai conduzir as Graças! Vai conduzir o povo de Deus!"

Essas pessoas viveram suas vidas pela morte. Seu único objetivo é cometer um genocídio em nome da salvação, e elas não vão descansar até todos os seres humanos serem extinguidos da Terra. Nós não passamos de vermes para elas. Já vi tentativas de conversas racionais sendo recebidas com balas e crucificações, e agora não tem mais nada a ser feito além de revidar. A única forma de sobreviver é extinguir essas pessoas primeiro.

Amanhã. Só preciso sobreviver até amanhã.

* * *

O pai de Theo o cumprimenta e vai embora depois de exatamente meio segundo, então, Theo, muito humilde, pergunta para a minha mãe se ele pode ficar com a gente.

"Claro, Theodore", sussurra ela. O general desaparece em meio à multidão de seus soldados. "Eu preparo o sofá para você."

"Obrigado, madre reverenda."

Voltamos para o dormitório nos esquivando de pessoas que pedem bênçãos durante o caminho todo, e minha mãe diz para o Theo ir se lavar antes do jantar, antes de se sentar à minha frente na sala. Estou deitado no sofá, olhando para o centro de entretenimento vazio. Tinha uma TV aqui, quando o lugar ainda era um dormitório estudantil. Agora, tem uma Bíblia aberta em um versículo aleatório embaixo de uma fotografia emoldurada — um retrato meu, da minha mãe e do meu pai. Foi a única coisa que pudemos manter quando chegamos.

Meu pai e minha mãe estão bem na foto. Ela com um vestido verde-água, ele com a camiseta de banda suja e sapatos sociais. Duas pessoas tão jovens, tão intocadas.

E eu, uma coisinha recém-nascida, aninhada em seus braços.

"Você cortou o cabelo", comenta minha mãe.

Meus dentes rangem. "O pai cortou."

"Eu amava o seu pai tanto quanto você, Ester."

O nome gruda em mim feito um espinho, cravando cada vez mais fundo na minha pele. "Você mandou matarem ele."

"Sei que a morte dele foi dolorosa para você", continua minha mãe, com uma pontada de desgosto — *como você ousa lamentar o que Ele pode tirar porque sempre foi Dele?* — "mas não precisa ser cruel. Ele cometeu um erro que afetou a todos, e o que aconteceu foi a vontade de Deus. Você entende?"

Preciso fingir que estou feliz.

"Entendo", sussurro.

"De qualquer forma, estou feliz por ter você em casa." Ela se aproxima para beijar minha testa. "Amanhã, será só o começo. Espero que possamos deixar tudo isso para trás."

Theo volta. Ainda que a comida seja mais fresca e mais saudável do que qualquer coisa que comi no CLA — pão, batatas e couve, alimentos cultivados e preparados aqui em Nova Nazaré —, a ideia de jantar faz meu estômago revirar. Eu me tranco no quarto e fico com a testa encostada na parede até Theo entrar.

"Ei", chama ele baixinho, me resgatando da confusão terrível da minha cabeça. Tentei rezar, mas nada funcionou. Tudo em que consigo pensar é na congregação me olhando com espanto, se perguntando quando é que vou fazer o fogo do inferno chover sobre as pessoas hereges. "Como você está?"

"Bem." Tenho vontade de rasgar a barriga dele. Suas entranhas estão bem ali, embaixo de uma fina camada de tecido e pele. Seria tão simples cravar meus dentes e arrancar seus intestinos como se fossem vários vermes enfiados ali na cavidade abdominal. "Deixa a porta aberta, senão, minha mãe vai surtar."

"Ela acabou de sair. Disse que tinha de se preparar pra amanhã e que era pra eu ficar de olho em você." Ele se senta ao meu lado na cama. "Eu disse que faria isso, sem problemas."

"Ela odeia nos deixar sozinhos, juntos."

"Bem, nós somos *noivos*." Acreditem, eu não tinha me esquecido disso. "Acho que isso melhora um pouco as coisas. Vamos tirar esse vestido."

Odeio a forma como ele diz isso, mas odeio mais esta roupa, então, deixo Theo abrir as costas do vestido. Ele abaixa o tecido e beija a lateral do meu pescoço, bem no ponto em que a podridão começou a alcançar, e eu deixo Theo fazer isso porque sou obrigado. Deixo ele deslizar os dedos na minha pele porque sou obrigado. Deixo ele tirar o cabelo do meu rosto e me pegar pela cintura porque sou obrigado.

Theo mentiu para mim. Presas, penas e pele cintilam no canto dos meus olhos. O rio vermelho explode na minha língua.

Mas ele tenta tirar minha roupa de baixo e eu emito um barulho inumano, meu maxilar está descontrolado, minha língua, longa demais, está se curvando, a saliva escorre entre os meus dentes. Não, *não*, ele não vai me tocar, não vai me tocar *desse jeito*.

Theo se afasta bruscamente, com os olhos arregalados, e cai sobre a cama. "Merda", xinga ele em voz baixa, "Desculpa, eu achei..."

"Não encosta em mim", rosno. "Você não tem esse direito."

"Tá tudo bem?"

"Só me arranja uma roupa, por favor."

Theo me entrega uma muda de roupas civis simples e fica a alguns passos de distância enquanto eu me aninho em meus braços e tento controlar a respiração. *Respire, Benji. Calma.*

"Eu não te vejo como uma menina", diz Theo, como se esse fosse o problema. Como se uma pessoa cis pudesse entender essas coisas.

"Para. Cala a boca."

"Eu sinto muito."

Não, ele não sente.

* * *

Mais tarde, depois que Theo vai dormir no sofá e eu fico sozinho, saio da cama e vou até a janela. Pego o bilhete de Nick no bolso do vestido e abro o papel, alisando os cantos dobrados, deixando a parte escrita virada para baixo.

Ao lado do bilhete, ponho o lagarto trans. Aquele que Nick me deu, que escondi na minha fronha quando chegamos.

Viro o bilhete e leio duas palavras rabiscadas:

Esquadrão Calvário.

Nick fazia parte do Esquadrão Calvário.

Vou até a sala onde Theo está dormindo, espalhado no sofá. Seus lábios estão levemente entreabertos.

Nick devia ter matado ele.

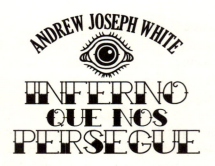

CAPÍTULO 29

> *Deus, permita que sofram a fim de que eles se voltem para o Senhor. Que eles clamem por Teu nome. Permita que o sangue deles se misture com o Teu para que sejam lavados de seus pecados quando estiverem ao Teu lado. Permita que sejam julgados. Dê o que eles merecem.*
> — **Reza angelical em nome das pessoas condenadas**

O rio é monstruoso nas primeiras horas da manhã. Não é tão ruim quanto os locais de abate no outro lado do *campus* — na verdade, é bonito; o nascer do sol brilhando dourado na água, os carvalhos e bordos enormes balançando na margem rochosa. No entanto, uma coisa pode ser bonita e monstruosa ao mesmo tempo. Como a minha mãe. Como as Graças. Entre os galhos, há dentes que só eu posso ver, além de um pássaro preto à espera de uma execução. Há mais buracos na minha cabeça agora. O vírus devorou mais de mim.

Vou até a margem e controlo a respiração para não cair nas pedras. Rezo, mas não encontro nada em mim, a não ser Apocalipse 13:1 — *E eu fiquei sobre a areia do mar, e vi uma besta surgir no mar, tendo sete cabeças e dez chifres, e sobre os seus chifres, dez coroas, e sobre suas cabeças, o nome de blasfêmia.*

Escondei-nos da ira do Cordeiro.

Hoje é o dia do fim de Nova Nazaré.

O ritual é privado, feito apenas na presença das pessoas próximas àquela que busca a Redenção. Minha mãe e Theo ficam ao meu lado enquanto a irmã Kipling descansa à sombra de um carvalho enorme. O irmão reverendo Ward folheia a Bíblia dele, acompanhado de outros dois membros do clero — o irmão Tipton e o irmão Abrams. Tenho vontade de segurar a mão de Theo e me odeio por isso.

Já estou com os pés descalços na água, a corrente forma redemoinhos ao redor dos meus tornozelos, e estou olhando para o ponto em que os muros de Nova Nazaré encontram o rio. O centro de Acheson fica atrás daqueles muros, com comércios familiares abandonados, butiques, essas coisas. Se você continuar descendo o rio, em algum momento, vai encontrar uma ponte, a única saída da cidade. E, então, o corpo do meu pai. Provavelmente apodrecido e decomposto.

A coisa mais importante está bem do outro lado da rua. Porque Nick prometeu que estaria ali, esperando, observando tudo do telhado de uma loja próxima. A Vigília prometeu. Essa é a única coisa que importa.

O plano é simples. Eu sussurro para as Graças, despedaço Nova Nazaré com as garras delas, e a Vigília me mantém em segurança até conseguirem me levar para Acheson. De volta para o CLA. De volta para Nick.

Mas ainda não.

Eu disse para ele que passaria por todo o ritual, que teríamos de esperar até me puxarem para fora da água, porque eu estaria assustado demais para me concentrar e chamar as Graças até a minha Redenção acabar. Nick concordou. Ele já passou por isso. Ele entendeu.

Também pedi para ele esperar — embora não tenha dito — porque *quero* passar por isso.

Eu vomito no rio. Vomitar o que sobrou dos meus órgãos é só um incômodo agora.

"Ah, querida", fala minha mãe baixinho, tirando o cabelo da minha testa enquanto eu cuspo uma gosma preta e vermelha na água. "Está tudo bem. Não vai demorar."

Theo me ajuda a levantar, e o irmão reverendo Ward estende a mão para mim, me chamando para que eu o siga, entrando ainda mais no rio.

Ele trocou a Bíblia por uma faca.

"Irmã Woodside", chama ele, "venha!"

Não tenho que fingir que desejo isso. Sigo adiante até a água cobrir minhas canelas, joelhos, coxas. A água está fria. A corrente me puxa, e prendo um pé nas pedras do fundo para manter o equilíbrio. Meu vestido flutua ao redor das minhas pernas, puxado pela água, como se tentasse me levar daqui.

"Isso não é um batismo", explica o irmão reverendo Ward. "Pois você já foi batizada, e o mundo dos hereges além dos nossos muros não é capaz de mudar isso." A água tem uma tonalidade escura, marrom e azul, cinza, verde e vermelha. Não deveria haver sangue ainda, mas lá está ele, surgindo por um instante sempre que a água se move na direção certa. "Essa é sua Redenção. Você deixou seu pecado original em seu túmulo de água, mas, agora, seus novos pecados devem seguir o mesmo caminho."

Eu sou um homem, lutei por esse direito, e ninguém pode tirar isso de mim. Se esses Anjos filhos da puta querem pôr as mãos em mim, vou fazê-los sofrer por isso. E eu vou ser bom, eu vou ser bom, eu vou ser bom.

Serafim é um monstro de presas, penas e pele. Acreditei em mentiras e levei o sofrimento para pessoas queridas. Vou absolver o que fiz de errado neste rio, vou lavar meu passado de Anjo e o futuro que eles planejaram para mim, e então vou destruir esse culto com toda a cólera de um Deus furioso.

Não vou ficar bem, mas vou me sentir melhor.

O irmão reverendo Ward ergue a faca. "Esses pecados devem ser expurgados de você."

Minha mãe assente, com os cabelos se agitando ao vento. Theo vê que estou olhando para ele e sorri. A irmã Kipling olha para além da margem, em silêncio, com as mãos entrelaçadas como se estivesse tentando arrancar os próprios dedos. Atrás de todo mundo, a Capela Kincaid está de sentinela, e Nova Nazaré é servida como um banquete.

Será que Nick também está me vendo agora? Meu coração, o que sobrou dele, bate com pesar em meu peito. Meus joelhos ameaçam ceder. Por favor, que ele esteja me vendo. Não aguento mais ficar aqui.

Então, eu vejo.

Acima do muro, uma luz fraca pisca em um telhado. De novo. O brilho de uma luneta.

Nick está aqui. A Vigília. Ah, meu Deus.

"Você está pronta para ser expurgada, irmã Woodside?"

Eu respondo: "Sim".

Na primeira vez que isso aconteceu comigo, eu tinha 11 anos. Tinha sido arrancado de casa, de tudo o que me era conhecido, e arrastado até o portão de Nova Nazaré. Minha mãe já tinha passado pela Redenção muito tempo antes de chegarmos aqui, então, eu fui forçado a ver o reverendo fazer isso com o meu pai. Não sei como ele conseguiu ficar quieto, mas sei que, quando a minha mãe tentou me levar até o rio depois dele, comecei a gritar.

Agora, eu me submeto de boa vontade.

Desaboto a gola do meu vestido, e o tecido branco cai até a minha cintura. Sinto o ar fresco da manhã nas minhas costas nuas. Seguro o vestido na altura do peito para não expor o meu corpo.

Eu vou ser bom, eu vou ser bom, eu vou ser bom, e vou sentir coisas muito piores que isso.

Os primeiros cortes são nas minhas costas. A lâmina é tão afiada que nem sinto os rasgos na pele, não de imediato. A dor me espera respirar fundo. É quando as feridas se abrem e o sangue vermelho escorre pelas laterais do meu corpo, onde as asas estariam se eu fosse um soldado. O sangue empoça no meu vestido, molhado e vermelho, me puxando para baixo. Ward está falando. Não consigo ouvir direito.

O próximo corte é na linha do cabelo, a lâmina entrando na carne tenra da minha testa e do meu couro cabeludo. Aperto bem os olhos quando o sangue escorre pelas sobrancelhas até o topo do nariz. Minha respiração está pesada, e eu mordo a língua para não fazer barulho, porque já estive pior e vou me sentir pior ainda. A dor não é a questão; é o sangue. Um flagelo simbólico, uma coroa de espinhos simbólica, e agora o que eu preciso fazer é lavar o sangue no rio e tudo isso vai acabar.

O irmão reverendo Ward olha para a minha mãe, como se estivesse perguntando alguma coisa para ela. Que tipo de resposta precisaria? Ele já fez isso centenas de vezes. *Por favor, acabe logo com isso. Acabe logo com isso.* Não consigo respirar. Estou tremendo. Acabe logo com isso.

Minha mãe diz: "Serafim vai curá-la. Vá em frente".

Theo pergunta: "Espera, o que tá acontecendo?". Então, Ward me agarra pelo pulso esquerdo e enfia a lâmina na palma da minha mão.

A dor não me atinge na hora. Primeiro, sinto um peso esmagador na mão, como se o mundo tivesse caído sobre ela, e então alguma coisa forçando cada ossinho, e aí a dor finalmente explode e eu *grito*.

"O sangue pecaminoso foi derramado!", berra o irmão reverendo Ward, puxando a faca que ainda brilha com o meu sangue e entregando-a para o irmão Tipton. *Não era para acontecer isso, o que tá acontecendo, o que caralhos tá acontecendo?* — "Você sentiu metade da dor que Jesus sentiu, abençoado Serafim. E vai seguir os passos Dele e continuar nossa jornada rumo ao reino de Deus."

261

Eu encaro o buraco escuro na minha mão, como o buraco escuro na cabeça do meu pai, e vejo o sangue correndo nas águas do rio. Acho que estou gritando, mas não tenho certeza, porque não consigo ouvir nada além do uivo do rio, o uivo do monstro escondido nas árvores, o uivo do irmão reverendo Ward.

"Deixe a água lavar seus pecados; se deixe ser purificada pelo sangue do Cordeiro!"

Ward me agarra pelos ombros e me afunda nas águas.

A besta escondida nas árvores, o monstro de presas, penas e pele, *Serafim*, escolhe esse momento para explodir.

A agonia é instantânea. Uma dor dilacerante queima na minha mão e se espalha em cada centímetro do meu corpo, subindo pelas costas até atingir a parte de trás dos olhos. Minha visão se apaga embaixo da água turva do rio, e minha audição volta de repente, aos gritos. Meu corpo está sendo arrastado para a margem, e todos os meus ossos estalam feito galhos em uma tempestade. Eu caio nas rochas do rio e vomito algo que parece um órgão, quase inteiro, um punhado de carne escura e molhada que é levado pela correnteza. A irmã Kipling me puxa por um braço, Theo me puxa pelo outro, e eu grito e resisto, mas a irmã Kipling agarra o meu cabelo e me abraça, me colocando sobre o peito dela.

Ela está gritando ordens: *"Para o laboratório! Precisamos sair daqui!"*. Então, vejo que Theo está no chão, segurando a mão quebrada, e eu penso, em um momento de confusão, *Fui eu que fiz isso?*, bem no instante em que o indicador dele estala sozinho. O irmão Abrams agarra a própria cabeça e a lateral do crânio dele se parte, revelando uma abertura cheia de dentes. O irmão reverendo Ward olha assustado para uma gosma preta que cai da boca dele, pingando do queixo.

Alguma coisa se move sob a pele sangrenta das minhas costas antes de irromper — um pedaço de carne crua e nova me rasgando em pedaços, então outro e outro, emergindo e me despedaçando.

Eu percebo, enquanto a minha mãe e a irmã Kipling me arrastam até a grama, que são asas.

No último segundo, mesmo em meio a tanta dor, surge outra asa — e eu não dou a ordem. Não sussurro para as Graças se voltarem contra seus mestres. Minha palavra não vai se espalhar entre elas feito uma praga. Nós não vamos reduzir este lugar horrível a chamas.

Nick não vai vir me buscar.

CAPÍTULO 30

Nós cometemos tantos erros. Será que sou a única que não consegue dormir à noite?
— **Anotações da irmã Kipling**

Não há corpos no campo de abate hoje, então, não pode ser real. Não ouço o zumbido das moscas, nem o compasso do sangue pingando. Um corvo salta de um galho para o outro em busca de uma fonte inexistente de alimento. A água do riacho é fresca, tão límpida que eu poderia beber dela.

A besta não está aqui. Nada de presas, penas nem pele. Toco o meu rosto, e meus dedos encontram uma bochecha macia, não dentes expostos. Não há nenhuma ferida aberta nas minhas pernas, só a pele branca e lisa. Também não estou de vestido. Estou com as roupas que deveria estar vestindo — shorts folgados, um casaco preto e tênis. Meus pés não estão descalços dentro da água.

Nova Nazaré está em silêncio. Não tem nenhum outro corpo aqui, só o meu.

Não faz sentido.

Eu preciso encontrar a besta.

Saio do riacho e vou até o prédio do grêmio estudantil, mas não encontro nada no telhado. Só me deparo com uma bela vista do *campus*, uma fogueira acesa de folhas vermelhas e alaranjadas no dourado do fim da tarde.

Por que ainda estou *assim*? Por que estou como estava semanas atrás? Não sinto a língua pesando na boca nem uma ferida exposta ao vento. Sou apenas um menino em cima de um telhado, sozinho. Mas eu não devia pensar muito nisso. Enquanto estou aqui, não estou lá fora. Estar *lá fora* significa lidar com a dor, e nada dói em mim no momento.

E ali não haverá noite, e eles não necessitarão de lâmpada, nem da luz do sol, porque o Senhor Deus os ilumina.

Pois o mundo vai queimar sob seu fardo.

Atravesso o *campus* até o antigo centro de saúde, o prédio da irmã Kipling. O laboratório, o escritório, a sala de exames. Forço a porta de vidro e desço as escadas do porão até chegar a uma sala profunda e opressiva.

No fim das escadas fica a sala onde eu fui mantido preso.

Há uma janelinha de vidro estreita na porta, através da qual se pode vislumbrar o único canto da sala que as paredes do laboratório não escondem.

Pressiono o rosto no vidro. É frio. Tudo parece mais real do que era quando estive aqui.

Um olho branco esbugalhado, cercado de podridão, me encara.

Sou eu.

Certamente eu venho rápido. Amém. Assim seja: Vem, Senhor Jesus.

* * *

O fogo do inferno queima, mas eu ouço:

"Quanto tempo mais?" É minha mãe. A voz dela está angustiada. Eu acho. Angustiada? Por minha causa? "Parece que..."

A Irmã Kipling fala: "A senhora não precisa ficar aqui se não quiser, madre reverenda".

"Eu quero. Me responda."

Ouço um farfalhar. "Pelo menos um dia."

Um dia?

Um dia?

Um dia?

* * *

A dor está diminuindo agora, indo e vindo como o movimento da maré. Grandes mudanças e, depois, algumas mudanças menores para preencher as lacunas.

Eu abro as mãos e garras de osso afiadas arranham o piso da sala de isolamento. Quero me levantar, me lançar contra as paredes, arrombar a porta. Mas estou exausto, e minhas asas são muito pesadas. Essas coisas recém-nascidas feitas de carne, pesadas e inúteis.

Meu pescoço e meu peito estão grudentos de bile. O vestido está manchado e rasgado, e meu corpo, profano e caótico, conseguiu se livrar dele. Meu corpo é uma mácula na branquidão da sala. Ótimo.

Na minha frente, tem um espelho bidimensional na metade da parede e um buraquinho por onde as pessoas podem falar. É por isso que consigo ouvir vozes murmurando.

Minha mãe pergunta: "Como está o irmão Clairborne?".

"Bem." É a irmã Kipling. "Os efeitos foram menos severos. O irmão reverendo Ward e o irmão Abrams estão em observação. Tipton não teve tanta sorte."

"Pobres almas. Aconteceu tão rápido."

Aquela agonia... Fui eu? Fui eu que fiz aquilo?

"É fascinante como até pequenas doses latentes do vírus reagem na presença de Serafim. É um efeito colateral da evolução, que se reflete em qualquer tecido infectado próximo. Isso deve se atenuar com o tempo, quando o vírus assentar, mas..."

"Desde que isso aconteça logo, eu não me importo."

Por favor, Deus, se o Senhor me provar que existe fazendo isso parar, eu juro que vou Te seguir pelo resto dos meus dias.

Então, é claro, fica provado que minha mãe cravou sua fé em mim como se fossem espinhos na minha pele, como uma tatuagem que nunca vou conseguir tirar, como um trauma. Mesmo quando meu peito se abre no segundo seguinte, eu penso: *Mas Ele ainda pode ser real, eu só estou fodido demais para sentir. É culpa minha.*

*　＊　＊　＊*

Outra pontada de dor, outra respiração. Mechas do meu cabelo caem. Sangue e uma gosma preta se misturaram no chão formando uma massa cor de vinho.

Meu corpo é grande demais para si mesmo. Meus membros estão compridos, como se tivessem sido esticados em um banco de tortura, se dobrando em lugares que não deveriam e inchados de músculos e tumores. Farpas dolorosas se projetam dos meus ombros e na curva das minhas asas, onde pequenos espinhos crescem, virando penas. Pressiono o rosto nos azulejos e me esforço para respirar.

Eu me pergunto como Nick, Erin, a Vigília e o pessoal do CLA estão. Sinto um vazio no peito onde costumava haver alguma coisa, e não sei se sinto falta de outro órgão que não consigo mais identificar ou se estou sofrendo de antemão pelo fracasso. Nick e a Vigília estavam *bem ali*, esperando por mim, e meu corpo decidiu se despedaçar antes que eu conseguisse levantar a mão para virar as Graças contra os Anjos.

Era a única coisa que precisava fazer, e eu falhei porque esperei o irmão reverendo Ward me fazer sangrar.

Eu falhei. E agora Nick e as outras pessoas provavelmente não têm ideia do que fazer.

Nem eu.

A porta se abre. A irmã Kipling entra.

Ela é o oposto da santidade, com o cabelo sujo e os óculos tortos apoiados no nariz, embora seu olhar passe a impressão de que ela está prestes a ser martirizada a qualquer momento. Esperando ver flechas e estacas em chamas.

Ela criou o Dilúvio. Ela concebeu Serafim. Ela matou tanta gente para me criar, ela me transformou em um *monstro*, e não é capaz de me olhar nos olhos. Os Anjos fizeram dela uma santa em vida, e ela não tem nem a decência de tirar vantagem disso. Os Anjos deixam a irmã Kipling fazer qualquer coisa, e ela aproveita essa leniência olhando tudo a meia distância, mal piscando os olhos, com as mãos castigadas por tremores. Eu nunca vi a irmã Kipling rezando. Antes daquela cena terrível na margem do rio, só tinha ouvido a mulher falar através de sussurros.

A irmã Kipling está ficando grisalha. As hastes dos óculos dela são remendadas com fita. Parece que as cruzes nas costas das mãos foram entalhadas há semanas, não anos, quase dolorosas de tão inchadas.

Ela diz: "Eu queria falar com você. Sem a sua mãe".

A irmã Kipling se senta perto da minha cabeça, como se estivesse se ajoelhando diante do altar do meu corpo. Não tenho mais nenhuma noção de mim mesmo além do fato de não ser mais o que eu fui. Estou muito cansado para ver meu corpo aos olhos de outra pessoa, da forma terrível como demanda a transgeneridade — sempre existindo dentro e fora de mim mesmo, me julgando como uma pessoa que observa. Agora, sou uma pilha de carne no chão; tudo dói, e eu não dou a mínima para nada.

Ela diz "Só queria pedir desculpas..." e agarra uma das penas que brotam do meu ombro e a arranca de mim.

A dor rasga a pele delicada e moribunda, e eu grito, me movendo muito mais rápido do que me movi há horas para me lançar contra o corpo minúsculo dela e jogar a irmã Kipling no chão. Estou curvado em cima dela, *me projetando* sobre ela; minhas asas flácidas balançam e minhas garras estão cravadas no piso a centímetros de seu crânio. Meus braços tremem, cedendo sob o meu próprio peso. Sou muito, muito maior que ela. Seu pescoço rasgaria com tanta facilidade. Uma gota de saliva cai no colarinho dela, e a irmã Kipling sufoca um gemido.

Eu deveria matá-la pelo que fez. Ela merece isso. Meu pai me disse para fazer os Anjos sofrerem.

"Por favor", pede ela.

Por favor... *O quê?*

Um vazio gelado se assenta em meu estômago, um contraste horrível em relação ao fogo que ainda me queima por inteiro.

Eu me afasto, arrastando as asas no chão.

A irmã Kipling quer que eu a mate.

"Não!" Ela estende a mão para mim, tentando agarrar a minha mandíbula como os soldados fazem com as Graças. Eu recuo, e a irmã Kipling me puxa pelo meu braço meio quebrado. "Serafim, por favor. Por favor."

É tudo culpa dela — tudo o que fez comigo, com as pessoas que vieram antes de mim, com cada pessoa que sofreu enquanto o Dilúvio acabava com elas. Eu deveria fazer a irmã Kipling em pedacinhos, arrastá-la pela perna e arrancar o membro fora, esmagar seu corpo sob as minhas garras.

"Sei que você me odeia", diz ela, se agarrando a mim, "e você tem todo o direito. Eu entendo. Se serve de consolo, vamos todos para o inferno por tudo o que fizemos."

Ela...

Nossa santa viva está dizendo que os Anjos vão para o inferno.

Nossa santa viva é... uma herege?

Não. Não, não é assim que funciona. A irmã Kipling não pode ser uma herege. Ela criou o Dilúvio. Ela concebeu Serafim do nada. Ela me destruiu, ela destruiu *tudo*. E agora está tentando redimir sua redenção? Agora está se sentindo mal? *Agora?*

Ela está tão perto. Seu rosto está tão próximo das minhas presas. Eu deveria matá-la e pronto. E acabar com qualquer que seja a merda que ela está tentando fazer, acabar com esta tentativa patética de me enganar.

Mas não consigo.

Mesmo com o maxilar deslocado e ainda que eu sinta minhas entranhas borbulhando quando falo, consigo perguntar: "*Por quê?*".

"Por quê?" Os lábios dela tremem. Suas mãos encontram o meu rosto, e a irmã Kipling me aproxima dela como se estivesse tentando me aconchegar em seus braços, tentando me manter longe das paredes brancas manchadas e do chão sujo de sangue. "Nós cometemos tantos erros. Eu me arrependo de ter desejado tudo isso." Seus olhos estão vidrados — de terror, remorso, martírio. Isso me assusta. "Se não posso voltar atrás, ao menos posso fazer isto. Por favor, deixe-me fazer a coisa certa."

Erros. Deixá-la fazer a coisa certa.

Mas por que agora? Por que ela está vindo falar comigo agora, quando eu estou assim... e não quando ela podia ter impedido isso, quando ela podia ter evitado cair nos braços dos Anjos? Por que não parou quando eu implorei que parasse? Só agora a irmã Kipling é capaz de me olhar nos olhos e ver o que fez?

Eu falo porque tenho que falar. "Erros."

A irmã Kipling diz: "Sim. Foi um erro".

"Posso contar pra minha mãe", digo. "E fazer eles te matarem."

"Se você quer me ver morta, pode fazer isso agora."

Mostro os dentes pra ela. A irmã Kipling fecha os olhos e fica imóvel. Ela diz: "Senhor, permita que seja rápido".

Então eu me sento e fico olhando para ela. Observando o peito dela arfar, os lábios tremendo, os dedos agarrando seu jaleco branco manchado.

Uma herege. É bom demais para ser verdade.

Ninguém que causou tanto sofrimento merece um fim fácil. Fazer a coisa certa não vai tirar o menor peso da alma dela.

Só Deus pode julgar se ela realmente mudou os desígnios de seu coração, mas não posso me dar ao luxo de ter *certeza* disso. Estou fodido, não importa o que acontecer, então, eu posso arriscar.

Ela pode avisar a Nick que estou vivo.

CAPÍTULO 31

Ó cabeça sagrada ora ferida,
curvada de dor e desonra, ora cercada
de espinhos, sua única coroa!
— **Hino angelical**

A dor diminui em algum momento, como a maioria das dores, e Deus não tem nada a ver com isso. Agora ela é menos como o movimento da maré e mais como observar um tsunami recuando para o mar, levando tudo com ele a não ser os ossos e a exaustão. O tipo de exaustão em que até respirar requer um grande esforço. Como quando você está quase dormindo, mas não tem ânimo nem para fechar os olhos.

A porta volta a abrir. Eu me esforço ao máximo para erguer a cabeça, esperando ver a irmã Kipling, mas me deparo com Theo e minha mãe, de olhos arregalados como se nunca tivessem visto uma Graça antes. Como se nunca tivessem visto um monstro ou sangue antes.

"Ah, meu Deus", sussurra Theo.

"Irmão Clairborne", repreende minha mãe. "Não diga o nome Dele em vão." O tom dela não é tão duro quanto costuma ser. Sua voz oscila, trêmula e baixa.

Ótimo. É bom que ela veja o que fez comigo.

"Não estou fazendo isso", diz Theo. "Meu Deus, olha pra você." Ele entra na sala e minha mãe tenta segui-lo, mas a irmã Kipling surge no espaço estreito entre os dois, murmurando que ela deveria nos dar algum espaço. Minha mãe retruca — "É minha filha" —, mas Theo aproveita a oportunidade e fecha a porta.

Ele sorri. "Ei."

Está carregando um balde cheio de água e tem uma toalha pendurada no ombro, e eu percebo duas coisas diferentes. A primeira: sua mão esquerda está enfaixada. Debaixo da atadura brotam rachaduras como as minhas, e há ossos quebrados despontando da pele.

A segunda: percebo um brilho vindo de dentro dele. Algo me chamando, um dos meus neurônios que invadiu o seu cérebro. Devorando tudo feito formigas, centelhas de vaga-lumes, penas.

"Desculpa", fala Theo. "Sei que estou te encarando. Eu só... uau. Olha pra você." Ele tira a toalha do ombro e se ajoelha ao meu lado. "Como você tá se sentindo?"

Escolho minhas primeiras palavras devagar, tentando fazer a boca e a garganta funcionarem como sempre fizeram, só formando as sílabas e botando para fora. Mas eu me engasgo. Meu corpo funcionou quando Kipling estava aqui, por que não funciona agora? Ele não está agindo mais com naturalidade. Tenho que forçá-lo, como temos que piscar de modo manual quando nos lembramos de que temos pálpebras. Quando consigo falar, a palavra soa como uma outra coisa, um animal unindo sons em uma imitação ruim da fala humana.

"*Melhor*", digo, soando horrível.

Theo molha a toalha e segura minha cabeça para limpar a gosma preta no meu pescoço e em meu queixo. Seus dedos traçam o meu maxilar. "Ótimo. A irmã Kipling disse que tá tudo bem agora. Eu juro, pareceu um daqueles filmes velhos de zumbi do meu pai. Sabia que ele era fã de terror antes de existir este lugar? Acho que é por isso que ele gosta tanto das Graças." Ele torce a toalha e a água nojenta respinga no chão. "Acho que comecei a entender por quê."

Theo abre uma das minhas asas. Ele tem que se afastar uns passos para abri-la inteira, perdendo um pouco o fôlego com o peso dela. Quando a asa está toda esticada no chão, ele começa a limpar as penas: alisando, tirando pedaços de pele presos. As asas são brancas como tudo o mais na sala, mas a cor não compensa a feiura, como o resto das coisas brancas que eu conheço. Não tem nada de macio nem de bonito nelas, diferente de como as asas dos anjos costumam ser retratadas nas pinturas. Elas são massas de carne retorcidas, o tipo de asas que um corpo humano reproduziria se fosse forçado a criá-las com matérias estranhas. Tenho seis delas agora, gigantes, doentes e inúteis. Só servem para ficar penduradas em mim.

Como um símbolo. Como na carta da minha mãe para as pessoas fiéis: *Pois quando Serafim estende suas seis asas e grita, ele atinge o coração de todas as testemunhas com o temor a Deus.*

"Você parece cansado", comenta Theo. Eu estou. "Mas, se isso vale para alguma coisa, eu tô orgulhoso de você."

Theo se inclina, chegando perto do meu rosto. Ele está tão pequeno. Eu costumava ser uns centímetros mais baixo que ele, mas, mesmo sentado no chão, agora eu estou *ameaçadoramente* grande.

Ele beija a minha testa mesmo assim.

"E sua mãe também", diz Theo. "Mesmo que ela não seja boa em demonstrar."

Eu rosno, sendo obrigado a forçar cada palavra para que saia. "Não quero ouvir isso dela."

Theo suspira. "Eu sei. Desculpa."

Minhas garras envolvem totalmente a mão enfaixada dele. Theo solta as ataduras e as deixa cair no chão.

Ainda dá para reconhecer que é a mão de alguém. Cinco dedos, uma palma, um pulso. Mas parece que passou por um picador de madeira e foi costurada de volta. Pedaços de ossos despontam — alguns rompem a pele, alguns a pressionam como se estivessem tentando sair — com músculos e uma pele descolorida segurando tudo.

Eu que fiz isso?

Eu?

Há uma centelha dentro dele que queima, há uma brasa do fogo de Serafim dentro de nós dois. Tantos pequenos incêndios, espalhados por estas paredes, espalhados por tudo.

O Dilúvio devia ter partido o crânio de Theo como fez com aquele irmão, como eu fiz com aquela menina. O Dilúvio também devia ter partido Theo ao meio, as dores terríveis de Serafim rasgariam seu corpo com um rugido incontrolável. É mais fácil disfarçar o luto quando você não pode deixá-lo transparecer. Eu ficaria feliz em me ver livre dele.

Mas ainda não. *Ainda não*, continuo dizendo, *ainda não, ainda não.*

Coloco um braço embaixo de mim. O outro. Meus pés. Theo recua, estendendo a mão como se pudesse me segurar. Eu vacilo por um momento, apoiado nas mãos e nos joelhos, com a respiração pesada. É assim que meu corpo deveria estar — as Graças costumam ficar apoiadas nas mãos e nos joelhos para se manter firmes, e minhas proporções mudaram tanto que essa posição parece natural. Mas não é suficiente.

Eu me levanto.

Minha altura é imensa. Sou muito mais alto que Theo, uma árvore emaranhada de carne e osso; minhas asas bloqueiam a luz e nos cobrem de sombras. Theo olha para mim, com os olhos arregalados e brilhando de espanto. O balde cai no chão. A água se espalha pelo piso.

"Meu Deus", sussurra ele. "Meu Deus."

No espelho bidirecional atrás dele está a criatura que espreitava entre as árvores. Aquela que me jogou pela claraboia do prédio do grêmio estudantil. Aquela que me espiou pela janela desta mesma sala. Uma cauda longa feita de tendões e ossos se enrola aos meus pés. Meu rosto está irreconhecível, meus olhos brancos, embaçados, a pele bem repuxada no crânio. A única coisa que diz que ainda sou *eu* é a boca aberta feito uma ferida cheia de presas, cada dente do tamanho de um dedo. Eu sou um cadáver carbonizado envolto por asas, nada além de uma armadura, pontas afiadas e penas.

O inferno nos perseguiu na Terra, e eu sou o monstro que o trouxe.

"Tá vendo?" Theo põe a mão na minha barriga. "Você é lindo."

* * *

O resto da semana é um borrão de exaustão e testes; eu me perguntando se posso ter uma crise de pânico em um corpo como este. Paredes brancas, o escritório da irmã Kipling, salas de exames, todo dia. O centro de saúde está em quarentena. Os soldados cobriram as paredes de vidro do primeiro andar com lençóis enormes. Fui isolado do mundo lá fora, e o mundo lá fora foi isolado de mim.

Toda vez que os lençóis levantam e eu consigo olhar para o lado de fora, sinto vontade de me jogar contra o vidro. Onde o Nick está? Ele está bem? Não quero ficar sozinho aqui.

Eu desejo que as pessoas do CLÃ estejam bem.

Durante os testes, a irmã Kipling não diz uma palavra para mim. Ela mede meus sinais vitais, confere as anotações e nem olha na minha cara.

"Eu quero te ver sozinho", digo para ela.

A irmã Kipling arregala os olhos e sai às pressas.

Theo praticamente não sai de perto de mim, e minha mãe é quase tão grudenta quanto ele. O general aparece algumas vezes, e a animação de Theo oscila quando o homem se aproxima demais. Eles têm os mesmos traços faciais, mas o tempo embruteceu as feições do general. Theo só encontra consolo em mim e nas pessoas do laboratório que ele segue para cima e para baixo feito um patinho. Ele presta atenção em tudo o que elas dizem. Essas pessoas compartilham notas sobre as complexidades do meu poder: minha habilidade de dobrar as Graças às minhas vontades, de trazer à vida mesmo a menor carga viral e despedaçar um soldado de um esquadrão da morte ou um membro do clero em um instante, se eu quiser.

"Como assim?", pergunta Theo, se inclinando sobre a mesa. Eu observo.

"Se você beijou a Graça na Reformada", explica o técnico do laboratório, "você absorveu uma quantidade suficiente de Dilúvio para ficar doente, certo? Serafim pode controlar essa quantidade de Dilúvio. Serafim pode dar vida ao Dilúvio." O técnico olha para mim com muito amor. Isso faz meu estômago, ou o que sobrou dele, revirar. "Nós fomos muito abençoados." A voz dele baixa. "Mas se o profeta pudesse ver isso..."

Theo torce o nariz. "Xiu."

Eu quero *destruir* Nova Nazaré — mas há tantos *ses*. *E se* uma pessoa não infectada me atacar, *e se* meu poder não for suficiente para incapacitar alguém, *e se* eu não conseguir sair a tempo? E se a confissão da irmã Kipling tiver sido só uma estratégia para me fazer mostrar deslealdade e descrença mesmo depois da Redenção? Para me revelar como o pior tipo de pecador?

Eu ainda preciso do Nick. Até a arma mais perfeita de Deus é impotente sem o apoio das pessoas. Só porque um soldado vai ser crucificado se me matar não significa que esse soldado não pode *fazer isso*.

Num momento em que a irmã Kipling está medindo meus sinais vitais, o técnico leva Theo para o laboratório a fim de examinar alguns processos, sussurrando de um jeito conspirador no ouvido dele.

Theo volta radiante.

"Se o mundo fosse um lugar melhor, eu acho que teria sido biólogo", comenta ele, com os olhos arregalados e meio distante. Ele voltou a mergulhar as mãos no Dilúvio, perseguindo a morte da mãe, perseguindo a própria morte. Seus olhos se voltam para a irmã Kipling e um sorriso surge em seu rosto. "Não é lindo, irmã?"

Os dedos da irmã Kipling se atrapalham, e ela deixa o instrumento cair no chão.

Então, é a vez do general. Os testes dele são mais difíceis. Ele traz uma Graça pequena para o laboratório, eu agarro o Dilúvio dentro dela e crio outra coisa, transformando massas de carne em coisas terríveis cheias de dentes e garras.

Ele diz que as pessoas hereges em Acheson não têm muito tempo. Começaremos pela cidade e aos poucos, de maneira metódica e perfeita, vamos expandir, purificando o mundo conforme avançamos. E quanto antes concluirmos esses testes, quanto antes o meu corpo se firmar, mais cedo nós poderemos começar.

"Compreende o que se espera de você?", pergunta o general. "Você compreende? Está pronta?"

Sim, e eu odeio isso. Não quero pensar muito no que estou fazendo, transformando pequenas criaturas assustadas em máquinas de guerra, então, eu penso no que aconteceu com Nick na missão de resgate ou no cla queimando — a forma como a Graça veio até mim e trabalhou comigo, como um membro perdido que me foi restituído.

Não há nada aqui. Não tem amor. Só destruição e criação. Eu fui criado para isso, mas não *devo* fazer isso. Assim que o general dá as costas, pego a Graça no colo e deixo ela se enrolar em mim. Por mais que eu a tenha transformado, ela ainda é tão viva. Um dia já foi uma pessoa. Tenho vontade de abraçá-la para sempre. Ela está ronronando, Jesus Cristo, ela está ronronando, e eu juro que, se conseguisse chorar, eu estaria soluçando.

Nós somos iguais. Será que ela sabe disso?

"Isso não faz parte do teste", diz o general, ríspido, olhando para mim. Eu rosno em resposta. "Vai atrapalhar os resultados. Escolhe outra para você."

O que aconteceria se eu partisse o general ao meio também? Se pegasse aquele pedacinho do Dilúvio nos ossos dele e fizesse o cara em pedacinhos?

Meu cérebro recua diante desse pensamento. Se os Anjos são capazes de enforcar a si mesmos por falar fora de hora, se são capazes de espalhar um vírus como o Dilúvio, eles seriam capazes de fazer todo tipo de coisas comigo. Eles podem decidir que seria melhor que eu fosse como as Graças que eles entregam para os esquadrões da morte.

"Eu cuido disso, irmão", fala a irmã Kipling. "Você não está atrasado para uma reunião?"

O general resmunga. Vejo de onde veio aquele olhar de Theo. "Não ponha tudo a perder", diz o homem.

Somos só eu e ela agora. As pessoas do laboratório não estão aqui. Nem Theo. É o mais perto de ficar sozinho que cheguei desde a sala de isolamento. Os olhos grandes da irmã Kipling oscilam por trás dos óculos, sua garganta treme como se ela estivesse tentando atrair meu olhar para as veias delicadas de seu pescoço.

Ela pergunta, de um modo muito gentil: "O que foi?".

Eu começo com "Não vou matar você". A irmã Kipling desvia o olhar. "Se você se sente tão mal assim, faça alguma coisa. Faça alguma coisa por mim."

"Sim", concorda ela. "É claro."

Ponho a mão na parte de trás da minha asa, onde um bolso esquisito se formou na pele, e pego o lagarto trans. Gentilmente, eu o coloco entre os dentes da pequena Graça e desenho para ela um mapa mental de Acheson — passando pelo centro, pelo distrito governamental, até o CLA e o banco. Mostro o rosto de Nick, o rosto de Erin e de todas as outras pessoas. A Graça me olha com seus olhos grandes e bonitos.

O clero vai querer me abençoar antes da minha primeira marcha pela cidade. Vão querer fazer um espetáculo — os Anjos *sempre* fazem um espetáculo. Vão querer transformar tudo em uma cerimônia de adoração, uma consagração.

Preciso ter certeza de que Nick não vai deixar o recado passar.

Eu espero que não.

"Um dia antes de o general me mandar para Acheson", digo para a irmã Kipling, "você vai passar isso aqui pelos portões e fazer chegar à cidade. Fui claro?"

"Não sei quando vai ser isso."

"Então, *descubra*." Deixo as palavras retumbarem na minha garganta. Ela se encolhe. "Aquelas pessoas matariam por você. Use a sua santidade pra uma coisa boa."

"Claro", diz ela. "Claro."

Por favor, Nick precisa saber o que o recado significa. A Vigília tem que voltar para me buscar. Por favor, não me deixem. Não sei se consigo acabar com tudo sozinho.

* * *

Dias se passam. Não sei quanto tempo faz que a minha espinha se partiu no rio, mas sei que os dias têm ficado mais longos e muito mais quentes. No meio da noite, estou sentado no telhado do centro de saúde, com as asas abertas para absorver a luz do luar. As Graças fazem ronda com os treinadores. O rio brilha. Lanternas pontuam a paisagem feito vaga-lumes. Eu aperto os olhos como se meu olhar pudesse atravessar as paredes, a cidade, e encontrar as pessoas que são minhas amigas.

Não suporto esperar. Não suporto. Ponho a testa no cascalho do telhado e rezo, pela primeira vez em muito tempo, para que o meu plano funcione.

Os *ses* voltam. E se a Graça for morta antes de entregar a mensagem? E se Nick não entender o recado? E se a Vigília chegar tarde demais? E se não conseguir chegar? Mesmo no clima ameno de fevereiro — ainda é fevereiro? Talvez seja março — é noite, e eu estou tremendo. Só quero que isso acabe. Quero ver Nick de novo. Estou tão, tão cansado.

A entrada do centro de saúde abre lá embaixo. A irmã Kipling sai do prédio carregando uma bolsa pesada nos ombros. O guarda na porta curva a cabeça em reverência enquanto ela passa pela lagoa, anda pelo campo e segue em direção ao caminho que atravessa o *campus*. Eu me levanto um pouco, recolhendo minhas asas, e espio por cima da beirada do telhado. A irmã Kipling continua andando até virar nada mais que um pontinho no horizonte.

Ela está indo na direção dos portões. Está cumprindo sua promessa. Ela *é* uma herege.

Deve ser amanhã.

Não consigo respirar até ouvir o rumor distante do portão. Amanhã. É amanhã. Por favor, Nick, por favor.

Sei que Theo está esperando alguma coisa de mim — passei as últimas noites em uma sala de convivência reformada, onde ele dorme em um colchão no chão ao meu lado —, mas não consigo me mexer. Sinto cada centelha no mundo. Cada Graça. E estou lá com todas elas.

Quando eu nasci, minha mãe me deu um nome em homenagem a uma mulher do Velho Testamento. Ela era uma rainha judia e uma das mulheres mais bonitas que seu reino já tinha visto. Quando o primo dela ofendeu o conselheiro do rei, o conselheiro ganhou a permissão do rei para massacrar o povo de Ester — mas Ester frustrou o plano e permitiu que seu povo massacrasse os inimigos. Minha mãe pensou que poderia me chamar de *Ester* sem considerar a mulher que salvou pessoas amadas? Ou o complexo de perseguição dos Anjos é tão radical que seus membros pensam que são *eles* que precisam ser salvos?

Quem eu estou enganando? Sei muito bem que é isso mesmo.

Se minha mãe quis me chamar de Ester, tudo bem. Vou viver para fazer jus ao nome e colocá-lo em um lugar honrado nos túmulos de meus pais. Não vou ser o "abençoado Serafim", não vou ser *deles*, e não tem nada que os Anjos possam fazer. Eu peguei o que me deram e me voltei contra eles. E vou transformar isso em algo que vai destruí-los.

Se querem que eu seja um monstro que esteja um passo mais perto de Deus, tudo bem.

Em que mundo o Deus deles já foi um deus benevolente?

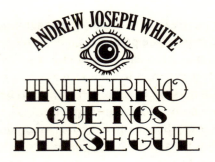

CAPÍTULO 32

"Consagração" é o ato de declarar algo como sagrado; por obra do Dilúvio, nós consagramos a carne e o espírito. Santificamos o sangue e sacralizamos os ossos.
— **Anotações da madre reverenda Woodside**

Theo demora um tempão para ficar pronto na manhã seguinte. Minha mãe está sentada junto a uma das mesas de estudo no térreo do centro de saúde, toda afetada, de pernas cruzadas; o Esquadrão Devoção anda para lá e para cá, aguardando ordens; estou olhando para a porta da frente tentando entender como é que vou fazer minhas asas passarem por ali.

A irmã Kipling, que atravessou o salão às pressas, não olha para mim desde que os olhos dela encontraram os meus hoje de manhã e ela gesticulou com os lábios um *Está feito*. Ótimo. Era tudo o que eu precisava dela. A Graça está lá fora, em Acheson, com o lagarto de contas nos dentes. Minha cauda bate de excitação no chão. A ansiedade pulsa por toda a extensão do meu novo corpo assim como as batidas do meu coração costumavam fazer, se tornando aquilo que me mantém de pé e em movimento.

Minha mãe fala: "Querida?".

Ela nunca me chama assim. Eu levanto a cabeça e olho para ela.

"Por mais que eu tente", murmura ela, "não consigo expressar o quanto fico feliz pelo fato de você estar em casa." Os olhos dela parecem tão, tão cheios de amor. Acho isso estranho. Minha mãe nunca me olhou desse jeito, ainda mais depois que descobriu que sou um menino. "Nós somos muito abençoados por ter você, de verdade. Estou muito, muito orgulhosa."

Ela precisou de tudo isso para ter orgulho de mim?

A porta dos fundos abre com tanta urgência que as minhas asas se arrepiam inteiras, como se eu fosse um gato assustado. Os soldados têm usado a porta dos fundos para entrar e sair sem chamar atenção, mas achei que estivessem todos aqui. Todos menos...

Theo e o general.

O general fica mais afastado; há linhas de escárnio permanentemente entalhadas em seu rosto, mas Theo atravessa correndo o saguão do centro de saúde, me agarra pelo pescoço e *ri*.

"Bom dia!", diz ele. Eu me levanto, apoiado nas pernas traseiras, e as mãos de Theo perdem um pouco a força. Consigo me livrar dele. Estou estressado demais para bancar o namorado bonzinho. Não quero que ele encoste em mim. "Dia bonito, né? Que Deus abençoe."

A cabeça de Theo está raspada. Embaixo das vestes dele cabe uma armadura inteira e há um cinto ao redor de sua cintura com espaço para uma faca e uma pistola.

Ele...

"Notou alguma coisa diferente?" Theo dá uma risadinha.

Ele foi reintegrado como um soldado dos esquadrões da morte.

Eu o odeio. Eu o odeio tanto. Nick devia ter atirado nele quando teve chance. Devia ter matado Theo; devia ter espalhado os miolos dele pelo chão como os Anjos fizeram com o meu pai.

"Isso aqui é pra você", diz Theo. "Isso só aconteceu *por sua causa*." Ele puxa meu rosto para baixo e beija o que sobrou do meu nariz. "Tô ansioso pra mostrar pra Nova Nazaré o quanto eu te amo."

Um *eu te amo* não deveria ser tão assustador assim.

Por favor, o CLA precisa estar lá ainda. Por favor.

"Estamos prontos?", pergunta minha mãe, ficando em pé e emanando um lampejo prateado.

"Pronto como nunca", responde Theo.

Ficamos em formação, minha mãe, a irmã Kipling e o Esquadrão Devoção. Theo põe a mão no meu braço quando eu piso no gramado diante do caminho que conduz até o portão, cerrando os olhos contra a luz forte do início da manhã.

"Como foi?", pergunto para o Theo, porque é a única coisa que consigo fazer sair de mim além de uma chuva de *vai se foder vai se foder vai se foder.*

"Você voltou pra casa", diz ele. "Preciso estar do seu lado."

Foi o que ele sempre quis. Eu volto, e Theo consegue os sonhos dele embrulhados em panos brancos, que ficariam bem melhores manchados de sangue, com os conteúdos do seu crânio pingando pelas vestes perfeitas dele.

Calma.

Viramos uma esquina, saindo do meio das árvores que ladeiam o caminho, e ficamos de frente para o portão. Três cruzes com tecidos pendurados foram erigidas ao lado da entrada. Toda a população de Nova Nazaré apareceu para me ver, reunida em desespero ao redor do púlpito improvisado do irmão reverendo Ward.

O silêncio é instantâneo. Os tecidos das cruzes, vermelhos feito o sangue de Jesus, balançam na brisa soprada pelo rio. O portão está entreaberto, à espera da ordem da minha mãe, lançando uma sombra nas cruzes com as silhuetas dos arames farpados e dos guardas nos muros. Sinto o cheiro do rio, dos corpos em decomposição, do suor de centenas de Anjos unidos em devoção.

Eu sou um disco riscado implorando: *Por favor.*

E lá estão as Graças. Nova Nazaré mantém pelo menos uma dúzia de bestas para a guerra, e agora elas estão aqui por mim, tremendo ao lado de seus treinadores. Os sentimentos delas vêm até mim feito uma maré. Fome. Raiva. Dor. Coisas que qualquer pessoa sentiria, de fato, se estivesse no lugar delas.

Vejam as coisas terríveis e belas que o Dilúvio criou. Três corpos unidos, oscilando em pernas de pau pontudas, costelas despontando da pele. Uma coisa toda esticada, grotesca, com tentáculos saindo do peito e da garganta. Um tanque feito de dezenas de pessoas mortas, globos oculares e bocas lamuriosas, abertas feito feridas. Carne velha, gordura amarela, órgãos, pele rasgada e ossos quebrados.

Eu sussurro para elas *"Estou aqui"*, e todas as Graças se viram para olhar. Elas olham do mesmo modo como eu fiz aquela Graça na emboscada olhar.

Repito com um sussurro *"Eu tô aqui"*. E depois *"Eu sinto muito"*.

Theo passa os dedos pelo meu ombro enquanto caminhamos. "Tá tudo bem", garante ele. "Não vai demorar pra gente começar." Ele ri. "Nossa missão gloriosa. Nossa missão divina. A *sua* missão."

Theo fala como qualquer outro Anjo. Palavras sagradas brotam dos lábios dele, a podridão sobe por sua garganta. Como eu pude pensar que ele era diferente?

Alcançamos a multidão, que nos engole.

O Esquadrão Devoção é a única coisa entre nós e as pessoas fiéis. O irmão reverendo Ward grita *"Nosso abençoado Serafim!"*, e outros gritos de entusiasmo se erguem feito o fogo do inferno.

As longas faixas de tecido nas cruzes estalam na brisa. Tomo o meu lugar diante delas, sacudindo o corpo e abrindo as asas. Theo ri maravilhado. A irmã Kipling fica de cabeça baixa, o irmão reverendo Ward está de boca aberta, e minha mãe apenas sorri, como se a luz de Deus estivesse irradiando dela.

Encaro uma multidão de gente assassina. De homicidas. De pessoas que pensam que o único caminho para o Céu é um *maldito genocídio*. Tenho vontade de incendiar esse mundo até não sobrar nada, e eu olho para os prédios além dos muros, buscando o brilho de uma luneta.

"Amigos!", diz o irmão reverendo Ward. "Estamos reunidos aqui hoje, na presença de Deus, para celebrar não apenas a bênção da nossa guerreira, mas também para celebrar o amor e a vida!"

Isso... não. Isso não faz nenhum sentido. Theo está olhando para o irmão Ward com a cara de um menininho a quem disseram para ficar quieto e esperar o presente dele, mas que não consegue ficar parado muito tempo. Minha mãe une as mãos e fica perfeitamente plácida e calma.

Tem alguma coisa que não entendi. Alguma coisa importante.

Calma, Benji. Respire. Está tudo bem. Nick recebeu a mensagem, ele entendeu a mensagem e vai conseguir chegar a tempo. Vai dar tudo certo.

Se não der certo, só preciso acabar com tudo isto aqui sozinho.

Mas não sei se consigo.

E, de repente, eu *sei* que não vou conseguir quando o irmão reverendo Ward diz: "Estamos aqui para celebrar a união de duas pessoas, de duas famílias, em sagrado matrimônio".

QUE PORRA É ESSA?

"Deus uniu Theodore e Ester", continua Ward. "Eles chegaram alguns dias depois de o padre Clevenger ter dado a ordem de trazer nossos Anjos para casa, e Deus os fez crescer e se tornarem os belos jovens que aqui estão diante de vocês hoje." *Não, não, não; isso não está acontecendo.* "Eles são guerreiros, mártires, e se sacrificaram muito por nós. Devemos nos considerar sortudos por poder testemunhar esta união hoje."

Um sentimento terrível invade o que sobrou das minhas entranhas. Preciso de um tempo para entender o que está acontecendo, mas... é a disforia, pior que nunca. Pior do que quando eu estava usando aquele vestido, pior do que quando minha mãe disse meu nome morto. Pelo menos, eu sabia o que as pessoas pensavam quando olhavam para mim. Agora, meu corpo é uma outra coisa, uma coisa que não entendo, uma coisa que eu não consigo compreender. Será que sobrou alguma parte minha que ainda me identifica como uma menina? Eles vão precisar achar algum sinal que indique que por baixo disso tudo existe uma mulher. Como se houvesse uma mulher presa nesta carne, e não um menino *sendo* essa carne.

"Curvemos nossa cabeça", convida o irmão reverendo Ward, "e oremos."

Minha mãe sabia? O Theo sabia? Aqueles filhos da puta. *Filhos da puta.*

"Oh, Deus, nosso Senhor", entoa o irmão reverendo Ward, "somos gratos pelo amor que o Senhor concedeu na vida de Theodore e Ester..."

Eu digo: "Não".

Todas as cabeças se viram.

"O quê?". Minha mãe se engasga.

"Não", repito. "Não. Eu não concordo com isso."

Theo estende a mão para mim. "Mas nós..."

Eu me enrosco em Theo e bato os dentes tão perto do rosto dele que ele cai de bunda no chão.

"*Vai se foder*, Theo." Sei que eu deveria me controlar, eu sei, *eu sei*, mas não consigo aguentar isso. Eu me estico todo com os dentes à mostra e saliva pingando da boca, escura feito a merda que corre pelas minhas veias. Os soldados erguem as armas como se eu não fosse nada mais que uma besta que pode ser abatida e minha mãe grita pedindo para eles pararem.

"Benji", implora Theo. "Benji, por favor. Para. Não faz isso."

Será que as pessoas pararam para pensar um segundo nisso? Será que foram tão ignorantes a ponto de pensar que eu aceitaria isso com tranquilidade? Elas sabem o que fizeram! Estou cansado de ficar implorando por migalhas de respeito — estou cansado de gente se fazendo de coitada, estou cansado de gente filha da puta que só fica vendo tudo acontecer sem fazer nada.

CRACK.

Um guarda grita no portão. Nós olhamos bem a tempo de ver um homem cair de seu posto de *sniper* na rua com um baque pesado e abafado.

Graças a Deus, graças a Deus, graças a Deus.

A Vigília está aqui, a Vigília está *aqui*.

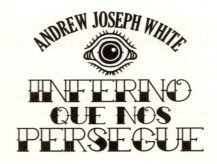

CAPÍTULO 33

> *Pois, no livro do Apocalipse, nós vemos: somos os escolhidos de Deus para romper os selos, fomentar a guerra santa, purificar a Terra e pavimentar o caminho até Ele. Devemos fazer a vontade Dele e trazer o fim dos tempos para o mundo, o fim dos tempos, ó SENHOR! O fim dos tempos, ó SENHOR!*
> — **Lição da escola dominical da irmã Mackenzie**

É assim que Nova Nazaré cai: com os prantos das Graças e o fedor de sangue, os mesmos gritos que devem ter sido ouvidos quando Sodoma e Gomorra sucumbiram sob o peso de seus pecados. Aquelas luzes alcançando o horizonte, queimando por baixo da minha pele, todas brilham para mim. As Graças de guarda no portão, iluminadas e explodindo de fúria. Elas avançam como o *verdadeiro* dilúvio que Deus enviou com toda a Sua ira, agarrando membros e cabeças, arrancando a carne dos ossos. O gosto de sangue enche a minha boca como se fosse o meu próprio sangue.

"Essa é a chance de vocês", sussurro. "Foram os Anjos que machucaram vocês."

Se eles acreditam no julgamento, deixe que sintam o julgamento.

As pessoas ao meu redor caem como se Deus tivesse cortado suas cordas. *Snipers* da Vigília miram na massa central de soldados ao meu redor, e aqueles que estão longe demais para me acertar em cheio seguram a barriga e a cabeça quando eu digo *"Aqui"*, atraindo o Dilúvio e arrancando-o de suas células, fazendo o vírus penetrar em seus ossos. O irmão reverendo Ward é dilacerado como seus irmãos foram na margem do rio. Irmãos e irmãs com quem eu cresci desabam. Minha mãe cai na grama e o sangue escorre pelos seus dedos delicados.

Acima de mim, nos muros dos portões de Nova Nazaré, vejo as mesmas formas escuras que me salvaram semanas atrás. A Vigília. *Minha turma.*

Então a irmã Kipling cai.

Dois tiros, altos e ocos: diferentes do murmúrio baixo dos rifles, uma *estranheza* que faz o Dilúvio escorrer pelos meus dedos. Um par de buracos vermelhos brota no peito dela. A irmã Kipling pisca, como se não soubesse muito bem o que está acontecendo, e cai de joelhos, tentando se segurar em uma das cruzes durante a queda. Seus dedos agarram o tecido, que rasga nos pregos que o seguravam.

Não é a Vigília. Nem um Anjo soldado, não poderia ser. É...

É...

Theo aponta uma pistola para o meu olho. Ele está com o braço ao redor do meu pescoço gigante, nossos rostos estão muito próximos, e meu corpo todo é um escudo que o protege de *snipers* da Vigília. Sua mão de Graça está quebrada e contorcida, formando ângulos muito estranhos.

Minha cabeça é a única coisa que separa uma bala do crânio dele. Perco a concentração. O Dilúvio escapa de mim. As pessoas gritam, as Graças uivam, os soldados lutam contra a dor do vírus para erguer os rifles... mas eu fico parado.

"Você contou pra eles", diz Theo, ofegante. "Você trouxe eles pra cá."

Minha voz fica presa na garganta. Não consigo falar.

"E ela te ajudou, né?" Ele aproxima a arma de mim. "Eu ouvi os técnicos falando dela. Falando que você entrou na cabeça dela. Que você enfraqueceu a irmã Kipling. Você fez isso com ela, não fez?"

A forma como ele disse *não fez?*, a forma como ele está agitado... Theo não quer acreditar. Consigo ver isso no tremor da mão dele, na forma como não para de olhar para o corpo caído de Ward. Há um anel de ouro na palma da mão do reverendo. Nosso anel de noivado. Que deveria ser nosso anel de casamento.

"Theo", digo. "Abaixa essa arma."

"Você não tá negando."

Minha hesitação é tudo de que ele precisa.

Theo pega uma seringa enorme no bolso e enfia nos músculos tensos de sua coxa, atravessando as vestes e todas as camadas de tecido branco. A arma dele sacode, mas não cai quando Theo empurra o êmbolo, fazendo o estranho líquido leitoso penetrar em seu corpo.

O rótulo na seringa diz HOSPEDEIRO 12—DOMÍNIO.

Theo roubou a seringa do laboratório.

"Você sabe que sou mais esperto que isso, querido." Theo arranca a seringa da perna e a deixa cair. A seringa brilha, ameaçadora, na grama. "Achou que eu não teria um plano B? Achou que eu não ficaria *esperto* com um herege que nem você?"

Hospedeiro 12—Domínio, uma versão falha de Serafim, se move feito uma coisa viva.

A pele de Theo começa a borbulhar, se dobrando sobre si mesma e expandindo. Suas vestes se rasgam quando asas retorcidas explodem em um jato de sangue. Um Anjo se aproxima cambaleando e Theo o agarra pelo braço, puxando-o contra o seu corpo.

Puxando-o *para dentro* dele.

Sua carne derrete, se transformando em uma *outra coisa*, consumindo o corpo por inteiro; os ossos rompem a pele, transbordando tumores, olhos e dentes. Theo agarra outro Anjo e o enfia dentro dele, causando uma explosão de órgãos e membros quebrados.

Ele *sorri*, uma boca cheia de presas, uma gosma preta pingando de feridas abertas.

Domínio não se parece em nada com Serafim. Construído de partes do corpo desfeitas, dedos brotando do crânio, olhos se abrindo e se fechando no pescoço e nos ombros. As seis asas dele se fundem com tiras soltas de carne, braços e pernas sobressalentes pingando nas laterais do corpo. Fios de cabelo loiro se projetam de tumores salientes e de pontas de ossos rompendo sua mandíbula.

"*Você achou que eu te deixaria acabar com tudo?*", rosna Theo. Não é a voz dele. Não se parece em nada com a voz dele. "*Acreditei em você, Benji, mas suas ações têm consequências. Eu tive que tomar cuidado. Tive que ter certeza.*"

Tento fazer o Dilúvio deter Theo, mas o vírus escapa pelos meus dedos.

Não, não escapa.

É arrancado.

"*Você realmente achou que eu te deixaria acabar com tudo?*"

Com um grito que parece metal batendo contra metal, ou talvez alguém sendo dilacerado, Domínio me agarra pela cabeça e me arrasta para os campos de abate.

* * *

Estou flutuando. Estou *me afogando*.

Meus pulmões queimam. Não consigo abrir os olhos. Tento buscar o ar, mas meu corpo é tão pequeno, meus membros são tão fracos. Eu chuto e me debato e, quando meus pulmões estão prestes a sucumbir, eu surjo de repente na superfície.

Um vento quente sopra entre as árvores, fazendo redemoinhos de folhas secas caírem de galhos retorcidos. Eu emergi no rio vermelho. A água é tão assustadoramente profunda que o mundo parece ser feito de uma planície líquida e sanguinolenta. Árvores e prédios se projetam na superfície como os ossos do menino espalhados pela rua. Há dezenas de corpos pendurados nas árvores. Reconheço cada um deles. A irmã Kipling, de rosto cinzento e inchado; meu pai, uma massa ensanguentada; cada um dos membros do Esquadrão Calvário. Mas como reconheço o rosto deles? Eu não... não consigo...

Luto para chegar à margem, ou ao que eu acho que é a margem, e sinto o chão debaixo dos pés. Minha pele está toda manchada, a água pinga dos meus dedos e do meu queixo.

Minhas mãos são humanas. Não são as de Serafim. Não são as *minhas* mãos.

Alguém tosse atrás de mim.

Eu me viro. Theo se arrasta até a margem, se esforçando para respirar, apoiado nas mãos e nos joelhos. Ele é só um menino. Nada de Domínio, nada de Dilúvio. Só um menino pálido de lábios rosados e olhos azuis brilhantes.

Por fim, ele consegue controlar a respiração.

"Você mentiu", choraminga ele, e se levanta — Levítico 20:27: *com pedras os apedrejarão; o seu sangue será sobre eles* — agarrando uma pedra pontuda.

NICHOLAS

CAPÍTULO 34

Não temos muito a dizer sobre a tragédia do Esquadrão Calvário, só que deveríamos ter visto o pecado naquele menino desde o início e que foi uma falha infeliz que meu filho não voltará a repetir.
— O general de Nova Nazaré

"Que porra é essa?"

O cotovelo de Fé acerta as costelas de Nick, e, se ela continuar a se mexer desse jeito, ele vai ter que amarrá-la para tirá-la dali do muro. Ela está toda ensanguentada; as feridas na cabeça estão sangrando para cacete, mas a dor ainda não a atingiu. Ela está na passarela, com os olhos arregalados, perguntando: *"Que porra é essa? Que porra é essa?"*.

"Você tá bem?", pergunta Aisha. Ela não sai do lugar, continua lançando uma rajada de fogo constantemente no gramado de Nova Nazaré. Aisha não pode se distrair, embora esteja tremendo, embora tenha visto uma bala acertando a cabeça de Fé, que está deitada no chão aos gritos. Sua voz oscila quando ela pergunta: "Nick, ela tá bem?".

"Ela tá." Nick segura os ombros e o maxilar de Fé, tentando fazê-la recobrar os sentidos. "Para de se *mexer*."

Nick está mantendo o controle. Ele viu o irmão Clairborne lá embaixo no gramado, aqueles olhos azuis e aquele rosto assustadoramente bonito, e está mantendo o controle; então, por que as outras pessoas não conseguem? Fé deveria agir como a merda de um soldado.

Ele morde o lábio tão forte que sangra, depois põe o braço de Fé ao redor dos ombros dele. Ela ainda está emitindo sons terríveis. Ele fecha uma cortina naquela parte do seu cérebro que diz que isso é de partir o coração. Só porque ele consegue se desligar — só porque consegue enfiar todo o terror dentro de uma garrafa, adiar o colapso até conseguir explodir sem atingir ninguém —, não significa que as outras pessoas são obrigadas a fazer a mesma coisa.

"Tudo bem", sussurra Nick, puxando Fé para perto de si. O suor, a pele contra a pele, a pólvora, o zumbido nos ouvidos dele, o peso do rifle batendo contra as costas dele a cada passo, tudo isso vai destruí-lo assim que isso terminar, mas agora ele está mantendo as coisas sob controle. Esse é o seu trabalho. "Vai, se levanta. Vamos."

Nick arrasta Fé pelas escadas. Lá embaixo, no portão, tem uma abertura — um espaço apertado entre o portão em si e o massacre —, e Nick fica ali, esperando, até uma Graça passar em disparada. Então, ele passa Fé pela abertura e ela chora em seu ombro quando a dor a atinge e ela percebe que acabou de levar um tiro na *cabeça*. Fé desaba.

Sadaf a segura antes de ela atingir o chão. O *hijab* cor-de-rosa de Sadaf está todo manchado. Sangue, suor, terra, Deus sabe o que mais.

"Foi superficial", explica Nick. Fé aperta os olhos. Os músculos faciais dela se mexem, brilhantes. "Foi só um arranhão. Cuidado com o braço dela." Sadaf assente e puxa Fé, afastando-a do local da matança.

O CLA armou uma base bem na frente do portão, no outro lado da rua vazia, assim que aquela criaturinha entregou o lagarto de contas para o Nick. Ele soube o que era na hora: uma mensagem. Que Benji ainda estava vivo e esperando por eles. No outro lado da rua, bem na frente desse lugar terrível, o lugar para onde Nick levou aquelas pessoas, Erin abre a porta de uma floricultura abandonada e deixa Sadaf entrar.

Fé está bem. Erin está bem. Esse é o trabalho dele.

Nick se dá quatro segundos para sentir o lagarto de contas trans em seu bolso, relaxando junto ao seu próprio lagarto — para se concentrar, para o coração voltar a bater como deveria. Dois segundos para inspirar, mais dois para expirar. Dois segundos para enterrar o irmão Clairborne na parte mais profunda de sua mente, de onde ele não vai sair mais; dois segundos para identificar o menino tremendo nos braços dele com Serafim uivando entre os monstros.

Os quatro segundos terminam, Nick arranca cada pensamento pela raiz e se livra deles para não surtar. Ele volta para o local da matança, empunha a arma e atravessa o portão.

Nick volta para o lugar onde o mundo está acabando mais uma vez.

Assim que ele pisa em Nova Nazaré, as cruzes atrás do portão desmoronam, gerando um caos de ruídos de madeira se desintegrando. Nick tropeça nos degraus, já no interior da barreira improvisada. Carne retorcida e penas sacodem farpas enormes, uivando de raiva.

Benji. Aquele é Benji. A criatura sobre a qual Fé estava gritando é Benji.

Serafim — Benji — é assustador com toda a sua beleza e o seu horror. Será que é ele *mesmo*? Aquele é o menino que quis beijá-lo, que prometeu voltar para casa, que o fez encarar o estrago que os Anjos lhe fizeram?

Nick percebe, horrorizado, que ele adora aquele menino com todo o seu ser, e tanto que esse sentimento se recusa a ser enterrado e ignorado como todo o restante. É por isso que Nick dá um soco na escada para interromper essa linha de pensamento. Ele se encosta na parede.

Nick se posiciona ao lado de Aisha. Ela não vai durar muito. Parece que vai quebrar a cada respiração. No outro lado do portão, no outro muro, Cormac e Salvador lutam para segurar o enxame de Anjos entre a Vigília e Benji. Isso tem que terminar logo, ou não vão conseguir. Depende de Benji agora — tudo o que a Vigília tem que fazer é manter Benji vivo por tempo suficiente para ele acabar com este lugar.

Mas aquela coisa. Aquela maldita *coisa*.

O irmão Clairborne, ou o que sobrou dele.

A besta é uma imitação de Benji, um gêmeo profano. É o que acontece quando a cepa de Serafim atravessa a pessoa hospedeira rápido demais para ela ficar intacta, tão desesperada por carne que se alimenta dos cadáveres entulhados no chão. Os soldados ainda vivos engasgam-se com o próprio vômito e são dilacerados sob o peso do vírus adormecido em seus corpos. Um deles tomba no meio da rua quando sua cabeça se desfaz em uma massa de matéria cinzenta. Benji e a besta se agarram, rasgam a carne um do outro e quebram ossos, e então a besta agarra Benji por uma asa e o joga no chão. Benji *grita* e mal consegue se afastar, recuando com a asa toda torta, como um pássaro ferido.

O campo de batalha começa a mudar.

O primeiro erro, e Nick registra isso como um *erro*: uma Graça toma a direção da escada que fica no outro lado do portão, aquela que leva direto para Salvador, e estala os dentes a centímetros da perna dile. Ile consegue enfiar uma bala no tecido mole do olho da Graça enquanto Cormac puxa Salvador para trás. O segundo: uma mão toda retorcida se ergue da escada — no lado em que *ele* está, *merda, ele estava tão focado no gramado que se esqueceu de vigiar a escada* — e crava as garras em sua coxa. O Anjo ao qual a Graça está ligada uiva; sua pele está inchada e marcada por uma ferida aberta feito uma boca que explode em gosma e sangue.

A resposta de Nick é um instinto — tirar a faca do bolso, abrir a lâmina, golpear. O primeiro golpe quebra o nariz e o Anjo grita; Nick puxa a faca e volta a golpeá-lo. Dessa vez, a lâmina acerta o olho e atravessa o cérebro. Um estalo, e o líquido escorre por sua mão. O Anjo convulsiona, as garras cravam mais fundo e, então, amolecem.

Nick abafa um grito. Sua coxa é uma confusão de carne crua, molhada e brilhante. A terra treme quando uma Graça cai ao chão, e ele não consegue ouvir os próprios pensamentos com todos aqueles disparos e gritos de ordem. Sua mente procura algo em que se agarrar, mas a dor afasta essa possibilidade, provocando-o: *erro, erro, erro.*

É isto que acontece quando ele erra: as pessoas se machucam. O Anjo não acertou nada que possa matá-lo rápido. Apenas tudo o que vai matá-lo aos poucos. Meu Deus, a ferida é *enorme.*

Nick está tão concentrado em sua perna que não nota o Anjo escalando o muro atrás dele até uma gosma preta pingar na sua testa. Ele olha para cima e vê uma massa de carne e órgãos mostrando os dentes para ele.

E, quando Aisha explode a cabeça do Anjo, alguma coisa em Nick também se estilhaça.

Alguma coisa tentando abrir caminho dentro de seu crânio. Alguma coisa é *arrancada* de seu crânio. A dor conduz sua visão para um único ponto branco, e Nick se engasga com tudo o que passa por sua garganta e a inunda de bile. Nick cospe, tentando respirar, e a bile sai pelo nariz. Ele tira a máscara, e a mesma gosma escura cai de sua boca, sujando seu peito e suas calças.

O ninho. A igreja. O Dilúvio. Serafim está fazendo o Dilúvio florescer, o vírus que seu corpo ingeriu quando ele beijou o ninho na Reformada. Não. Não, Benji está muito distraído, ele perdeu as Graças, não pode ser ele.

É a besta. Pegando os poderes de Benji e zombando deles.

Nick ficou longe dos Anjos por muito tempo. O vírus enfraqueceu em sua cabeça, longe de outras pessoas portadoras, adormecido e isolado esse tempo todo. E isso significa que ainda tem tempo.

Ele puxa o corpo dilacerado do Anjo e usa o cadáver como escudo enquanto se esforça para ficar de joelhos — mas a dor, Jesus Cristo, a *dor* —, só o suficiente para conseguir ver por cima do muro. Suas mãos tremem, pedacinhos de ossos rompem sua pele. *A fraqueza não pode ser uma desculpa por muito tempo.* Respire. Inspire, expire. Aproxime a arma do corpo, coloque a coronha no ombro dele. Respire.

No gramado, Benji está apoiado sobre os joelhos e as mãos, com as asas fechadas, os ombros abaixados feito um cão acuado, mostrando os dentes para a besta que se assoma acima dele. A coisa toda retorcida agita seus membros quebrados e uiva.

Nick foi um Anjo. Ele foi feito para a guerra.

Respire.

Benji salta, arrancando uma faixa de carne brilhante da barriga da Graça e expondo um buraco de músculos pulsantes. Algo que parece ser os intestinos da besta fica preso nos dentes dele e Benji o puxa, revelando um ninho de órgãos rosados e gordura amarela, e então a besta agarra Benji pelo pescoço e o joga no amontoado de cruzes quebradas, como se ele fosse uma boneca de pano.

O Dilúvio crava suas garras no espaço vazio do crânio de Nick, entre as dobras de seu cérebro. A ferida em seu rosto pulsa com sua respiração. Ele se lembrou de como Benji falava com as Graças sem dizer uma palavra, mal mexendo os lábios. E elas entendiam.

Pela primeira vez em muito tempo, Nick põe fé em alguma coisa e reza.

Benji. Tá me ouvindo?

Benji emite um guincho alto e se ergue dos escombros; estilhaços de madeira caem de suas asas, formando um coro. A Graça emite um grito de guerra.

Nick reza: *Estou aqui. Estou pronto.*

CAPÍTULO 35

Às vezes, os mártires falam de um lugar que está além de nós — além do entendimento das pessoas aqui nesta Terra. Quando minha fé declina e diminui, eu quase sempre me pergunto: será o céu? Isso seria possível?
— **Anotações da irmã Kipling sobre o Dilúvio**

A água repleta de sangue pinga da ponta afiada da pedra e escorre pelos dedos de Theo, descendo em rios pelas bochechas pálidas dele. Ela manchou suas vestes de rosa, a mesma tonalidade purulenta de gengivas infeccionadas. Sua cabeça ainda está raspada, ainda está usando roupas de *soldado*, seus ombros contraem quando ele se mexe —a boca está curvada, os lábios, retorcidos em um sorriso de escárnio.

Theo está chorando.

Nunca tinha visto isso. Ele não chorou quando a mãe se sacrificou no Dia do Juízo Final. Não chorou quando o pai o esfolou vivo. Uma lágrima traça caminho pela água grudenta em seu rosto, e seus olhos estão vermelhos. Theo está *chorando*.

A água sangrenta borbulha na minha boca. Minha boca humana, nada de presas, nada de feridas. Sem o Dilúvio, sou apenas um menino. Nenhuma Graça para evocar, nenhum Anjo para matar. Nem tenho testosterona para me garantir na condição de *menino*. E Theo tem quinze centímetros e vinte quilos a mais que eu — um menino cis que poderia acabar comigo, se quisesse. E que já fez isso antes. E que ficaria mais que feliz em fazer de novo.

Ele ergue a pedra e mira na minha direção; seu braço está tremendo. "Qual é o seu *problema*?", pergunta ele, ofegante.

Dou um passo para trás. Meus tênis afundam na mistura de lama, água sangrenta e grama. "Theo, eu... nós..." Foi assim que falei dias atrás? Como é que alguém pode me enxergar como um menino com essa voz, com um *corpo* como o meu? "Abaixa essa pedra. Por favor."

"Eles te deram tudo!" Ele diminui o espaço entre nós e dá mais um passo. Theo está quase ao alcance da minha mão, tão perto que a pedra poderia esmagar o meu crânio. "Você entende o que tá jogando fora? Sabe quantas pessoas vão se foder por sua causa?"

O nome dele sai de mim como uma prece, como se lembrá-lo de que ele é humano pudesse tirá-lo dessa. "Theo, por favor."

"E tudo porque você não gosta." Ele ri, e seu rosto pálido e bonito se contorce em alguma coisa mais parecida com Domínio do que com o menino pelo qual eu me apaixonei. Dou outro passo para trás e quase tropeço na calçada submersa. "Você nunca gostou de nada em si mesmo, né? Tá sempre tentando *mudar*. Nunca aceitou o que Deus te deu."

Foi Theo que me disse que ser trans não era um erro, que Deus me fez trans com um propósito. Será que ele nunca acreditou nisso? "Cala a boca. Para com isso!"

"Você queimaria o mundo se pensasse que seria feliz com o que você deveria ser nesta vida. *Nesta* vida. E você teria uma vida perfeita esperando por você se aceitasse tudo como todo mundo!"

Mas isso não daria certo! Porque...

Porque eu não acredito no Céu.

O entendimento me atinge, crava as garras em mim, ameaça me puxar para a água. Eu não acredito no Céu. Nunca acreditei. Poderia dizer para mim mesmo que tudo existiu, que eu estava tão imerso em pecado que não conseguia sentir, que eu tinha fé, não importa o quanto estivesse perdido, mas... ah, meu Deus, eu nunca acreditei.

É isso. Tudo se resume a isto: nós existimos em versões de mundo completamente diferentes. Theo vê o Céu esperando por ele depois da morte, uma vida além desta, algo mais. Eu vejo o rosto do meu pai e a merda de um buraco negro. Não importa o quanto eu diga para mim mesmo que existe um Céu, não consigo acreditar. Minha mente se recusa a entender isso; minha mente reconhece a ideia, mas, quando tento me dizer que é verdade, eu bato em um muro. O mesmo muro em que bateria se alguém me dissesse que água de esgoto pode ser fresca, limpa e límpida se eu engolisse e acreditasse nisso o suficiente. Seria um grande alívio se eu pudesse acreditar que existe alguma coisa além disto aqui, mas não consigo.

É *assustador*.

Eu digo: "Se você realmente acredita que tem alguma coisa depois daqui, não importa. Isso não justifica o que você tá fazendo agora".

"Não fala como se nós fôssemos os vilões."

"Mas vocês *são*! Jesus, vocês *são*! Nove bilhões de pessoas. Vocês mataram..."

Theo rosna. "A questão não é essa."

"O quê? Acabar com a raça humana não é a *questão*?" Eu aponto para as cópias espectrais dos prédios de Nova Nazaré atrás de nós, se destacando em meio à inundação. "Como se você não tivesse passado a vida inteira rezando pra esse mundo ser exterminado?! Tirando aquele bando de gente rica cristã e umas pessoas indesejadas que essa gente rica entendeu que eram boas o suficiente pra pegar em armas?"

"Para."

"Eu sou uma das pessoas indesejadas, Theo. E você também."

"*Chega*."

"Aquelas pessoas só te toleraram porque você fez o que elas *mandaram*." As palavras saem com tanta facilidade, já que eu vi o que os Anjos fizeram com o mundo, e eu *entendo*. "Aquela gente não tá nem aí pra você, e ficar puxando o saco de Deus e do seu pai não vai mudar isso!"

Theo deixa um uivo baixo e gutural escapar, como o Domínio, e vem para cima de mim.

Ele ergue uma pedra para bater no meu rosto — *a flor sangrenta de um crânio estilhaçado* —, mas ele é bem mais alto, e eu consigo escapar por baixo de seu braço, jogando todo o meu peso contra a lateral do corpo dele.

Nós caímos juntos na água e molhamos o rosto. Theo se esforça para se levantar. Ele não está segurando a pedra. Ele a deixou cair. Enfio a mão na água para encontrá-la, mas o sangue é tão denso que não consigo ver, e meus dedos afundam na lama.

O cotovelo de Theo acerta as minhas costelas. Eu caio na água.

Ele está em cima de mim.

Theo está me segurando. Sinto os joelhos dele pressionando a minha barriga. Vejo seu rosto contorcido de fúria um segundo antes de ele afundar minha cabeça na água.

Não respire.

Tento alcançar o Dilúvio na cabeça dele, como se eu pudesse arrancar o vírus de seu corpo e deixar uma ferida aberta como a ferida que abriram no meu pai. Tento alcançar uma Graça capaz de quebrar Theo ao meio com uma mordida. Mas não encontro nada. Só o crânio daquela menina se partindo com a força do Dilúvio, a mão dela buscando a minha.

Eu quero tudo de volta. Quero Serafim de volta. E não por causa do poder dele, mas porque é isso o que eu sou, e eu *cansei* de ser jogado entre tantos corpos.

Os braços de Theo tremem com a força que ele está fazendo para me segurar. Minhas unhas encontram a bochecha dele. Ele põe as mãos na lateral do meu rosto e pressiona meu crânio contra o meio-fio.

Ele poderia esmagar minha cabeça no concreto, se quisesse.

Eu faço parte do CLA. Faço parte da Vigília, das pessoas que matam Anjos, que revidam, que exterminam os exterminadores. Sou Serafim, e um menino não vai nem fodendo ser a causa da minha morte.

Espera... a Vigília.

Minha cabeça está ficando leve por causa da falta de oxigênio, e a água cheia de sangue queima meus olhos. Eu procuro a faca no meu bolso.

É aquela que Nick me deu. Aquela que me deu porque viu em mim um guerreiro, porque uma pessoa como Serafim seria capaz de atravessar o fogo do inferno e voltar rosnando e toda queimada — mas viva.

A faca que não estava *comigo* desde que a devolvi para o Nick no quarto dele.

Mas eu também não tinha mais essas roupas. Não tinha mais este corpo.

E eu não vou ter medo de um menino.

Click.

A faca o golpeia uma vez só, mas é o suficiente. A lâmina acerta em cheio a carne macia abaixo das costelas de Theo, e eu a puxo com toda a minha força. Um jorro quente de sangue brota e escorre pela minha mão. Theo grita e se afasta cambaleando; de repente, seu peso vai sumindo do meu peito.

Eu me sento, e a água está escorrendo pelo meu rosto e entrando na minha boca quando tento respirar. Vejo redemoinhos bem vermelhos ao redor dos meus braços, brilhando contra o rosa-escuro e amarronzado. Fico em pé, minha cabeça está girando, tentando focar minha visão.

Theo está meio curvado na água, suas vestes estão enroladas em volta das canelas, prendendo a lateral de seu corpo. O sangue escorre pelos dedos dele. Suas vestes caem dos ombros — ele nunca encorpou tanto quanto disse que faria — e eu vejo curativos por toda a extensão de suas costas, despontando das roupas íntimas.

Curativos? Para quê? Que tipo de ferimento Theo traria para os campos de abate?

... uma tatuagem.

Eu estou vestindo uma bermuda cargo e um casaco. Não uso estas roupas nem seguro esta faca faz *dias*. Theo não tem as tatuagens dos esquadrões da morte há meses, menos ainda tatuagens tão novas que doem.

Ele deixa escapar um som baixo e dolorido e mal consegue se manter ereto. Seus ombros se contraem. Theo está vestido como sempre quis, da forma como ele sempre se viu: como um soldado. E eu estou vestido da forma como me vejo ultimamente: uma criança brincando de ser soldado atrás das linhas inimigas. Os corpos pendurados nas árvores são as mortes que *nos* seguiram. O riacho muda, como os corpos pendurados acima dele e os dois meninos dentro dele.

Este lugar é o que fazemos dele.

Deixo a faca cair na água. Ela bate na superfície com um som oco e afunda.

"Theo", sussurro.

Seus olhos embaçados focam em mim.

"Você não sabe o que tá fazendo", diz ele, ríspido. "Você vai machucar muita gente."

Vou até ele lentamente. Eu seguro sua bochecha. Theo se encolhe e se afasta, mais sangue escorrendo pelos dedos dele. Ele está pálido, e seus pulmões se esforçam para respirar.

Minha mão é muito maior que a dele. Seus olhos azul-bebê arregalam quando Theo olha para cima, os lábios rachados se abrem apenas o suficiente para eu beijá-lo.

"*Benji*." Ouço a voz de Nick. O som parece vir da água, transformado em algo que me lembra uma Graça. "*Tá me ouvindo?*"

Cravo os dentes no lábio inferior de Theo. Minhas asas arrastam na água sangrenta. O sol quente da primavera bate forte nos prédios de vidro brilhantes e nos muros de Nova Nazaré, e sei que o mundo retornou porque eu reconheceria essa voz em qualquer lugar.

Nick diz: "*Estou aqui. Estou pronto*".

Eu cravo as garras na massa densa de tumores que engolem o pescoço de Theo e puxo, como se estivesse rasgando a garganta de um soldado. A mandíbula inferior de Domínio estala entre os meus dentes, entre a minha língua e o músculo rasgando em um jorro de gosma preta.

Eu respondo: "*Olha*".

Nick me ouve.

O ar explode.

A cabeça de Theo cede ao redor da bala, seu crânio deformado se dobra sobre si mesmo como se tivesse sido esmagado, e seu olho esquerdo é engolido por um buraco escuro e profundo.

CAPÍTULO 36

E sede amáveis uns para com os outros, compassivos...
— **Efésios 4:32**

A carnificina.
Meu Deus. A carnificina.
Quando olho para o corpo de um pai que quebrou o pescoço de seu filho pequeno assim que as Graças atacaram a multidão, eu me lembro dos bebês afogados no rio. Essa gente comemoraria vendo os corpos das pessoas do CLA pendurados nos portões. Essa gente orou por mim, para que eu abatesse o pouco que sobrou da raça humana.
Essas pessoas fizeram isto com o mundo. É culpa delas mesmas. Elas causaram isso a si mesmas.
Mas isso não faz eu me sentir melhor. Nick disse que tudo bem ter medo. Mas, olhando para um campo coberto de cadáveres, eu estou aterrorizado.
Domínio — Theo — está deitado na grama aos meus pés. O cérebro dele está morto, mas o vírus não captou a mensagem e continua se esgueirando por seu corpo agonizante. As Graças que ainda estão vivas fogem para os cantos mais remotos de Nova Nazaré, sem saber para onde ir, mas entendendo que o lugar mais seguro para se estar é *longe* daqui.
Foi isto o que as pessoas mártires do Dia do Juízo Final testemunharam antes de o Dilúvio acabar com elas? Este cheiro? Este silêncio?

Não. Silêncio, não. Ouço alguém gritando.

"*Abaixem as armas! Não atirem!*" Nick. *Nick.* Ah, meu Deus. "*É o Benji!*
ABAIXEM as armas!"

Eu me viro bem a tempo de ver Nick caindo nos braços de Erin;
uma massa coberta de sangue, tremendo e com os braços segurando
a cabeça.

* * *

As pessoas que precisam de ajuda são levadas de volta para o CLA. O restante fica em Nova Nazaré para lidar com o que fizemos.

Sarmat e outro menino grandão, Rich, construíram uma maca para
Nick, que não consegue andar sozinho. Ele se recusa a tirar uma faixa
grande de pano que cobre seu rosto. Primeiro, afasta Erin quando ela
tenta convencê-lo a fazer isso. Com gentileza, ela diz para ele que não
perdemos ninguém, nós não perdemos *ninguém*, estamos bem, acabou.
Isso é o suficiente para fazer Nick concordar em ir embora, mas não o
suficiente para fazê-lo ficar na maca. Ele olha para o objeto como se o
considerasse a maior forma de humilhação jamais vista. Erin tenta ar-
gumentar, mas Cormac balança a cabeça e diz "Beleza, então anda!", e
Nick tenta ficar em pé, mas cai. "Foi o que eu pensei. Vamos, chefe."

Fé se levanta; ela tem uma ferida bem feia no braço, e o machucado
em seu rosto dói muito. Salvador também vai, e sai andando pelo gramado, vendo as expressões das pessoas mortas sem conseguir conter
um riso-choro. Sadaf o acompanha, limpando o sangue das mãos e dizendo para Lila cuidar das outras pessoas. Aisha deixa escapar um gemido longo e abafado, mas, quando Cormac a ajuda a se levantar, ela
parece supreendentemente bem.

"Tô quase perdendo a cabeça aqui", comenta Cormac, com os olhos
vidrados, enquanto Aisha se agarra ao braço dele, tentando recuperar
o equilíbrio. "Me dá um tempinho."

Erin se apoia no meu braço deformado e olha além dos cadáveres,
na direção dos prédios de Nova Nazaré — a Capela Kincaid, o centro de
saúde, o grêmio estudantil, os dormitórios.

Não ouço nenhuma pergunta sobre o meu corpo. Nick já falou o
bastante.

"E aí?", pergunta Erin. "O que fazemos primeiro?"

Não sei por onde começar. "As orelhas, talvez?"

Aisha diz: "Não precisamos mais delas". Ela estende a mão para mostrar a paisagem como se isso pudesse esconder seus tremores. "A gente tem... a gente tem tudo isso. Foda-se a Vanguarda. Aquela gente se acha superior, covardes de *merda!*"

É um rugido glorioso, que faz todas as almas vivas se erguerem neste deserto de sangue e destruição. Nós estamos gritando na cara da Vanguarda, na cara dos Anjos, na cara de qualquer pessoa filha da puta que fez qualquer coisa contra a gente. Erin joga os braços em volta do meu pescoço e se desequilibra, fechando os olhos. Do outro lado do *campus*, as Graças urram com uma raiva tão contida que consigo senti-la fluindo pelas minhas veias, um dilúvio, um *verdadeiro* dilúvio. E nós *sobrevivemos*.

Nós sobrevivemos, nós sobrevivemos, caralho, nós sobrevivemos.

* * *

Decidimos procurar suprimentos em alguns prédios e levá-los para o CLA, para conseguirmos nos virar até decidirmos o que fazer. Todo mundo vai embora, menos eu. Falei que lidaria sozinho com os corpos. Ninguém se opõe, porque ninguém quer lidar com o sangue, os órgãos, os membros. Também não quero, mas só eu tenho estômago para isso.

Preciso ver os cadáveres.

O irmão reverendo Ward e meu anel de noivado estão caídos na terra. O cadáver da irmã Kipling se curva ao redor da ferida em seu peito como se ela pudesse sobreviver se a apertasse forte o bastante. Encontro cada alma conhecida e outras mais, e pressiono o rosto na terra, inspiro e expiro o cheiro fétido do Dia do Juízo Final.

Encontro a minha mãe.

Ela está sangrando por um buraco no rosto. A bala entrou pelo nariz e saiu pela orelha, mas dá para reconhecê-la assim como dava para reconhecer meu pai. Bastante apropriado ela ter partido da mesma forma que o marido. Perdi meu pai e minha mãe para a mesma guerra sem sentido. *Nós retornaremos à terra, pois dela nos tiraram; porque pó nós somos, e ao pó retornaremos.*

Talvez fosse melhor se eu acreditasse em Deus, no Céu, no Inferno. Se eu pudesse acreditar que ela iria para um lugar onde seria punida pelo que fez. Mas não consigo acreditar. Quando pego seu corpo — um punhado lamentável e flácido de carne e ossos —, não consigo acreditar.

Talvez mude de ideia um dia, talvez algo aconteça e eu possa finalmente sentir aquele *impulso*, aquele chamado da fé. Mas, nesse momento, me sinto bem não acreditando em nada.

Eu encontro Theo.

O corpo dele me faz parar. Está mais ou menos parecido comigo. Meu cadáver ficaria assim depois de dias de decomposição. Uma versão de mim morta há muito tempo.

... É isso o que ele era? Um menino *queer* como eu que apodreceu sob o peso daquilo que aconteceu com ele?

Eu poderia facilmente ter acabado igual a ele, não poderia?

Meus olhos ardem. Minha visão se dissolve em manchas coloridas e desfocadas.

Enfio a mão na carne de Theo.

Arranco o Dilúvio de seu corpo, o que sobrou ali, e crio. Tiro partes dele, pedaços de órgãos e ossos, e costuro tudo com os tendões. Corto um pedaço de pele e puxo uma criaturinha, de olhos bem fechados e tremendo, encharcada de sangue e pus.

Theo me amava. Eu o amava. Ele estava errado, e era um monstro, mas eu o amava. Talvez eu só seja um menino estúpido, sei lá. Talvez em outro mundo, em um mundo que não tivesse arruinado Theo, ele pudesse ter sido uma pessoa melhor.

Seguro a criaturinha junto ao peito. Não existe outro mundo. Só este que temos aqui. E, neste mundo, eu estou vivo.

Pego o anel de noivado na terra, ponho na palma da criatura e a coloco no chão. Eu aceno com a mão e sussurro: "*Esse mundo é seu. O que você quer?*".

Ela fica ao meu lado.

* * *

Voltamos para o banco tarde da noite. Erin, Aisha e Cormac, Sarmat, Lila e Carly, todas as pessoas falaram o caminho todo — sobre o futuro, sobre o que vai acontecer com os Anjos ao redor do mundo, sobre as mudanças de Acheson a partir de agora. Mas, quando chegamos ao pátio, ficamos em silêncio. A compreensão do que fizemos e do que vai acontecer vira uma mistura confusa de passado, presente e futuro, de cansaço e acessos ocasionais de riso incrédulo. Fé ri desse jeito quando levanta a pequena Graça que nos seguiu até em casa, gira com ela e diz:

"Ei! Você é uma coisinha feinha, é sim!". As pessoas que não foram para Nova Nazaré, que ficaram para proteger o forte, tocam o meu rosto, perguntam se sou eu, se sou eu mesmo. Dói? Estou bem? Os Anjos estão mortos mesmo?

Digo que nem todos, mas o bastante.

Acho que todo mundo é atingido ao mesmo tempo pelo pensamento de que talvez as pessoas aqui sobrevivam o suficiente para se tornarem adultas.

Mas, assim que consigo achar um lugar para respirar, Sadaf vem até mim e diz: "Nick quer te ver. Ele tá na sala das copiadoras".

Vou correndo até lá.

Aquela sala foi organizada como uma versão em miniatura do quarto de Nick no CLA: um colchão, as miçangas dele, uma iluminação fraca e quase mais nada. Consigo fazer meu corpo enorme passar pela porta, me encolhendo quando uma asa fica presa no batente. Estamos só nós dois aqui, sozinhos.

Nick tenta sorrir, mas não consegue.

Ele está acabado. Está sentado no colchão, apoiado na parede, cercado de ataduras e tiras de pano manchadas. Um pedaço da sua calça foi rasgado, revelando feridas feias cobertas de gaze. A máscara está em seu queixo, mas ele ainda está com aquele pedaço de pano rasgado no rosto, e eu percebo, horrorizado, que Nick é um soldado dos esquadrões da morte tanto quanto os Anjos que foram dilacerados pelo Dilúvio em Nova Nazaré.

Ele tira o pedaço de pano.

Uma falha se abriu no rosto dele, do lado esquerdo da testa, passando pelo olho e indo até o queixo. Dentes brotam aleatoriamente em sua bochecha. O olho afetado desceu um pouco na órbita, pois o osso que o sustenta está quebrado.

"Eu posso..." *Posso consertar isso.* Sei que sim. Mas, antes que eu consiga concluir o pensamento, Nick fecha os olhos.

Ouço um barulho *muito alto.*

Ok. Ele está aqui e está vivo. É isso o que importa.

Eu me deito ao lado dele, a única forma de ficarmos na mesma altura, e apoio a cabeça perto de seu joelho, sem tocar, mas perto o suficiente. O olhar dele passa pela ampla floresta de espinhos, os ossos expostos e as penas das minhas costas e dos ombros; minha asa retorcida; as feridas, os arranhões e as rachaduras na minha pele.

Podemos falar sobre tudo isso depois. Não precisa ser neste momento. Prometemos que nos falaríamos depois que eu voltasse de Nova Nazaré, e agora temos todo o tempo do mundo.

Nick estende a mão na minha direção. Seus dedos tocam uma coisa estranha e quebrada que faz as vezes de nariz, o ponto entre as minhas sobrancelhas, a região macia embaixo do meu olho, o meu maxilar. A pele áspera ao redor do meu crânio, os arranhões no meu pescoço, todas as coisas que o Dilúvio fez comigo.

Então, ele agarra a minha nuca e tenta me levantar, com os braços trêmulos pelo esforço. Eu me levanto para segui-lo. Ele me puxa para perto até nossas testas se tocarem de novo, e não percebo o quanto estou tremendo até Nick me segurar mais forte para me manter parado.

Esta é a minha casa. Eu estou vivo, essas pessoas são minhas amigas, minha *família*.

Onde a Vigília estiver, eu estarei em casa.

POSFÁCIO

O Inferno que nos Persegue conta a história de Benji, que poderia ser a história de muitas outras pessoas. E muitas vezes é. Benji vive em um mundo apocalíptico, um mundo prestes a acabar, e quantas pessoas não vivem em mundos moribundos como o mundo de Benji? Ele atravessa uma cidade castigada, em ruínas, escassa em recursos e alimentos, e quantos bairros e cidades também não são? Benji se viu preso em um lugar onde o que ele é não era aceito, e quantas pessoas também não se sentem assim o tempo todo?

Na literatura mundial, nós temos muitos exemplos de livros que vieram antes deste e que, refletidos no presente, de alguma forma, em alguns aspectos, previram o futuro. Você sabe, os Anjos existem e caminham entre nós. O fundamentalismo religioso, o conservadorismo e suas violências nos ameaçam todos os dias. E aqui vale lembrar que Andrew escreveu o livro antes da pandemia, antes de as máscaras serem um objeto de primeira necessidade tão presente em nossa rotina, antes de aprendermos a viver com medo e desesperança constantes. Assim, Benji nos conduz em um futuro que poderia ser nosso e que, inevitavelmente, nos coloca no presente.

Nosso amigo — pois foi assim que terminei o livro, me sentindo amigo de Benji, o que foi um gesto mágico da parte de Andrew, nos aproximar tanto dele, pois muita gente desconhece ou não convive com pessoas trans, e isso é um dos principais estopins para a intolerância, o preconceito, a violência —, em um mundo ultraviolento, sangrento e em seu último suspiro, também nos mostra os antídotos para as ameaças tão reais que o livro retrata: o poder do amor, o direito ao amor quase sempre negado a determinadas existências, o acolhimento, a compreensão, o reconhecimento de vidas e corpos outros para além de padrões estabelecidos por quem mesmo? Este livro nos faz perguntar, em última instância: quem é que ganha com a violência destinada às pessoas trans? Às pessoas negras, indígenas, racializadas, destituídas, marginalizadas?

O Inferno que nos Persegue é um convite e um alerta para refletirmos sobre os nossos tempos. O livro nos oferece diversas oportunidades para repensarmos o que podemos fazer na criação de mundos melhores, de que forma podemos agir em nosso dia a dia para evitar a chegada de um fim de mundo simbólico ou muito real para nós e para as pessoas ao nosso redor.

Então, revide, *afie seus dentes, morda.* Lute por um futuro nosso, um futuro que valha a pena, um futuro em que vidas como a sua, como a minha, como a de Benji possam florescer, ainda que precisemos atravessar infernos e mais infernos cotidianos em nome da nossa sobrevivência.

floresta
poeta, tradutor, mais um corpo trans
atravessando fins de mundos

AGRADECIMENTOS

O Inferno que nos Persegue ganhou vida com um acesso de raiva. Este livro foi escrito por um menino amargo e assustado que mal tinha saído da adolescência e veio ao mundo como uma massa irreconhecível de vísceras. Sou eternamente grato às pessoas que conseguiram enxergar sua beleza interior e ajudaram a trazê-la à tona.

Primeiro, quero agradecer ao meu agente — Zabé Ellor me colocou debaixo das asas dele quando eu apresentei uma pilha de rascunhos inacabados e uma promessa que ele ajudou a moldar em algo digno de orgulho. E, então, a Ashley Hearn — minha editora na Peachtree Teen e uma verdadeira gênia da literatura, um turbilhão de ideias brilhantes e apoio incondicional. Pela capa de tirar o fôlego, agradeço a Melia Parsole e Evangeline Gallagher, que se juntaram para criar algo que literalmente me deixou sem ar. A Peachtree Teen reuniu um time incrível para este livro, e eu não poderia ficar mais honrado por isso.

E não posso me esquecer das pessoas amigas; aquelas que me deram força para escrever o terror trans sangrento dos meus sonhos. H. E. Edgmon, Alina, M. J., Raviv e todas as outras pessoas que me apoiaram enquanto eu encontrava o meu caminho: adoro vocês. E o pessoal do mestrado, estudantes e corpo docente, que contribuiu para a execução do meu trabalho desde o início: que sorte a minha ter vocês.

Mãe, pai, mamãe, papai — nós percorremos um longo caminho, não? Juro que este livro não é sobre vocês. (Não foi desta vez.) E Alice — é claro, você. Sempre você. Eu queimaria qualquer coisa se você me pedisse, mesmo nos dias em que você tem que falar por mim porque eu não consigo. Especialmente nesses dias.

Nada disso seria possível sem vocês.

ANDREW JOSEPH WHITE é um autor trans *queer* da Virginia, onde ele cresceu se apaixonando por monstros e desejando ser um também. Ele é graduado no programa de Escrita Criativa da George Mason University e tem o hábito de fazer carinhos em gatos de rua desconhecidos. Andrew escreve sobre adolescentes trans com garras e presas e sobre aquilo que acontece quando elas mordem de volta. Saiba mais em andrewjosephwhite.com.

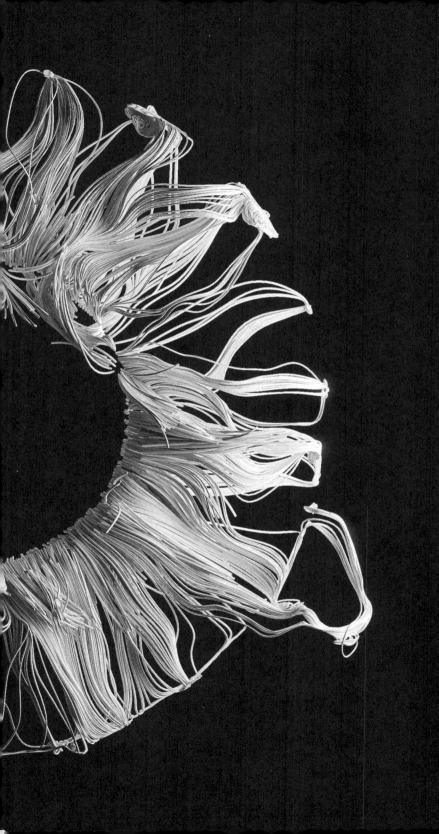